SANDRA BROWN
Lockruf des Glücks

Buch

Megan Lambert hat keine Probleme. Vor allem in ihrem anspruchsvollen Beruf bei einer Radiostation in Atlanta läuft alles perfekt – mit einer kleinen Ausnahme: Josh Bennett, attraktiv, einflussreich, unberechenbar und Megans wichtigster Werbekunde. Jetzt verlangt Josh ein persönliches Treffen mit ihr, und sofort ahnt Megan das Schlimmste. Tatsächlich fordert Joshs neueste Idee ihren ganzen Einsatz und jede Minute ihrer freien Zeit. Denn plötzlich findet sich Megan in der Welt der Reichen und Schönen wieder, wo der Champagner in Strömen fließt und Intrigen an der Tagesordnung sind. Doch so leicht lässt sich die attraktive junge Frau den Kopf nicht verdrehen: Sie weiß, sind seine Küsse auch noch so verführerisch, ein Mann wie Josh kann sich niemals binden. Als aber dramatische Ereignisse Josh und Megan zusammenführen, muss sie sich eines Tages entscheiden: Vertraut sie ihrem Kopf, oder gibt sie der Liebe eine Chance?

Autorin

Sandra Brown arbeitete als Schauspielerin und TV-Journalistin, bevor sie mit ihrem Roman *Trügerischer Spiegel* auf Anhieb einen großen Erfolg landete. Inzwischen ist sie eine der erfolgreichsten internationalen Autorinnen, die mit jedem ihrer Bücher weltweit Spitzenplätze der Bestsellerlisten erreicht. Sandra Brown lebt mit ihrer Familie abwechselnd in Texas und South Carolina.

Von Sandra Brown bei Blanvalet erschienen (Auswahl):

Schöne Lügen · Ein Hauch von Skandal · Sündige Seide · Verliebt in einen Fremden · Ein Kuss für die Ewigkeit · Zum Glück verführt · Wie ein Ruf in der Stille · Ein skandalöses Angebot · Heißer als Feuer · Lockruf des Glücks · Eine sündige Nacht · Eine unmoralische Affäre · Verruchte Begierde · Gefährliche Sünden · Zur Sünde verführt · Unschuldiges Begehren · In einer heißen Sommernacht · Wie ein reißender Strom · Tanz im Feuer · Feuer in Eden · Glut unter der Haut · Schwelende Feuer · Jenseits der Vernunft

Sandra Brown

Lockruf des Glücks

Roman

Aus dem Amerikanischen
von Birgit Franz

blanvalet

Die Originalausgabe erschien 1983
unter dem Titel »Temptation's Kiss« bei
Warner Books Inc., a Time Warner Company, New York.

MIX
Papier aus verantwortungsvollen Quellen
FSC® C014496
FSC
www.fsc.org

Verlagsgruppe Random House FSC® N001967

2. Auflage

Umschlaggestaltung und -motiv: © Johannes Wiebel | punchdesign,
unter Verwendung eines Motivs von Shutterstock.com
LH · Herstellung: wag
Druck und Einband: GGP Media GmbH, Pößneck
Printed in Germany
ISBN: 978-3-7341-0386-5

www.blanvalet.de

Liebe Leserin,

Jahre bevor ich andere Romane zu schreiben begann, schrieb ich romantische Romane. *Lockruf des Glücks* ist zum ersten Mal vor vielen Jahren erschienen.

Die Geschichte spiegelt die Strömungen und Ansichten der damaligen Zeit, aber ihre Motive sind zeitlos und universell. Wie in allen romantischen Romanen dreht sich die Handlung um zwei Menschen, deren Liebe unter einem schlechten Stern steht. Es gibt Momente der Leidenschaft, Schmerz und Zärtlichkeit – alles wesentliche Facetten, wenn man sich verliebt.

Ich habe es sehr genossen, romantische Romane zu schreiben. Sie haben eine optimistische Grundhaltung und einen Charme, der in dieser Form in keinem anderen Genre zu finden ist. Sollte dieser Roman Ihre erste Kostprobe sein, wünsche ich Ihnen viel Vergnügen.

Sandra Brown

Kapitel 1

»Das ist Ihre letzte Abmahnung, Barnes«, sagte Megan Lambert. Ihre Stimme veranlasste ihren Mitarbeiter unruhig seine Sitzposition zu verändern. »Zu sagen, dass unser Kunde aufgebracht war, wäre eine milde Untertreibung. Er sagt, Sie hätten das Country-Musik-Special noch nicht einmal erwähnt. Dabei hätte er so viele Werbespots in diesem Eineinhalb-Stunden-Programm gekauft, wie wir zugelassen hätten.«

Der junge Mann rutschte unbehaglich herum, seine Augen wichen ihrem durchdringenden Blick aus. Er räusperte sich nervös. »Ich habe einfach nicht gedacht, dass …«

Megans Handflächen klangen unerwartet laut im stillen Raum, als sie auf ihre Schreibtischplatte aus Obstbaumholz schlugen. »Genau darum geht es. Sie haben nicht nachgedacht. Das ist das dritte Mal in den letzten Wochen, dass ich Ihnen einen Rüffel erteilen muss. Jedes Mal, wenn Sie eine dieser inkompetenten Nummern abziehen, kostet es den Fernsehsender viele Tausend Dollar.«

Sie stand von ihrem Schreibtischstuhl auf, ging um die Ecke des Tisches, lehnte sich mit ihrer wohlgeformten Hüfte an und schlug ihre schlanken Fußgelenke übereinander. »Mehr noch, wenn Sie es vermasseln, lässt es mich schlecht aussehen. Ich muss dem Geschäftsführer melden, dass wir die Vorgaben nicht erreichen, und er staucht mich zusammen. Verstehen Sie, worauf ich hinauswill, Barnes?«

»Ähm, ja.«

»Was ist Ihr Problem?«, bombardierte sie ihn mit der nächsten Frage.

Ihr scharfer Tonfall klang nicht nach besorgten Eltern oder einem mitfühlenden Lehrer, er ähnelte eher dem Kommandoton eines Sergeants, dem das Problem eigentlich egal ist, der nur eine Rechtfertigung dafür erwartet.

Barnes sah hoffnungsvoll zu ihr auf. »Na ja, ich hatte Ärger mit diesem Mädchen. Sie …«

»Ersparen Sie mir die Details, Barnes«, unterbrach Megan ihn sofort schroff. »Wie Ihr Liebesleben aussieht, ist mir egal. Ihr Privatleben geht mich nichts an, außer es beeinflusst Ihre Arbeit.«

Sie senkte ihren Blick, sah auf ihn hinunter und sein Mut sank. »Ich werde Ihre Verkaufszahlen Ende dieser Woche überprüfen. Bis dahin sollten sie sich wesentlich verbessert haben. Ich schlage vor, dass Sie Mr Thornton von der *Countrytime-Records-&-Music*-Ladenkette zum Lunch einladen und bis dahin ein Werbepaket schnüren, das uns zwar Erlöse kostet, aber seine gerauften Haare wieder etwas glättet.«

»Okay«, murmelte er.

Megan ging um die Schreibtischecke herum und

setzte sich wieder. Ohne einen konkreten Grund nahm sie einen Stapel Papiere in die Hand, ordnete ihn und sagte: »Wenn Sie mich jetzt entschuldigen. Ich muss mich um andere Dinge kümmern.«

Barnes verstand den Wink. Er verließ das Büro mit der Erleichterung eines Mannes, dessen Hinrichtung man gerade verschoben hatte.

Statt mit der Szene zufrieden zu sein, die sie gerade so ausgezeichnet gespielt hatte, seufzte Megan resigniert und ließ sich in ihren hohen, mit Leder gepolsterten Schreibtischsessel zurückfallen. Sie streckte ihre Hand mit den perfekt manikürten Fingernägeln aus, um eine Strähne ihres kastanienbraunen Haars zurückzustreichen. Megan hasste es, in solchen Situationen den Hardliner spielen zu müssen, aber es musste immer wieder sein.

Sie stand auf, ging zu ihrem großen Fenster und öffnete die Jalousien ein wenig weiter. Die Skyline von Atlanta zeichnete sich dahinter scharf umrissen ab, aber Megan nahm sie kaum wahr. Sie fühlte sich für Barnes verantwortlich, wie für alle Verkaufsmitarbeiter unter ihrer Leitung, für seine Freude an der Arbeit und sein generelles Wohl.

Was sie ihm gesagt hatte, stimmte. Als regionale Verkaufsmanagerin für WONE TV musste sie ihre Verkaufszahlen wöchentlich bei der Geschäftsführung abgeben. Wenn ein Etat abrutschte, büßte der Fernsehsender Tausende von Dollars an Werbegeldern ein. Doug Atherton würde Druck ausüben, das wurde von ihm erwartet. Sie wiederum musste alles aus ihren Mitarbeitern herausholen. Der Schwarze Peter wurde ständig weitergegeben.

Ihre Sympathien galten Barnes. Er hatte ein gebrochenes Herz wegen einer Frau im Nachrichtenstudio, die ihn für einen Kameramann aus dem Studioteam in die Wüste geschickt hatte. Statt sein Leben weiter zu komplizieren, wünschte sich Megan, sie könnte ihn trösten und ihm die Gelegenheit geben, sie ins Vertrauen zu ziehen.

Aber sie konnte sich einen solchen Luxus nicht leisten, insbesondere da sie als Frau einen Männerjob hatte und jeder mehr oder weniger damit rechnete, dass sie mehr mit ihrem Herzen als mit ihrem Verstand dachte. Wenn es ums Geschäft ging, schob sie ihre sanfteren Gefühle beiseite und reagierte mit reiner Professionalität. Sie ließ nicht zu, dass ihre Geschäftsentscheidungen durch Persönliches beeinflusst wurden.

Megan drehte sich auf dem Absatz ihrer hochhackigen Schlangenledersandalen um und betrachtete ihr geschmackvoll eingerichtetes Büro. Sie war nicht so weit gekommen, weil sie weichherzig und großzügig war. Es war nie einfach, einen Verkäufer zu entlassen, wenn er seine Quote nicht erfüllte, aber sie hatte es schon früher gemacht und würde es auch jetzt tun, wenn es notwendig wäre. Die Geschäftsführung des Senders hatte sich niemals zuvor über solche Rekordverkaufszahlen gefreut, wie sie sie erreichte, seit sie vor zwei Jahren regionale Verkaufsleiterin geworden war.

Barnes würde es schaffen, hoffte sie. Sie wollte nicht nur die immensen Wachstumsraten bei den Verkäufen fortsetzen, für sie war es auch immer schwierig gewesen, Abstriche zu machen, von etwas, das sie einmal erreicht hatte. Sie hatte Barnes gesagt, dass sie ihn feuern würde, wenn sich seine Leistungen nicht verbesserten, und sie würde dieses Versprechen halten. Manche Menschen hätten sie als stur charakterisiert. Sie selbst würde sich, nicht ganz so hart, als konsequent bezeichnen.

Das Licht ihrer Gegensprechanlage leuchtete auf, und der Summer ertönte leise. Megan kehrte zu ihrem Schreibtisch zurück.

»Ja, Arlene?«, fragte sie, nachdem sie die Taste gedrückt hatte, die es ihr ermöglichte, mit ihrer Sekretärin zu sprechen.

»Mr Bennett würde Sie gerne sehen. Haben Sie Zeit?«

Ihr Körper verspannte sich sofort, sie konnte sich nicht mehr bewegen. Ihr Herz schien einen Schlag auszusetzen und dann mit doppelter Geschwindigkeit zu pochen, das Blut rauschte in ihren Ohren. Für einen Moment vergaß sie zu atmen, dann schnappte sie nach Luft, bis ihr schwindelig wurde. Es schien ihr wie eine kleine Ewigkeit, in der sie sich bewegungslos über ihren Schreibtisch beugte und versuchte, die Fassung wiederzufinden. Dann sank sie langsam in ihren Sessel.

»Mr Bennett?« Der dicke Knoten aus Angst, der in ihrem Hals fest saß, ließ den Namen heiser klingen.

»Mr Joshua Bennett, von der Agentur Bennett.«

Arlenes wohl modulierte Stimme hatte einen überraschten Unterton. Die Agentur Bennett betreute einen großen Anteil der Werbekunden des TV-Senders. Die größte und prestigeträchtigste Agentur Atlantas arbeitete für Kunden aus dem ganzen Südosten des Landes. Megan kannte die Einnahmen, die durch die Agentur in die Säckel von WONE flossen, bis auf den Cent, aber seit sie den Job übernommen hatte, hatte sie noch nie mit Joshua Bennett direkt zu tun gehabt. Er wusste, warum, und hatte sie, nachdem er ein paarmal versucht hatte, sie zu sehen, nicht zu einem Treffen gezwungen. Seine Agenten hatten immer mit einem ihrer Verkaufsmitarbeiter zusammengearbeitet.

Warum wollte er jetzt einen Termin?

Ihre erste, instinktive Reaktion war, eine Ausflucht zu finden, aber sie unterdrückte sie. Das wäre feige, und sie konnte den Gedanken nicht ertragen, dass Joshua Bennett sie für einen Feigling halten könnte.

»Ms Lambert?«, fragte Arlene leise nach.

Diese Worte hätten Megan zeigen sollen, dass ihre Erregung viel zu offensichtlich war. Wann hatte Arlene sie jemals anders als mit ihrem Vornamen angesprochen?

»Ja, in Ordnung. Ich nehme mir ein paar Minuten Zeit für Mr Bennett.«

Sie ließ die Taste der Gegensprechanlage los und versuchte ihre Gedanken zu sammeln, aber sie entkamen ihr wie seltsam flirrende Glühwürmchen, die in Millionen Richtungen davon schossen. Sie überlegte aufzustehen, dann änderte sie ihre Meinung und setzte sich wieder. Ihre Entscheidung basierte weitgehend darauf, dass ihre Beine scheinbar unfähig waren, sie zu tragen. Es war nicht annähernd genug Zeit, um sich auf die Begegnung mit ihrer Nemesis vorzubereiten, da spazierte er schon mit all der arroganten Selbstsicherheit, an die sie sich noch lebhaft erinnerte, durch ihre Tür.

Er schloss sie hinter sich. Sie wurde das Opfer der Augen, die die Farbe und die vielen Facetten eines Topas hatten. Er blickte sie einen unendlich langen Moment an, bevor er leise sagte: »Hallo Megan.«

»Mr Bennett.«

Statt von ihrer kühlen Begrüßung gekränkt zu sein, schien er eher amüsiert. Dann erinnerte sie sich daran, dass alles im Leben ihn zu amüsieren schien. Wie immer irritierte sie seine selbstgefällige Herablassung und die Wut, in die er sie stets versetzte, begann erneut zu brodeln. Sie war froh darüber. Wenigstens war sie jetzt nicht mehr in diesem Zustand bewegungsunfähiger Anspannung, die sie spontan überfallen hatte, als sie seinen Namen hörte.

Sie musterte ihn mit so viel Objektivität wie möglich. Körperlich hatte er sich nicht sehr verändert, seit sie ihn das letzte Mal gesehen hatte – bei der Beerdigung ihres Ehemanns.

Das neu hinzugekommene Silber in seinem dunklen Haar ließ ihn anziehender wirken als je zuvor, wenn das überhaupt möglich war. Er besaß eine animalische Attraktivität, die nicht wirklich finster war, aber auf jeden Fall gefährlich. Sie machte eine Frau sowohl neugierig als auch wachsam, als ob sie um ihre Tugend spielen würde, wenn sie mit ihm allein gelassen würde. Wie gut Megan wusste, wie er diese Anziehungskraft einsetzte. Alles, was sie tun konnte, war, ihre Lippen daran zu hindern, sich in Abscheu zu verziehen.

Sein großer Körper war immer noch durchtrainiert, muskulös und kräftig. Offensichtlich ging er immer noch jeden Tag ins Fitnessstudio, während er seine Angestellten in einem Tempo antrieb, das es ihnen unmöglich machte, sich genauso um sich selbst zu kümmern. Sie nahm ihm jeden gut geformten Muskel übel, der sich unter seinem perfekt geschnittenen aschgrauen Anzug und seinem hellblauen Hemd abzeichnete.

Er stand einfach mit der ruhigen Selbstsicherheit, mit der er jeder Situation begegnete, in der Tür. Sie hatte keine Wahl, als mit der üblichen Verbindlichkeit fortzufahren.

»Wollen Sie nicht Platz nehmen, Mr Bennett?«

»Vielen Dank«, sagte er mit korrekter Höflichkeit, die ihr Blut zum Kochen brachte. Nur einmal, wünschte sie, sollte er sein wahres Gesicht zeigen und verächtlich über die Welt lachen, anstatt sein Katz-und-Maus-Spiel mit dem niederen Volk zu treiben. Sie wusste, dass es das war, was er wirklich empfand. Das Universum und jeder Einzelne darin waren seine Spielzeuge, er spielte mit ihnen, wie er wollte, wie ein dekadenter Gott.

Seine topasfarbenen Augen musterten sie anmaßend, als er sich ihr gegenüber setzte. Langsam und eingehend studierte er ihr weiches, zimtfarbenes Haar, das fransig über ihre Wangen und Kieferknochen fiel. Seine Augen begegneten ihren für einen kurzen Moment, bevor sie hinunter zu ihrem Mund wanderten und dort unangenehm lange hängen blieben. Sie war fast dankbar, als sein Blick sich weiter nach unten wandte, bis sie spürte, dass er zu ihren Brüsten unter der gelben Voile-Bluse mit den zierlichen Längsbiesen und den kleinen Perlknöpfen schweifte. Zu ihrem großen Entsetzen spürte sie, wie ihre Brustspitzen hart wurden, als ob sie einem leise gesprochenen Kommando gehorchten. Warum hatte sie nicht den Blazer ihres taubengrauen Anzugs angelassen?

»Du siehst gut aus, Megan.«

»Danke.«

»Aber das war immer so«, sagte er schnell, als ob sie keine Antwort gegeben hätte.

Sie machte einen geschäftigen Eindruck und blätterte durch die Mappen, die Arlene ihr früher an diesem Tag gebracht hatte. »Ich habe heute einen vollen Terminkalender, Mr Bennett. Was …«

»Das ist seltsam«, unterbrach er sie und zog seine Augenbrauen auf die Art und Weise hoch, die das Chaos in den Herzen der Frauen verursachte. Eine Narbe zog sich durch die dicke Kurve einer Braue und ließ sie verwegen männlich aussehen. »Deine Sekretärin sagte mir, dein Kalender wäre heute leer. Deshalb gab sie mir diesen Besprechungstermin ohne Voranmeldung.«

Megans Kiefer schmerzte, so krampfhaft biss sie ihre Zähne zusammen. Sie zwang den Impuls nieder, ihm um die Ohren zu schlagen, dass ihr Terminkalender nicht seine verdammte Angelegenheit sei und fragte schneidend: »Gibt es Probleme damit, wie wir den Etat einer Ihrer Kunden handhaben?«

»Nein, überhaupt nicht«, sagte er locker, knöpfte seinen Anzug auf und schlug seinen Fuß über das Knie.

Seine lässige Haltung verstärkte ihre Beunruhigung. Wenn ihr Herz wild schlug und ihre Hände vom Schweiß immer rutschiger wurden, wäre es doch das Mindeste, was er tun könnte, ein wenig aufgeregt auszusehen. In ihrem Kopf dominierte der Gedanke, dass er nicht wissen durfte, wie viel es ihr ausmachte. Aber wahrscheinlich wusste er das längst. Er kannte die verheerende Wirkung, die er auf Frauen hatte, und er nutzte sie schamlos aus. Kein Zweifel, dass er sich an die Nacht erinnerte, in der sie seinem Charme erlegen war …

»Sagt dir Seascape etwas?«

Seine Frage holte sie jäh in die Gegenwart zurück.

»Seascape? Ja, die neue Ferienanlage auf Hilton Head.« Sie wollte ihm zum hervorragenden Marketing seiner Agentur für die luxuriöse Anlage auf der Ferieninsel vor der Küste von South Carolina gratulieren. Die extravaganten Anzeigen für das Resort, das bald eröffnet wurde, waren überall zu sehen, auf Reklametafeln und in Zeitschriften. Aber sie hielt sich mit ihrem Lob zurück. Sie würde Joshua Bennett niemals etwas anderes attestieren, als seine Zerstörungskraft.

»Ihre Agentur hat ein umfangreiches Paket TV-Werbezeit dafür eingekauft.«

»Das ist es, worüber ich mit dir reden möchte.«

Das Herz sank ihr in die Magengrube. Der Umfang an Fernsehzeit, die sie an Seascape verkauft hatten, war astronomisch. Wollte er einen Teil seines Auftrags zurückziehen? Den ganzen womöglich? Es sähe ihm ähnlich, so etwas Perverses zu tun. Ihm waren schon viele Eigenschaften zugeschrieben worden, Vorhersehbarkeit war keine von ihnen.

Megan vertraute auf ihre Fähigkeiten. Sie hatte den Job als Verkaufsmanagerin vor zwei Jahren wegen ihrer Verkaufszahlen bekommen. In diesem Job gab es von beiden Seiten unausgesprochenen Druck, von launischen Kunden und von einer Geschäftsführung, die nie zufriedenzustellen war. Wenn sie die Vorgaben erreichte oder gar übertraf, bekam sie noch höhere. Dennoch war sie bisher in der Lage gewesen, jede Herausforderung zu bewältigen.

Sie hatte diese Dinge unter Kontrolle. Aber einige Aspekte ihrer Arbeit konnte sie nicht kontrollieren. Die Wirtschaftsentwicklung zum Beispiel. Oder Entscheidungen, die andere Leute trafen. Wenn die NFL-Spieler streikten und es keine Footballsaison gäbe, würde sie Tausende von Dollar an Werbeeinnahmen von den Kunden verlieren, die Spots während der Football-Spiele schalteten. Sie hatte auch keine Kontrolle über die schmutzige Politik, die manchmal darin verwickelt war.

Wenn Joshua Bennett ihnen vorsätzlich diesen einträglichen Etat entzog, gäbe es wenig, was sie dagegen tun könnte. Falls er nicht eine Forderung an sie hätte. Sie zitterte schon beim Gedanken daran, welche Forderung das wohl sein könnte.

Mit aller kühlen Distanz, die sie aufbringen konnte, sagte sie: »Nun?«

Er grinste boshaft, dieses teuflische Grinsen mit einem nach oben gezogenen Mundwinkel, von dem er wissen musste, dass es jede Frau sexuell anregte, die weniger anspruchsvoll war als Megan. »Ms Hampson ist bei WONE für den Etat zuständig.«

»Sie ist sehr gut.« Megan stellte sich sofort schützend vor ihre Mitarbeiterin.

»Ja, das ist sie. Sie ist eine sehr charmante junge Frau.«

Megan dachte an Jo Hampsons üppige Figur und ihr überbordendes Temperament, sie konnte sich gut vorstellen, wie ›charmant‹ Joshua Bennett sie finden musste.

»Aber sie ist jung und vermittelt nicht das Vertrauen, das Terry Bishop an dieser Stelle benötigt.«

»Sie meinen den Bauträger von Seascape.«

Megan erinnerte sich, dass Jo Hampson den Namen des Architekten und Bauunternehmers genannt hatte.

»Ja, er ist ein Genie am Zeichentisch, mit dem Bleistift in der Hand und Visionen in seinem Kopf, aber als Geschäftsmann benötigt er kontinuierliche Beratung. Er hat ein wahres Paradies auf Hilton Head geschaffen, und ihm wurden unbeschränkte Mittel zur Vermarktung garantiert. Geld ist nicht das Problem, aber ich musste ihm auf dem Weg, das Konzept für das Gesamt-Resort zu vermarkten, jeden Schritt nahe legen.«

»Wenn Sie persönlich die Verantwortung für diesen Etat haben, bin ich sicher, dass es kein ernsthaftes Problem geben kann, Mr Bennett.«

Irritiert zogen sich seine Lippen zu einem dünnen Strich zusammen, bevor er sich zu einem weiteren Grinsen zwang. »Danke, aber Mr Bishop braucht eine zweite Meinung. Eine Beratung, wenn du so willst.« Er beugte sich in seinem Sessel vor, jetzt ganz auf das Geschäft konzentriert. »Ich möchte, dass du persönlich den Etat von Seascape übernimmst.«

Ihre Blicke trafen sich und maßen sich über der weichen Oberfläche ihres Schreibtisches, einen Moment lang sprachen sie nicht mehr über Seascape. Stattdessen wurde Megan in die Vergangenheit zurückgezogen, in die Nacht, in der er sie gegen das Gitterwerk eines Gartenpavillons gedrückt und gesagt hatte: »Ich will, dass du mich küsst und mir danach sagst, dass du James Lambert liebst.«

»Das geht nicht«, sagte sie jetzt mit der selben Unsicherheit, mit der sie ihm damals geantwortet hatte. Ihre Zunge strich über ihre Lippen, sie riss ihre Augen von der verführerischen Macht seines Blicks los. »Das geht nicht. Dieser Etat bedeutet für Ms Hampson eine hohe Provision. Sie macht ihren Job gut. Ich kann ihr den Etat nicht ohne einen guten Grund entziehen.«

Er lehnte sich in seinem Sessel zurück. »Das will ich auch gar nicht von dir. Ich will nur, dass du ihn genauer beobachtest. Ich will, dass Jo jede Entscheidung mit dir abspricht, bevor sie sie trifft. Ich will, dass du Terry Bishop triffst und ihm versicherst, dass die Spots, die wir bereits produziert haben, großartig sind.«

»Wenn er dir nicht vertraut, warum sollte er mir vertrauen?«

»Weil ich ihm erzählt habe, wie verdammt gut du bist«, sagte er scharf und machte seiner Ungeduld Luft, von der sie wusste, dass sie dicht unter der Oberfläche lag.

Seine Worte überraschten sie, sie sprang auf und ging zum zweiten Mal an diesem Morgen zum Fenster. Die Sonne war hinter einer Wolke verschwunden, und die Stadt sah plötzlich trostlos aus. Wie passend, dachte sie. Der Tag hatte dank ihrer Konfrontation mit Barnes schlecht begonnen. Und nun hatte Joshua Bennett ihren Frieden weiter ruiniert. Aber sie konnte nicht umhin, sich in einem kleinen Licht des Stolzes zu sonnen, weil er ihre Meinung so hoch einschätzte.

»Warum sollten Sie ihm sagen, dass ich so gut bin?«, fragte sie.

»Weil es so ist. Er vertraut deiner Einschätzung. Genau wie ich. Wenigstens in Geschäftsangelegenheiten.«

Sie hörte ihn aufstehen, und Panik ergriff sie, als seine Schritte hinter ihrem Rücken näher kamen.

»Ich bin stolz darauf, was du erreicht hast.«

»Nun, darauf kann ich verzichten«, sagte sie gereizt und drehte sich schnell um. Sie erschrak, als sie sah, dass er ihr so nahe stand. Sie musste ihren Kopf in den Nacken legen, um zu ihm aufzusehen. Sie hatte vergessen, wie groß er war. Er schien sie in jeder Hinsicht zu überragen. James, ihr Ehemann, war klein gewesen, hatte viel besser zu ihrer zierlichen Erscheinung gepasst. Joshs schiere Größe jagte ihr Angst ein. »Ich will kein gönnerhaftes Lob für die arme kleine Witwe, die in einer kalten, grausamen Welt ums Überleben kämpft, hören«, sagte sie. »Ganz besonders nicht von dir.«

»Ich bin nicht gönnerhaft, verdammt noch mal. Meine Leute erzählen mir, dass sie keine Probleme mehr hätten, wenn sie immer mit einem Verkaufsteam zusammenarbeiten würden, das so kompetent ist wie deines.«

»Vielen Dank«, sagte sie angespannt, und gestand ihm zu, den Menschen zu schmeicheln, die unter ihrer Leitung arbeiteten.

»Warum wolltest du mich nach der Beerdigung nicht sehen?«

Die unerwartete Frage traf sie wie eine Kugel mitten ins Herz und riss eine Wunde auf, die sich seit drei Jahren weigerte zu heilen.

»Du hast mich nicht zurückgerufen. Du hast meine Nachrichten nicht beantwortet. Warum?«, wollte er wissen.

Sie trat einen Schritt zur Seite und funkelte ihn mit unverhohlenem Hass an. »Ich wollte nicht, darum. Ich fand deine unaufrichtige Trauer bei James' Beerdigung lachhaft und wollte nichts mit deiner Heuchelei zu tun haben.«

Seine Kiefermuskeln spannten sich und wurden hart. Die Iris seiner Augen schimmerte wie topasfarbenes Glas. »Als James in seinem Büro zusammenbrach, habe ich selbst versucht ihn zu reanimieren. Als das nicht half, habe ich ihn ins Krankenhaus gefahren, anstatt auf den Notarzt zu warten. Ich habe alles getan, um sein Leben zu retten. Er war ein guter Freund, mein bester Mitarbeiter. Wie kannst du nur annehmen, dass ich nicht von seinem Tod betroffen war?«

»Weil du dein Bestes getan hast, um ihn umzubringen.«

»Das stimmt nicht und das weißt du, Megan.«

»Nein, das weiß ich nicht. Die langen Arbeitsstunden, die du verlangt hast, haben seinen Herzinfarkt verursacht. Er war fünfunddreißig!«, schrie sie. »Männer in diesem Alter fallen nicht bei einer Herzattacke tot um, wenn sie nicht unter intensivem, nicht zu bewältigendem Druck stehen. Ich dachte, deine Schuldgefühle wären genug, um dich von der Beerdigung fernzuhalten, geschweige denn auf deine scheinheiligen Plattitüden zu verzichten, die du mir danach gesagt hast.«

»Schuldgefühle?« Seine unregelmäßige Augenbraue hob sich über seinem Auge. »Schuldgefühle, wofür? Worum geht es hier wirklich, Megan?« Leise ausgesprochen, war diese Frage umso tödlicher. »Ich habe James nicht gezwungen täglich fünf Schachteln Zigaretten zu rauchen. Ich habe nicht darauf bestanden, dass er fünfmal die Woche verschiedene Kunden zu einem Lunch mit drei Martinis ausführt. Es war nicht mein Fehler, dass er keinen Sport getrieben hat. Warum sollte ich mich schuldig fühlen?«

Gott, sie wünschte, sie hätte dieses Thema nie angeschnitten. Sie konnte – würde – ihn nicht ansehen. Wusste er, wie schmerzhaft ihr Herz gegen ihre Rippen schlug? Dass nur ein Teil ihrer Erregung von der Wut über das, worüber sie gerade diskutierten, hervorgerufen wurde? Er stand da, so verdammt nahe! Er roch so männlich gesund. Immer wenn er sprach, sog sie seinen Atem ein wie ein hedonistischer Schüler.

»Nein«, sagte sie. »Du brauchst dich für überhaupt nichts schuldig fühlen. Ich will nur, dass du mich alleine lässt.«

Er lehnte sich an sie wie eine Wildkatze, die sich nähert, um zu töten. »Warum soll ich mich schuldig fühlen, Megan? Wir reden hier nicht über die Arbeit, die

James für mich gemacht hat, das wissen wir beide. Wir reden über die Nacht, bevor du ihn geheiratet hast.«

»Nein!«

»Doch«, sagt er und hielt ihren Oberarm fest, bevor sie sich von ihm wegdrehen konnte. »Das ist der Grund für diese Feindseligkeit. Diese gestohlenen Minuten im Sommerhaus. Nachdem James und du verheiratet wart, hast du mich gemieden wie die Pest. Wenn du es in der Hand hättest, würden wir uns nie mehr wiedersehen. Seit dieser Nacht bist du immer wütend gewesen, Megan.«

»Ja«, zischte sie. »Warum sollte ich dir nicht aus dem Weg gehen, nach der miesen Tour damals?«

Er beugte sich vor, bis sein Mund nur noch um Haaresbreite von ihrem entfernt war. Sein warmer Atem roch gut, Atem voller Feuchtigkeit, der ihre Lippen schmähte. »Du bist nicht wütend auf mich, weil ich dich geküsst habe. Du bist wütend, weil es dir so gut gefallen hat.«

Blinde Wut betäubte sie bis zur Unbeweglichkeit. Unendlich lange Sekunden konnte sie nur stumm zu ihm hinaufstarren. Dann setzte die Wirkung seiner Worte mit voller Macht ein, sie riss ihren Arm aus seinen kräftigen Fingern und drängte weg von ihm.

»Verlassen Sie mein Büro, Mr Bennett. Verschwinden Sie aus meinem Leben.« Ihre Brust hob sich schwer und zu ihrem neuerlichen Ärger schien er von der Bewegung ihrer Brüste unter dem dünnen Stoff, der sie bedeckte, fasziniert zu sein.

Als seine Augen sich schließlich lösten und er sie ansah, sagte er: »Ich gehe. Für den Moment. Aber sei ehrlich zu dir selbst, und gib zu, dass ich recht habe. Du nährst diese ungesunde Wut seit Jahren. Sei besser vorsichtig. Sie richtet sich gegen dich selbst, und sie kann dich zerstören.«

Mit langen, gelassenen Schritten ging er zur Tür. Mit einer Hand an der Türklinke drehte er sich um. Sie stand starr, die Fäuste an beiden Seiten geballt, ihre Wirbelsäule steif und unbeugsam wie ein Brecheisen.

»Ich melde mich«, sagte er, ging hinaus und schloss die Tür ruhig hinter sich.

Als Megan endlose Minuten später ihre steifen Muskeln lockerte, musste sie sich festhalten, damit sie nicht auf den Fußboden fiel. Sie stolperte zu ihrem Schreibtisch, stützte sich mit einem Arm ab, tastete ungeschickt mit der anderen zitternden Hand nach den Knöpfen der Gegensprechanlage. »Arlene, bitte stellen Sie keine Anrufe durch. Ich … habe Kopfschmerzen. Ich werde mich eine Weile hinlegen.«

»Geht es Ihnen gut?«, fragte Arlene sofort besorgt.

»Ja, ja«, versicherte ihr Megan eilig. Sie wollte nicht, dass irgendjemand wusste, wie sehr sie der Besuch von Josh aufgeregt hatte. »Ich nehme eine Tablette. Sie wird mir helfen.«

»Das war das erste Mal, dass Sie Mr Bennett getroffen haben, nicht wahr?«

»Nein«, sagte sie schließlich, nachdem sie überlegt hatte, eine Lüge zu erzählen.

»Mein Mann hat für ihn gearbeitet.«

»Das wusste ich nicht. Er hat etwas, nicht?«, fragte Arlene atemlos.

Megans Lippen zogen sich hart und bitter zusammen. »Ja, er hat etwas.«

Ihre Knie waren wie Gummi, als sie zum großen Sofa ging, das einen Teil der Wand gegenüber ihrem Schreibtisch einnahm. Sie schlüpfte aus ihren Sandalen, legte sich auf die grob gewebte, weizenfarbene Sitzfläche, schloss ihre Augen und versuchte das Bild von Joshs Gesicht und allem, was er gesagt hatte, auszublenden.

Ihre Gedanken wanderten ziellos und unbestimmt, aber schließlich liefen sie zusammen, und die Erinnerung an die Nacht, von der sie wünschte, sie könne sie aus ihrem Leben löschen, die Nacht, bevor sie James Lambert geheiratet hatte, kam klar zurück.

Ihre Mutter und ihr Stiefvater hatten für die Party zu Ehren der Hochzeit ihrer Tochter mit James, einem jungen Werbefachmann, den sie getroffen hatte, als sie Werbezeiten für einen lokalen Radiosender verkaufte, einen großen Saal im Country Club gemietet. Er arbeitete für die Agentur Bennett, und die Zukunft des jungen Paars, das zwischen Abstechern zur Tanzfläche und Gängen zur Champagnerfontäne, glücklich seine Gäste begrüßte, sah strahlend aus.

Megan würde sich immer an ihr Kleid erinnern. Sie hatte es nie wieder getragen, sondern in die Ecke eines Kleiderschranks im Haus ihrer Mutter gehängt. Sie wollte es nach dieser Nacht nie wieder sehen, obwohl es wunderschön war. Die meergrüne Farbe spiegelte ihre grünen Augen. Der weiche Stoff schmiegte sich verführerisch um die sanften Kurven ihrer zierlichen Figur. Das ärmellose, im Nacken gebundene Kleid war hauteng geschnitten. Strassbesetzte Kämme hielten ihr Haar in einem weichen Haarknoten, und sie trug ihren Verlobungsring mit dem Diamanten am dritten Finger ihrer linken Hand.

»James, um Himmels willen, beruhige dich«, schalt sie ihn lachend, als er, bevor die Party begann, durch den Raum ging, dieses und jenes überprüfte und dem Leihpersonal lästig war, dem er dauernd zwischen die Füße lief.

Er nahm sie begeistert in die Arme. »Wie soll ich mich beruhigen? Morgen werde ich das schönste Mädchen der Welt heiraten.«

Sie lächelte erfreut, aber ihre Freude erstarb, als er hinzufügte: »Außerdem habe ich seit drei Tagen keine Zigarette mehr gehabt.«

»Oh, James, du machst das bestens«, sagte sie ermutigend. »Du hast versprochen aufzuhören.«

»Ich weiß, ich weiß«, sagte er und küsste sie schnell. »Ich werde es schaffen. Aber wenn ich heute Abend hier einen Raucher sehe, kann es sein, dass ich neben ihm stehen und einen richtig tiefen Atemzug nehmen werde.«

Sie hatte seine Hyperaktivität an diesem Abend akzeptiert. Er trank zu viel Champagner, aber sie machte ihm keine Vorwürfe, weil sie wusste, dass er trank, um nicht zu rauchen. Sie liebte sein lachendes Gesicht, seine Ausgelassenheit, seine unersättliche Begeisterung für das Leben, seine grenzenlose Energie, seine Ambitionen.

Sie hielt seine Anerkennung, die er dem Inhaber der Agentur Bennett entgegenbrachte für ein wenig überzogen, aber als Joshua Bennett den blumengeschmückten Raum betrat, musste Megan zugeben, dass James' Begeisterung nicht unberechtigt war. Der Mann machte mit Sicherheit einen Aufsehen erregenden ersten Eindruck. Groß, schlank und gut aussehend in seinem Smoking, strahlte er Vertrauen und Charme aus.

Sie spürte das erste Prickeln, als James sie vorstellte und Josh Bennetts topasfarbene Augen sie einer gründlichen Einschätzung unterzogen. Dieses Kribbeln war nur der Vorbote der Stromstöße, die ihre Nerven entlangzischten, als er ihre Hand nahm und ihre Finger leicht zusammendrückte. Sie riss ihre Hand praktisch aus seinem elektrifizierenden Händedruck.

»Ich freue mich, Sie zu treffen, Mr Bennett. James hat mir schon so viel von Ihnen erzählt.« Irgendwie hatte sie diese Worte aus ihrem eingeschnürten Hals gepresst.

»Nicht so viel, wie er mir von Ihnen erzählt hat«, sagte er in einem vertraulichen Flüsterton. »Und mein Name ist Josh.«

Wenn Stimmen Farben hätten, hätte seine die Farbe

von Whisky, wie seine Augen. Seine Stimme war kräftig, sanft und voll, wie der beste Bourbon.

Beruhigt von ihrem Klang und in den Sog seiner Augen gezogen, vergaß sie beinahe James, der ungestüm eine Gruppe seiner früheren Studentenverbindung begrüßte.

»Josh, willst du nicht mit meinem Mädchen tanzen, während ich diesen degenerierten Brüdern zeige, wo der echte Stoff lagert?«, fragte James seinen Arbeitgeber.

Panisch beobachtete Megan, wie James sich pflichtvergessen zurückzog, sie wusste schon damals, dass sie nicht alleine mit Josh Bennett sein sollte. Eine starke Intuition kündigte die Katastrophe an. Sie beachtete sie nicht. Hätte sie zu diesem Zeitpunkt auf ihre Instinkte gehört, hätte sie vermutlich später nicht so teuer bezahlt.

»Wollen wir?«, fragte er. Seine Braue hob sich fragend, und sie bemerkte zum ersten Mal seine Narbe.

Bevor sie eine Antwort geben konnte, hatte er sie in seine Arme gezogen, und das Sprechen wurde unmöglich. Er führte sie mit sinnlicher Anmut über die Tanzfläche, ohne dass seine Schritte jemals aus dem Rhythmus der Musik gerieten.

Megan konnte sich später nie daran erinnern, zu welchem Lied sie getanzt hatten. Ihre Gedanken drehten sich um die Hand, die sie hielt, nicht an ihrem unteren Rücken, wo der Stoff ihres Kleides ein wenig Schutz geboten hätte, sondern höher, wo ihre

Haut nackt und empfänglich für den sanften Druck seiner Hand war. Statt ihre Hand einfach nur zu halten, hatte er ihre Finger locker ineinander verschlungen. Sein Daumen strich langsam über die Seite ihres Zeigefingers.

Er hielt sie nicht unschicklich eng, aber jedes Mal, wenn sie ihn streifte, reagierte ihr Körper schamlos. Sie hoffte inbrünstig, dass er nicht bemerkte, wie ihre Brustspitzen unter dem eng anliegenden Kleid steif wurden oder wie angenehm sie die Stellung ihrer Oberschenkel, die mit seinen verschränkt waren, empfand oder wie sie plötzlich heftig ein- und ausatmete. Da sie nicht wagte, ihm in die Augen zu sehen, starrte sie auf die Knöpfe aus Onyx an den gestärkten Falten seiner weißen Hemdbrust.

Als das Lied vorüber war und Josh sie zu ihrem Verlobten zurückbrachte, fiel sie James beinahe in die Arme. Hätte er sie aus einer grausamen, gewalttätigen Entführung gerettet, hätte sie nicht erleichterter sein können, ihn zu sehen.

Aber sie war ganz anders und viel subtiler verletzt worden als bei einer Vergewaltigung. Ihr Herz war verführt worden.

Sie wollte die Feier so sehr genießen, aber Joshua Bennetts Anwesenheit hatte sie ihr ruiniert. Sie war angespannt und nervös. Jedes Mal, wenn sie es wagte, quer durch den Saal zu sehen, merkte sie, wie seine Augen sie durchbohrten. Nicht fähig ihre hypnotische Macht zu ignorieren, starrte sie zurück, während unvorstellbar erotische Bilder vor ihrem Auge erschienen.

Als er sie das nächste Mal um einen Tanz bat, nahm sie diesen unter dem Druck von James' Überredung an. Die Augen ihres Verlobten glänzten ungewöhnlich und Megan wusste, dass er mehrfach mit seinen Verbindungsbrüdern an der Bar gewesen war. Sie warf ihm einen enttäuschten Blick zu, als sie eine Zigarette aus seinem Mundwinkel hängen sah.

Er zuckte unverbindlich mit den Schultern. »Nach der Hochzeit, ich verspreche es. Jetzt geh und tanz mit meinem Boss. Er könnte mir eine Gehaltserhöhung geben.«

Die Band spielte eine flotte Nummer, so dass es nicht notwendig war, dass sie und ihr Partner sich berührten. Gefangen vom dröhnenden Rhythmus der Musik, lächelte sie Josh, der diesen Tanz genauso geschmeidig tanzte, wie den langsameren Rhythmus, leicht an. Nur als ihre Hüften zufällig gegeneinander stießen, setzten Megans Füße einen Takt aus – wie auch ihr Herz. Für den Bruchteil einer Sekunde stand sie völlig still.

»Bist du in Ordnung?«, fragte Josh und legte ihr besorgt eine Hand auf ihre bloße Schulter.

Sie nickte stumm, da leitete die Band zu einer ruhigen Ballade über.

Ohne sie um Erlaubnis zu fragen, nahm er sie zärtlich in die Arme. »Das ist mehr nach meinem Geschmack«, murmelte er. Seine Lippen näherten sich ihrem Haar. »Ich mag es … beim Tanzen … den Körper einer Frau an meinem zu spüren.«

Genau zu diesem Zeitpunkt, bei dieser ersten versteckten Anspielung hätte sie sich von ihm frei machen, sich höflich entschuldigen und für den Rest des Abends nichts mehr mit ihm zu tun haben sollen.

Aber sie hatte es nicht getan. Stattdessen hatte sie der kaum wahrnehmbaren Ermutigung seiner Hand auf ihrem Rücken gehorcht und war näher an ihn herangerückt. Es *fühlte* sich gut an, Körper an Körper zu tanzen, besonders wenn der andere Körper wie dieser war, hart und durchtrainiert, männlich und warm. Sie wiegten sich zur Musik. Megans Augen schlossen sich träge. Ihre Herzen schlugen im Gleichtakt. Seine starken Oberschenkel kamen näher. Seine Hüften … Oh Gott!

»Ich … entschuldige mich«, sagte sie heiser. Erschreckt fielen seine Arme herunter, als sie aus ihnen herausschlüpfte.

Mit einem gefrorenen Lächeln auf ihrem Gesicht, von dem sie wusste, dass es eine groteske Parodie war, ging sie durch den schummerigen Raum. Sie mied ihre Mutter, ihren Verlobten und jeden, der ihren schuldigen Gesichtsausdruck hätte lesen können.

Sie brauchte frische Luft. Sie trank selten und hatte an jenem Abend zu viele Gläser Champagner gehabt. Sie waren ihr zu Kopf gestiegen und hatten ihr das Denkvermögen geraubt. Die Nachtluft würde ihren Kopf klären, und sie würde aufhören, diese lächerlichen Fantasien über diesen Mann mit den dunklen Haaren, goldenen Augen und dem großartigen Körper zu haben, der sie erregte, wie es nie ein Mann zuvor getan hatte.

Sie schwelgte in der kühlen Nachtbrise, während sie um den schwach beleuchteten Swimmingpool herumging und im Pavillon mit dem weißen Gitterwerk Zuflucht suchen wollte. Sie sank auf die Bank im Inneren des achteckigen Gebäudes.

Sie barg ihr Gesicht in ihren zitternden Händen und versuchte sich vergeblich zu fassen. Wenn nur ihr Herz aufhören würde zu rasen. Sie fühlte jeden Pulsschlag in ihren Schläfen, ihren Ohrläppchen, den Spitzen ihrer Brüste und dort, wo es sich schwer, geschwollen und heiß zwischen ihren Schenkeln anfühlte.

Aber ihr Herz beruhigte sich nicht. Vielmehr stolperte es und kam zu einem tödlichen Stillstand, als sie draußen auf dem gekiesten Fußweg das Knirschen von Schritten hörte. Es gab keinen Zweifel, wem die Silhouette gehörte, die sich im mondbeschienenen Eingang des Pavillons abzeichnete. Er duckte sich unter dem Bogen hindurch und kam langsam durch den Schatten auf sie zu.

Wachgerüttelt durch ihre Angst vor diesem Mann und ihrer Reaktion auf ihn, sprang sie von der Bank auf und versuchte an ihm vorbeizuschlüpfen, aber er fing sie mit seinem muskulösen Körper ein.

»Warum heiratest du James Lambert?«

»Ich liebe ihn«, rief sie verzweifelt.

»Du liebst ihn?«

»Ja, natürlich. Ja.«

»Du klingst nicht überzeugt.«

Ich war überzeugt. Ich war mir sicher, bis vor einer Stunde. »Ich liebe ihn. Ich werde ihn morgen heiraten. Und jetzt lass mich bitte gehen.«

Aber er tat genau das Gegenteil. Er zog sie enger an sich und schob sie rückwärts, bis sie mit dem Rücken an der filigranen Wand des Sommerhauses lehnte. Mondlicht schimmerte zwischen den schmalen Latten hindurch und malte ein Waffelmuster auf seine Gesichtszüge. »Ich will, dass du mich küsst und mir danach sagst, dass du James Lambert liebst.«

»Ich kann nicht«, sagte sie heiser. Schon da wusste sie nicht, ob sie nun sagte, dass sie ihn nicht küssen könne, oder ob sie, wenn sie es täte, ihm nicht mehr sagen könne, dass sie James liebte. Sie hatte keine Zeit darüber nachzudenken, bevor sein Mund sie fordernd nahm, mit einer Fertigkeit, die ihr Herz still stehen ließ.

Jetzt, mehr als vier Jahre später, lag sie auf der Couch ihres Büros und dachte an diese Nacht. Sie konnte sich noch immer lebhaft daran erinnern, wie mühelos er von ihrem Mund Besitz ergriffen hatte. Seine Lippen waren leidenschaftlich, aber sanft, als sie sich über ihre eigenen, weniger geübten, bewegten. Wie süß seine Zunge das Hindernis ihrer Lippen und Zähne überwunden hatte. Wie ganz und gar wunderbar es gewesen war, als sie ihren Mund erkundete und einen Tanz der Vereinigung mit ihrer eigenen Zunge getanzt hatte.

Seine Hände hatten sich um ihre Wangen geschlossen, ihren Kopf zurückgelegt für einen noch innigeren Kuss, der ihr das Bewusstsein und ihre Skrupel geraubt hatte. Seine Zunge ließ keinen Winkel ihres Mundes unberührt, erkundete alles, und drang bis an Stellen vor, die bis dahin jungfräuliches Gebiet gewesen waren.

Eine Hand liebkoste sie. Mit dem Daumen auf der einen und seinen Fingern auf der anderen Seite, zeichnete er die Unterseite ihrer Brust nach. Er hob sie leicht an und fand, dass die steifen Brustwarzen seine Aufmerksamkeit verdienten. Als sein Daumen begann, an ihnen entlangzustreichen, fiel Megans Kopf in den Nacken, und ein Seufzer der Erregung hallte durch die Nacht.

Als seine Lippen gierig ihren Hals mit Küssen bedeckten, entdeckte dieser Daumen mit den vielen Fähigkeiten das brennende Verlangen ihrer Brüste und umkreiste sie verführerisch.

»Gott, bist du süß. So süß. Ich wusste, dass du so schmeckst. Lass mich dich noch einmal küssen.«

Megans Finger verkrampften sich in Selbstverachtung, wenn sie jetzt daran dachte, wenn sie sich daran erinnerte, wie fügsam sie ihren Mund zu seinem sexuellen Vergnügen dargeboten hatte. Und es war nicht nur sein Mund gewesen, der sie geküsst hatte. Sein Körper hatte sie gestreichelt wie ein einziger verlockender Kuss. Seine muskulöse Brust hatte sich gegen ihre Brüste gepresst. Seine Schenkel waren an ihr entlanggestrichen, hatten innegehalten, hatten sich gelöst, hatten sich erneut gerieben, waren still geworden. Seine Hand hatte sich auf ihrem schmalen Rücken weit geöffnet und war nach unten geglitten, um ihre Hüften zu wiegen. Während er sie so hielt, rieb er das steife Glied in seiner Hose mit der selben provozierenden Bewegung an ihrem Körper wie seine Zunge in ihrem Mund. Irgendein Dämon in ihrer Seele hatte sie verführt, sich als Antwort ihm entgegenzustrecken.

»Megan, Megan«, hatte er geflüstert. »Du liebst James nicht, wenn du mich so küssen kannst.«

Seine Worte fielen wie ein eiskalter Schwall auf ihr erhitztes Gemüt. Megan zerrte an der Hand, die ihre Brust liebkoste und war beschämt, dass sie sich beraubt fühlte, als diese fort war. Zur selben Zeit presste sie mit dem Handballen ihrer anderen Hand gegen seine Brust, bis er rückwärtsstolperte.

»Du schleimiger ... Oh, zu denken, ich ... Wie kannst du das nur deinem *Freund* antun. Wie konnte ich ... Du bist widerlich.«

Während sie in einer Wolke aus meergrünem Chiffon fortwirbelte, hatte sie mit ihrem Handrücken seine Küsse von ihrem Mund abgewischt und war in die Dunkelheit gerannt.

Als Megan sich jetzt aufsetzte, spürte sie den ganzen Hass auf diesen Mann, wie sie ihn in dieser Nacht empfunden hatte. Er hatte keinen Sinn für Anstand, Scham oder Moral. Egoistisch war er hinter allem her, was er für sich haben wollte. Nicht dass er sie wollte, höchstens vielleicht für ein Wochenendabenteuer. Aber er hatte erreicht, was er erreichen wollte, nämlich die Verlobte von James Lambert unter seinen geübten Küssen und Liebkosungen zum Schmelzen zu bringen.

»Was hat es Ihnen gebracht, Mr Bennett«, fragte sie in das jetzt leere Büro hinein. »Ich habe Sie damals verachtet. Ich verachte Sie heute, aus noch triftigeren Gründen.«

Wieder erklang der Summer der Telefonanlage. Sie hievte sich hoch, plötzlich unbegreiflich erschöpft und gleichgültig, und ging durch das Zimmer, um zu antworten.

»Entschuldigen Sie, dass ich Sie störe, aber Mr Atherton hat angerufen«, informierte Arlene sie. »Sobald Sie vom Mittagessen zurück sind, will er sie sehen. Er sagte, es wäre wichtig.«

»Ich komme«, gab Megan teilnahmslos zurück.

Auf ihrer Uhr sah sie, dass sie mehr als eine Stunde Zeit hatte, sich auf das Treffen mit dem Geschäftsführer des Senders vorzubereiten. Sie war sich absolut sicher, dass die dringende Angelegenheit, wegen der er sie sehen wollte, etwas mit Joshua Bennett zu tun hatte.

Kapitel 2

Megans Schritte wurden vom tiefen Teppich des Flurs verschluckt. Hier klingelte nicht ständig das Telefon, hasteten Reporter, klackerten Tastaturen oder quäkte der Polizeifunk, wie in den Nachrichtenbüros. Die Ingenieure, die dafür sorgten, dass der Fernsehsender auf Sendung war, arbeiteten unten in schlecht beleuchteten Räumen, vollgestopft mit surrenden Computern und Lämpchen. Regisseure und Produzenten saßen in der Nähe der höhlenartigen Sendestudios in Schreibtischnischen voller Unterlagen, Drehbücher und Sendepläne.

Aber ein Stockwerk wie dieses hier, auf dem die Verwaltungsbüros von WONE lagen, hätte man in jedem größeren Bürogebäude des Landes finden können. Dieser ruhige Flur hatte nicht die geringste Ähnlichkeit mit dem Korridor, in dem Megan und ihre Kaufleute in winzigen Büroabteilen untergebracht waren. Ihr Büro war schöner als die meisten anderen, weil sie es auf eigene Kosten selbst eingerichtet hatte, aber es war längst nicht so luxuriös, wie das, das sie nun durch die doppelte Eichentür betrat.

»Hallo«, begrüßte Megan die Sekretärin von Mr Atherton. »Ist er schon vom Mittagessen zurück?«

»Er ist wieder da und wartet auf Sie.« Die Frau lächelte. »Gehen Sie rein.«

Ein Selbstvertrauen vorschützend, das sie nicht empfand, ging Megan durch das Vorzimmer und betrat das Heiligtum des Geschäftsführers, in dem alle wichtigen Entscheidungen des Fernsehsenders getroffen wurden.

»Kommen Sie herein, Megan«, sagte er und machte einen halbherzigen Versuch aufzustehen, als sie sich in den tiefen, plüschigen Sessel auf der anderen Seite seines gigantisch großen Schreibtisches setzte. »Kaffee?«

»Nein, vielen Dank, Doug. Ich habe gerade meinen täglichen Joghurtbecher zum Mittagessen verzehrt. Besser, ich lasse ihn erst einmal ruhen.«

Doug Atherton, der eine Glatze und einen Bauch ansetzte, schüttelte sich. »Guter Gott, von dem Zeug könnte ich mich nicht ernähren.« Das Attraktivste an diesem Mann mittleren Alters war seine melodiöse Südstaaten-Sprechweise. Selbst wenn er einem unglückseligen Mitarbeiter die Hölle heiß machte, klang seine Stimme noch beruhigend. Er studierte eindringlich seinen Daumennagel, als er fragte: »Wie läuft es diese Woche in Ihrer Abteilung?«

»Ich bin froh, dass ich berichten kann, dass wir über Plan liegen. Ich musste Barnes heute Morgen hereinrufen, ihm den Kopf waschen und ihm einen Tritt geben. Ich denke – ich hoffe, dass er jetzt in Form kommt.«

»Machen Sie lieber allen Mitarbeitern die Hölle heiß.

Ich wurde informiert, dass uns in ein paar Wochen ein Trupp hoher Tiere von der Holding besucht. Ich bin sicher, dass sie Ihre Vorgaben erhöhen werden.«

»Sonst noch etwas Neues?«, fragte sie trocken.

Doug nickte geistesabwesend. »Ich bin davon überzeugt, dass Sie uns nicht enttäuschen werden. Und Sie werden bis dahin mit Sicherheit nichts tun, was uns einen Kunden kosten könnte.« Er räusperte sich. »Megan, Josh Bennett hatte heute Morgen einen Termin bei mir.«

Ihre Bauchmuskeln verkrampften sich, aber ihr Gesichtsausdruck blieb unbewegt. »Und?«

»Und«, sagte er und zog das Wort in die Länge. »Er möchte, dass Sie sich persönlich um diesen Etat von Seascape kümmern.«

»Das hat er mir auch gesagt.« Sie veränderte ihre Sitzposition, legte ihre Arme auf die Lehnen und versuchte vergeblich, ruhig zu wirken.

»Ich sehe dafür keinen Grund. Ich habe vollstes Vertrauen zu Jo Hampson.«

»Ja, aber der Kunde nicht«, antwortete Doug. Seine milchig trüben Augen durchbohrten sie einen Moment lang, dann wurde sein Gesichtsausdruck nachsichtig. »Ich weiß, dass Sie ihn nicht mögen, Megan.«

Sie lachte kurz. »Ihn nicht mögen, das ist viel zu milde ausgedrückt, Doug. Ich hasse ihn. Er hat dafür gesorgt, dass sich mein Mann zu Tode gearbeitet hat. Was sollte ich sonst empfinden?«

»Ich kannte James, und ich denke nicht, dass er einen Sklaventreiber brauchte. Dieser junge Mann hatte mehr Energie als irgendein anderer Mensch, den ich je getroffen habe. Maßlose, exzessive Energie. Um die Wahrheit zu sagen, er tat alles in seinem Leben maßlos und exzessiv.«

Er hob seine Hände abwehrend, als sie zu widersprechen begann. »Warten Sie, ich spreche nicht geringschätzig von James. Aber ich denke, dass Sie Ihre Augen vor der Wahrheit verschlossen haben oder Sie diese in Ihrer Erinnerung zumindest geschönt haben.«

»Wollen Sie damit sagen, dass ich mir all die Überstunden, die endlosen Cocktailpartys, Deadlines und meckernden Kunden von James nur einbildet habe?«

Die Luft im Raum war plötzlich stickig, der Sessel beengte sie, und Megan sprang auf. Sie ging um den Sessel herum, legte ihre Hände auf die gepolsterte Rückenlehne und sprach weiter. »Ich habe dabei zugesehen, wie mein Mann sich sein eigenes Grab geschaufelt hat, weil sein Chef ihn nie aus den Fängen gelassen hat. Bitten Sie mich nicht, dass ich Josh Bennett wohlwollend gegenüberstehe.«

»Es wäre Ihnen also unmöglich, diesen Etat gemeinsam mit ihm zu betreuen?«

»Absolut. Meiner Ansicht nach hat dieser Mann noch nie etwas getan, das Anerkennung verdient. Er ist ein Opportunist, ein Manipulator, einer, der nur nimmt.«

Doug seufzte und strich sich müde über sein fleischiges Gesicht. »Setzen Sie sich, Megan.« Als sie zögerte, sah er sie befehlend an. »Setzen Sie sich.«

Megan wurde klar, dass seine Worte keine Bitte mehr waren und nahm erneut in ihrem Sessel Platz. Instinktiv und ohne dass sie einen Grund dafür hätte nennen können, begann ihr Herz heftig vor bösen Vorahnungen zu schlagen. Sie hatte das überwältigende Gefühl, dass sie nicht hören wollte, was Doug ihr gleich sagen würde.

»Es gibt etwas, das Sie wissen sollten, Megan, etwas, das ich Ihnen wahrscheinlich schon viel früher hätte sagen sollen. Josh Bennett war dafür verantwortlich, dass Sie Ihren Job bei WONE bekommen haben.«

Nichts hätte sie auf den vernichtenden Schlag vorbereiten können, den Dougs Worte ihr versetzten. Sie starrte ihn fassungslos an und hoffte verzweifelt, dass sie ihn falsch verstanden hatte. Seine Augen wirkten beinahe schmerzerfüllt. Sein Gesichtsausdruck war fast mitleidig. Er log nicht.

Sie versuchte das, was er ihr gerade erzählt hatte, aufzunehmen und zu verdauen, aber sie konnte es nicht. Es war unvorstellbar. Dass sie ihren *Job*, ihr ganzes jetziges Leben, ausgerechnet dem Mann verdanken sollte, den sie von allen Menschen auf der Welt am meisten hasste, war jenseits aller Vorstellungskraft.

»Das ist unmöglich«, sagte sie. »Ich hab mich für den Job hier ganz spontan beworben.«

»Trotzdem.«

Sie kam wieder zu Kräften, ihr Denkvermögen kehrte langsam wieder zurück, sie dachte an die Tage nach dem Tod von James vor drei Jahren. »Ich wollte zum Radiosender zurück, aber sie brauchten niemanden. Dann habe ich mich hier beworben. Wie hätte Bennett davon wissen können?«

Atherton zuckte beredt mit den Schultern. »Gerüchteküche. Sie kennen das ja, wie es in dieser Branche ist. Jemand hat einen Schnupfen, und jeder weiß es. Erinnern Sie sich, dass wir Ihnen damals gesagt haben, dass kein Job frei wäre? Es war auch keiner frei.«

»Eine Woche später haben Sie mich angerufen und mir gesagt, dass Sie noch einmal über meine Bewerbung nachgedacht hätten.«

»Ja, nachdem Bennett mir einen Besuch abgestattet hatte. Er bestand darauf, Megan. Er drohte, all seinen Kunden, die bei uns bereits Werbung schalteten, zu empfehlen, ihr Geld woanders auszugeben, falls wir Sie nicht für unser Verkaufsteam einstellten. Er begutachtete persönlich die Liste der Etats, die wir Ihnen gaben, um sicherzustellen, dass Ihnen ein fairer Anteil der attraktiveren Kunden zugeteilt wurde.«

»Mein Gott«, flüsterte sie und verbarg ihr Gesicht in ihren Händen.

Atherton lachte bellend. »Genug Macht hatte Bennett dazu. Ich hätte ihm gerne gesagt, dass er sich zum Teufel scheren solle, aber wenn er seine Drohungen wahr gemacht hätte, hätte uns das ein Vermögen an Werbegeldern gekostet. Oh ja, nach meinem kleinen

Geplauder mit Bennett habe ich Ihrer Einstellung sofort zugestimmt.«

Er beugte sich vor und legte seine Hände auf den Schreibtisch. »Aber, Megan, ich wurde nicht enttäuscht. Ich erklärte Mr Bennett, dass Sie nach sechs Monaten wieder draußen wären, wenn Sie die Leistung nicht bringen würden. Er war damit einverstanden. Sie selbst haben sich in diesem Job bewiesen, wie er es mir versprochen hatte.«

Megan bedeutete dieses Kompliment nichts. »Er wusste überhaupt nichts von mir!«, brüllte sie beinahe. »Und noch immer weiß er nichts von mir. Als James noch sein Angestellter war, hatte ich nichts mit ihm zu tun.«

Atherton zuckte wieder mit den Schultern. »Er hat so viel wie möglich über Sie in Erfahrung gebracht. Alles, was er behauptet hatte, stimmte genau.«

Wieder sprang sie auf und lief ruhelos hin und her. Sie fühlte sich wie ein Tier im Käfig, als ob die Wände auf sie herabstürzten. »Als der Job als Regionalverkaufsleiter frei wurde, hatte er da auch etwas mit meiner Beförderung zu tun?« Ihr drohender Blick hielt ihn davon ab, ihr eine Lüge zu erzählen.

Er schüttelte seinen Kopf. »Nein, die Geschäftsführung hatte längst beschlossen, Ihnen die Stelle zu geben. Ihre Verkaufszahlen waren überragend, und Sie hatten die notwendigen Führungsqualitäten. Sie waren immer in der Lage, auch mit den schwierigsten Kunden umzugehen.«

»Danke …«

»Aber«, unterbrach er sie. »Bennett hat mich angerufen, um mir mit Nachdruck zu empfehlen, Ihnen die frei gewordene Position zu übertragen. Ich war froh, ihm sagen zu können, dass wir uns bereits dafür entschieden hatten.«

»Er wusste es noch vor mir«, sagte sie mit tödlich ruhiger Stimme.

Atherton machte eine Pause, dann pflichtete er ihr bei.

»Ja.«

»Verdammt!«

Megan schlug mit den Armen auf die Lehnen ihres Sessels und sank in die tiefen Kissen zurück. Niedergeschlagenheit erfasste sie.

Atherton gestand ihr ein paar Momente des Nachdenkens zu. Ihre Gedanken waren so in Aufruhr, dass sie ihn erst wahrnahm, als er sich leise räusperte.

»Denken Sie, dass Sie sich vor dem Hintergrund dessen, was ich Ihnen gerade erzählt habe, die Forderung den Etat von Seascape zu übernehmen, noch einmal überlegen würden?«

Sie hob trotzig ihr Kinn. »Was ist so wahnsinnig wichtig an diesem Etat? Er braucht ihn nicht. Bennett wird jeden Tag in der Zeitung erwähnt, weil er Geld für diese oder jene Wohltätigkeitseinrichtung gespendet hat oder an dieser oder jener Benefizveranstaltung teilgenommen hat. Warum sollte ihm ausgerechnet dieser Etat so wichtig sein?«

»Weil er ein Profi ist«, schoss Atherton zurück. »Er lässt seinen rationalen Geschäftssinn nicht von persönlichen Gefühlen leiten.«

»Und Sie glauben, dass ich das tue«, sagte sie hitzig.

»Ja, das glaube ich!«, schrie er. »Wenn es um Bennett geht, dann schon. Ich bin zum ersten Mal von Ihnen enttäuscht. Sie gehen nicht professionell an die Sache heran.«

Das tat weh. Und es tat vor allem weh, weil es die Wahrheit war. Sie versuchte sich mit Athertons Blick zu messen, aber es gelang ihr nicht.

Als sie ihre Augen senkte, sagte er schroff. »Kann ich ihm sagen, dass Sie einverstanden sind, mit ihm und Mr Bishop heute Abend essen zu gehen? Ms Hampson wurde ebenfalls dazugebeten.«

Abendessen. Mit ihm. Mit Josh Bennett. Sie hatte keine Wahl, und sie wusste es. Ohne es ausdrücklich auszusprechen, hatte ihr Atherton, als ihr Vorgesetzter, deutlich gemacht, dass sie ihre persönlichen Gefühle um ihrer Karriere willen beiseiteschieben musste.

Mit gestrafften Schultern stand sie auf. Ein harter, angespannter Zug spielte um ihren Mund. »Also gut.«

»Gut«, sagte Atherton barsch und stöberte auf seinem Schreibtisch. »Hier, das hat er für Sie dagelassen.« Er hielt ihr eine cremefarbene Visitenkarte entgegen, in die der verhasste Name eingeprägt war. »Ich erwarte morgen Ihren Bericht.«

»Sie werden ihn bekommen.«

Als sie an der Tür angekommen war, hielt er sie auf. »Dieser Etat entscheidet weder über den Erfolg noch den Untergang von Bennett, Megan. Er braucht sich nicht mehr zu beweisen. Was ihn antreibt, ist der Ruf seiner Agentur, als die beste Agentur. Für ihn ist das alles ein Spiel, und Geld ist nur das Mittel, um Treffer landen zu können. Aber für uns bedeuten die Werbespots von Seascape eine riesige Summe Geld. Ich weiß, dass Sie einen guten Job hinlegen werden, um uns alle glücklich zu machen.«

»Das stimmt. Das werde ich«, sagte sie schnöde und verließ mit hoch erhobenem Haupt das Büro.

* * *

Das vertrauliche, abgekürzte J am Ende der kurzen Nachricht ärgerte sie am meisten. Während sie auf dem Bett lag und versuchte, sich vom Kampf durch den nachmittäglichen Stoßverkehr durch Atlanta zu erholen, las sie die Nachricht auf der Rückseite der Visitenkarte zum hundertsten Mal. »Ein Fahrer wird dich um halb acht Uhr abholen. J.«

»Nun, vielleicht will ich nicht von einem Ihrer verdammten Fahrer um halb acht Uhr abgeholt werden, Mr Bennett«, sagte sie laut. Aber das Auto würde pünktlich vor der Tür stehen, und sie wusste, dass sie bereit wäre. Ob sie wollte oder nicht, sie war gezwungen mit Josh zusammenzuarbeiten.

Nach ihrer Besprechung mit Doug Atherton hatte sie den Rest des Nachmittags versucht, ihre Gedanken zu sortieren und mit seinen Enthüllungen zu Rande zu kommen. Sie wäre nie auf die Idee gekommen, dass Josh ihr Leben manipuliert haben könnte. Warum hatte er sich für sie all die Umstände gemacht? Hatte er versucht, sein Gewissen über den viel zu frühen Tod von James zu erleichtern und sich selbst von der Schuld reinzuwaschen? Das musste es sein. Aber zu wissen, dass sie ihren Erfolg ihm verdankte …

Nein, entschied sie, sprang vom Bett und ging ins Badezimmer, um kurz zu duschen. Er mochte dafür verantwortlich sein, dass sie anfangs ihren Job bekommen hatte, aber den Erfolg hatte sie sich selbst erarbeitet. Damit hatte er nichts zu tun. Er hatte sie nicht bei ihren beruflichen Entscheidungen beraten.

Trotzdem, wie sollte sie ihm entgegentreten, wohl wissend, wie sehr sie ihm zu Dank verpflichtet war? Wäre er nicht gewesen, hätte er sich nicht durchgesetzt, würde sie jetzt von der viel zu geringen Lebensversicherung von James und dem mageren Gehalt leben, das sie bei einem kleinen, unbedeutenden Radiosender verdient hätte. Stattdessen war sie Verkaufsleiterin eines angesehenen regionalen Fernsehsenders, in einem der größten und wichtigsten Sendegebiete des Landes. Nur wenige Frauen konnten das von sich sagen. Nur wenige *Männer* konnten es.

Sie würde ihm mit Stolz und kühler Verachtung begegnen, entschied sie, als sie in das Kleid schlüpfte, das sie für diesen Abend ausgewählt hatte. Ihr Auftritt wäre ebenso erstklassig wie seiner. Das Kleid war ganz schlicht geschnitten. Von Rüschen, weiten Ärmeln oder gebauschten Röcken wäre ihre zierliche Figur erdrückt worden. Unter diesem Gesichtspunkt hatte sie ihre ganze Garderobe ausgesucht.

Als Megan sich jetzt im Spiegel ansah, wusste sie, dass dieses Kleid eines ihrer besten war. Die Farbe der Seide war eine Spur gebrochener als reines Weiß. Es hatte einen tiefen V-Ausschnitt. An der Spitze des Ausschnitts begann eine Linie kleiner Strassknöpfe, die bis zum Gürtel, der um ihre Taille lag, verlief. Der Rocksaum umspielte ihre Beine knapp über dem Knie. Durch die hochhackigen Riemchensandalen kamen ihre schlanken Waden zur Geltung.

Ein Lockenstab hatte die Wellen ihres Haars aufgefrischt, die zu beiden Seiten ihres Gesichts locker herunterfielen. Sie steckte kleine Diamantohrringe fest und war fertig. Da das Kleid ärmellos war, nahm sie einen schwarzen Spitzenschal und wählte eine passende Abendhandtasche aus Satin. Gerade als sie ein blumiges Parfum aufgelegt hatte, klingelte es an der Tür.

Ein uniformierter Chauffeur stand auf der Türschwelle.

»Mrs Lambert?«

»Ja.«

Sie kam heraus und schloss die Tür hinter sich ab. Sie ließ sich von dem würdevollen Fahrer zu einer glänzend schwarzen Limousine begleiten. Als er sicher war, dass sie es sich im vornehmen Rücksitz bequem gemacht hatte, konzentrierte er sich ganz auf das Fahren und überließ Megan ihren eigenen Gedanken. Ihr Kopf war so beherrscht von ihrer Angst vor den kommenden Stunden, dass sie überrascht war, als die Limousine unter der Markise eines der besten Restaurants Atlantas vorfuhr.

Die erste Person, die Megan sah, als der Fahrer ihre Tür öffnete, war Jo Hampson, die fröhlich winkte und zu ihr herübereilte.

»Hallo! Ich war froh zu hören, dass Sie heute Abend kommen. Ich hatte schon befürchtet, dass mir Mr Bishop oder Mr Bennett eine Frage stellen könnten, die ich nicht beantworten kann.«

»Das hätten Sie bestens gemeistert«, versicherte ihr Megan.

»Danke für das Kompliment, aber trotzdem bin ich froh, Sie hier zu sehen, Chefin.«

Sie lachten fröhlich, als der Türsteher sie in das Restaurant geleitete.

Jo Hampson war in pinkfarbenen Taft gekleidet, ihre Haare waren zu einem blonden Nest aufgesteckt und ihr Gesicht lächelte unschuldig. Sie sah aus wie schaumiges Erdbeerkonfekt. Neben ihr fühlte sich Megan elegant und weltgewandt.

Josh Bennett hatte einen Hang zur Eleganz, der offensichtlich wurde, als er auf sie zukam, um sie zu begrüßen. Er grüßte Jo freundlich, aber sein Blick bohrte sich in Megans Augen, als er sie beim Ellbogen nahm.

»Ich bin froh, dass du so kurzfristig kommen konntest, Megan.«

Sie biss ihre Zähne zusammen, um ihn nicht daran zu erinnern, dass sie keine Wahl gehabt hatte. Stattdessen antwortete sie mit kühler Höflichkeit: »Vielen Dank für Ihre Einladung.«

Ihre leicht sarkastischen Worte schienen ihn zu amüsieren. Seine fein geschwungenen Lippen zogen sich an einem Mundwinkel hoch. »Mr Bishop ist bereits eingetroffen. Hier entlang, bitte.« Er führte sie zu einer runden, federgeschmückten Sitznische aus Vinyl, die sich in einer Ecke der schummrig beleuchteten Bar befand.

Ein schlanker Mann mittleren Alters mit zerzaustem grauen Haar und dicken Brillengläsern erhob sich.

»Hallo Mr Bishop«, sagte Jo.

»Miss Hampson, ich habe Sie gebeten, Terry zu mir zu sagen«, sagte er, nahm ihre Hand und begrüßte sie.

»Nur, wenn Sie mich ebenfalls beim Vornamen nennen«, gab sie zurück.

Erwartungsvoll wandte er sich Megan zu. Josh griff den Wink auf. »Terry Bishop, Megan Lambert, die Regionalverkaufsleiterin von WONE.«

»Mr Bishop«, sagte sie, lächelte freundlich und streckte ihm ihre Hand entgegen. Sie mochte ihn sofort. Sie hatte einen Geschäftemacher wie Josh erwartet, der in der selben Liga spielte. Stattdessen sah dieser Mann aus, als ob ihm die extravagante Umgebung des Restaurant nicht behagte. Über seinem Zeichenbrett fühlte er sich vermutlich wohler, als bei einem Geschäftsessen.

»Bitte nennen Sie mich Terry«, bat er. »Ich war gespannt darauf, Sie zu treffen. Josh hat mir so viel von Ihnen erzählt. Ich weiß, dass Sie seit langer Zeit Freunde sind.«

Megan ignorierte Jos verwirrten Blick, als sie neben Terry Bishop in die Sitzecke schlüpfte. »Ja, wir haben uns durch meinen Ehemann vor einigen Jahren kennen gelernt.« Die bedrohliche Anwesenheit von Joshua, der hinter ihr stand, zwang Megan, die Nische eilig zu umrunden und dann zuzulassen, dass er sich neben sie setzte. Wären die stählernen Klauen einer Falle um sie herum zugeschnappt, hätte sie sich nicht eingesperrter gefühlt.

»Ja, Josh erwähnte das. Der frühe Tod Ihres Mannes war eine Tragödie«, sagte Terry Bishop gerade.

»Ja, das war er«, murmelte sie und verbarg ihre Erregung, indem sie ihren Rock über ihre Knie zog und ihre Tasche und ihren Schal zwischen sich und die muskulösen Schenkel von Josh platzierte. Sofort nahm er beides und legte es auf die andere Seite neben sich. Megan schoss ihm einen warnenden Blick zu, aber er nahm ihn nicht wahr. Er fragte Jo, was sie trinken wolle.

»Und du, Megan. Was möchtest du?«

Ich möchte, dass du aufhörst deine Schenkel an meine zu pressen, hätte sie am liebsten gebrüllt. Stattdessen antwortete sie mit kühler Höflichkeit: »Weißwein mit Eis, bitte.«

Er hielt die Bedienung auf, die gerade vorbeieilte, während er einen Moment lang ihren Mund in Augenschein nahm. Als er die Bestellung aufgab, stieß Megan den Atem aus, den sie angehalten hatte. Wenn er ihr nur nicht so nahe wäre. Wenn sie nicht sein verführerisch herbes Rasierwasser riechen könnte. Wenn er nicht so verdammt gut aussehen würde. Wenn sie sich nicht so gut daran erinnern könnte, wie ihr Name aus dem Mund klang, der sie mit mehr Leidenschaft küssen konnte, als sie jemals gekannt hatte. Wenn sie bloß nicht wüsste, wie sein Mund geschmeckt hatte, als er ihren Mund gierig verschlang.

Jo begann eine angeregte Erzählung von einem Mann, der wollte, dass sie für sein Rezept für hausgemachten Kaugummi Fernsehwerbung machte. Sein Werbebudget betrug fünfzig Dollar.

Terry hörte noch immer interessiert zu, als die Kellnerin mit ihren Drinks zurückkam. »Kann ich Ihnen noch etwas bringen, Mr Bennett?«, säuselte sie, als sie sich bückte. Ihre eindrucksvollen Brüste fielen beinahe aus dem Ausschnitt ihrer engen schwarzen Samtweste.

»Ich lasse es Sie wissen«, antwortete Josh mit dem schiefen Grinsen, von dem Megan wusste, dass es selbst die kältesten Frauenherzen zum Schmelzen bringen konnte.

»Gerne, jederzeit.« Sie drehte sich mit einem verführerischen Hüftschwung unter dem kurzen roten Schottenrock um.

Josh lachte leise in sich hinein, als er einen Schluck seines Scotch mit Wasser nahm. »Was ist nur aus dem Ansatz ›Ich bin schwer zu bekommen‹ geworden?«

»Man sollte meinen, dass Sie sich geschmeichelt fühlen«, sagte Megan mit einem rachsüchtigen Flüstern, das nur für seine Ohren bestimmt war. Jo und Terry waren in ihr eigenes Gespräch vertieft.

Josh setzte sein Glas mit einem heftigen Schlag auf. Einen endlos langen Moment hielten die topasfarbenen Augen Megan wie Dolche fest, dann glitten sie an ihrem Hals bis zum tiefen Spalt im V-Ausschnitt ihres Kleides hinunter. »Diese Bedienung hat zu viel des Guten. Ich war immer ein Freund der Idee, dass Qualität zählt, nicht Quantität.«

Megans Kehle zog sich schmerzhaft zusammen. Seine Augen schienen durch ihr Kleid zu dringen, die geheimsten, empfänglichsten Stellen ihres Körpers zu streicheln und ihr Empfindungen ins Gedächtnis zurückzurufen, die sie vor langer Zeit begraben hatte. Im Vergleich zu Megan, zeigte die Frau von Lot eine überragende Charakterstärke, als Josh seine Augen auf ihr ruhen ließ. Sie hatte nicht genug Kraft, um wegzusehen, obwohl Jo begonnen hatte, eine andere Geschichte zu erzählen.

Josh legte einen einzelnen Finger auf ihren Arm, als er sanft fragte: »Hast du heute mit Atherton gesprochen?« Aber er schien weniger an ihrem Treffen mit ihrem Boss interessiert zu sein, als an ihrem Ohrläppchen mit dem diamantenen Ohrstecker, das er intensiv betrachtete. Seine Finger strichen an ihrem Arm entlang, gerade genug, dass die feinen Härchen sich aufstellten.

»Ja«, sagte sie angespannt und zog mit einem Ruck ihren Arm unter seiner Hand weg.

»Und?«

»Ich bin hier, oder nicht?«

»Ich war nicht sicher, ob du kommen würdest. Du hättest nicht kommen müssen.«

»Oh, ich musste, da können Sie sicher sein, sonst wäre ich nicht hier«, spottete sie. »Sie wussten verdammt gut, dass ich kommen würde, Mr Bennett. Bekommen Sie nicht immer, was Sie wollen? Machen Sie nicht immer genau das, was Sie wollen?«

»Nein«, knurrte er leise und beugte sich gefährlich nahe zu ihr vor. »Wenn ich vor vier Jahren gemacht hätte, was ich wollte, dann hätte ich dich in dieser Nacht davongetragen, dich bis zur Besinnungslosigkeit geliebt und wenn nötig Gewalt angewendet, um dich davon abzubringen, James Lambert zu heiraten.«

Megans Puls donnerte in ihren Ohren, als sie mit weit aufgerissenen Augen in das leidenschaftliche Gesicht blickte, das nur einen Atemzug von ihr entfernt war. Die Entschlossenheit, die in sein männliches Antlitz gemeißelt war, ließ keinen Zweifel daran, dass er jedes Wort ernst meinte.

»Und wenn ich jetzt tun würde, was ich gerne tun würde, wäre das sicher nicht höfliche Konversation, sondern ausgiebig deine üppigen Lippen küssen.«

»Mr Bennett.«

»Was?« Josh bellte den Mâitre, der ihn unterbrochen hatte, beinahe an, sein Kopf fuhr herum.

Der Mann machte erschrocken einen Schritt nach hinten. »Ent …, entschuldigen Sie, Mr Bennett. Ihr Tisch ist frei«, sagte er respektvoll.

Megan bemerkte erleichtert, dass Jo und Terry miteinander gelacht und den Wutausbruch oder die Spannung, die zwischen ihnen knisterte, als sie zu ihrem Tisch gingen, nicht mitbekamen.

Während des zweistündigen Abendessens nahm Megan weder die teuren Gerichte noch den makellosen Service wahr. Sie war von Joshs energischer Persönlichkeit gefangen. Er sprach wenig über Geschäftliches, sondern unterhielt sich lebhaft über unzählige Themen. Sie verstand, dass jeder, ihr verstorbener Mann eingeschlossen, von diesem Mann, der Charme und klares Charisma ausstrahlte, blind angezogen werden konnte.

Am Ende einer besonders unterhaltsamen Anekdote, stellte sie fest, dass sie mit den anderen lachte. Da sie sich gut amüsierte, traf es sie völlig unvorbereitet, als Josh sich zu ihr umwandte. In einem Moment seltener Intimität, tauschten sie einen eindringlichen Blick aus.

Megan fühlte sich wie damals, als James sie einander vorgestellt hatte. Alle ihre Sinne schienen geschärft, heute, wie damals. Josh hatte sie alle im Griff. Er war ihr Rattenfänger. Es störte sie kaum noch, dass sie beinahe freiwillig seine Gefangene war.

Dann stürmten alle Gründe, warum sie ihn hassen sollte, auf sie ein wie eine Lokomotive, die aus einem dunklen Tunnel kommt, und trafen sie mit voller Wucht. Sie zwang sich zu einem gelassenen Gesichtsausdruck und trank einen Schluck ihres kalten Kaffees. Aus dem Augenwinkel heraus bemerkte sie die Verwirrung, die flüchtig wie ein Schatten über sein Gesicht zog.

»Ich bin sehr froh, dass Sie uns bei dieser Werbekampagne beraten«, sagte Terry Bishop später und schüttelte ihr vor dem Restaurant ergeben die Hand.

»Ich freue mich, wenn ich Ihnen mit meinem Rat helfen kann, aber ich glaube, dass Jo und Mr Bennett Ihren Etat auch bisher schon einwandfrei betreut haben.«

»Oh, das glaube ich auch«, versicherte er ihr eilig. »Aber es schadet nie, eine weitere Meinung einzuholen.«

Er wünschte ihnen eine gute Nacht, als der Parkservice sein Auto unter der Markise vorfuhr. Jos gelber Kleinwagen kam als nächster. Sie bedankte sich bei Josh und winkte Megan zum Abschied fröhlich zu. Als die Limousine brummend anhielt, nahm Josh Megans Ellbogen und schob sie zum Wagen.

»Ich kann selbst nach Hause gehen«, sagte sie und widersetzte sich ihm.

»Ja, kannst du. Aber es gibt keinen Grund, warum du es solltest.«

Er drückte sie nahezu auf den Rücksitz. Als sie sich

umdrehte, um ihm höflich eine gute Nacht zu wünschen, sah sie schockiert, dass er hinter ihr ins Auto eingestiegen war.

»Ich ... Ich dachte, Sie hätten noch einen weiteren Wagen.«

»Nein. Ich bin mit dem Taxi aus dem Büro gekommen.«

»Oh.«

Er machte es sich auf den Veloursitzen bequem, streckte seine langen Beine vor sich aus, lockerte seine Krawatte und knöpfte den obersten Hemdknopf auf. Es war fast so, als wären sie miteinander vertraut, ein Paar. Es war, als ob sie jeden Tag zusammen auf dem Rücksitz der Limousine fuhren. Sie saß steif neben ihm und blickte starr nach vorne.

»Ist dir kalt?«, fragte er, als sie sich enger in ihren Schal wickelte. Er merkte nicht, dass dies eine schützende Geste war. Sie war sich der Größe und Härte seiner männlichen Figur, seiner breiten Brust und der Schultern, seiner schlanken, schmalen Hüften nur allzu sehr bewusst.

»Nein.«

»Sicher?«

»Ja.«

Er legte seinen Arm um ihre Schultern und zog sie näher zu sich heran. Seine Schenkel pressten sich an sie. »Sicher?«, wiederholte er und murmelte die Worte in ihr Ohr. Sein heißer Atem prickelte auf ihrer Haut.

»Nein«, sagte sie und versuchte Abstand zu gewinnen.

»Warum nicht?« Seine Nase strich liebkosend über ihre Wange.

»Nein«, sagte sie angestrengter und warf einen Blick auf den Hinterkopf des Fahrers. Eine Scheibe aus Sicherheitsglas trennte sie. Von ihm hatte sie keine Rettung zu erwarten, warum sollte er auch die Pläne seines Arbeitgebers durchkreuzen. Sie riss eine forschende Hand von ihrer Schulter. »Hör auf damit, Josh. Du hast mich den ganzen Abend berührt. Ich will das nicht.«

Er lachte aus tiefster Kehle. »Doch, du willst es. Das war schon immer dein Problem. Du magst meine Berührungen nur zu gerne.«

»Ich wollte ... will ... nicht!«, schrie sie. »Ich bin aus rein beruflichen Gründen hier. Wenn du nach einer Frau suchst, die du grob behandeln kannst, such dir eine andere. Ich bin sicher, es gibt genug Frauen, die das genießen würden.«

»Nicht annähernd so viele, wie es vorgeben.«

»Nichts könnte mir gleichgültiger sein. Und hör auf, das in meinem Nacken zu tun.« Träge glitten Finger an der seidigen Linie unter dem Haaransatz entlang. Alle Versuche, ihn abzuschütteln waren vergeblich.

»Was ist mit dir, Megan? Was macht dein Liebesleben?«

»Ich ...«

Sie war kurz davor zu sagen, dass es keines gab, aber sie sah gerade noch ihre Torheit und fuhr fort:

»Es ist befriedigend – nicht dass es dich irgendetwas anginge.«

»Du lügst schon wieder, Megan«, sagte er spöttisch. »Ich weiß alles über dein Liebesleben. Du warst in den letzten drei Jahren mit genau fünf Männern verabredet. Mit dreien von ihnen bist du ein einziges Mal ausgegangen. Mit keinem von ihnen hast du auch nur eine Nacht verbracht.«

Ein Hitzeschwall flutete sekundenschnell vom Mieder ihres Kleides nach oben. Flecken zeigten sich im Nacken und im Gesicht. Eine Wut, die so gewaltig war, dass es sie selbst erschreckte, füllte jede Pore. »Du …«

Er brachte sie zum Schweigen, indem er seinen Zeigefinger auf ihre Lippen legte. »Dieser begehrenswerte Mund sollte nicht die Beleidigungen aussprechen, die dir gerade im Kopf herumschwirren. Abgesehen davon bist du zu Hause.«

Bevor sie wieder zu Sinnen kam, hatte er sie aus dem Rücksitz gezogen. Die Nachtluft war vom Geruch der frühen Sommerblumen erfüllt. Eine Brise kühlte ihre erhitzte Haut, aber nicht die Wut, die in ihr kochte. Sie war so aufgebracht, dass sie Schwierigkeiten hatte, den Schlüssel in das Schlüsselloch zu stecken.

Er griff um sie herum, zog theatralisch den Schlüssel aus ihren zitternden Händen und schloss die Tür spielend auf. Augenblicke später waren sie im Inneren des dunklen Hauses, und Megan wurde gegen die Wand des Foyers gepresst.

»Nein!«, keuchte sie, als sich sein Mund auf sie heruntersenkte. Sie kämpfte gegen ihn an, drückte gegen die steinharte Mauer seiner Brust, warf ihren Kopf von einer Seite zur anderen, um sich den unverfrorenen Forderungen seines Mundes zu entziehen.

Er umfasste beide Handgelenke mit eiserner Faust, hob ihre Arme über den Kopf und hielt sie fest. Mit der anderen Hand hielt er ihr Gesicht an den Wangen wie in einem Schraubstock gefangen, damit sie sich nicht bewegen konnte, während seine Lippen über ihren Mund wanderten. Sosehr sie ihn der Anmaßung bezichtigen wollte, so wenig konnte sie ihn der Brutalität bezichtigen. Seine Lippen waren nicht hart oder verletzend, sondern weich und überzeugend, als er sie einmal, zweimal, ein drittes Mal küsste und sein Mund mit jeder Berührung länger auf ihren Lippen verweilte.

Tief in ihrem Inneren begann sich ein Knoten der Anspannung zu lösen, sich auszubreiten und die erogenen Zonen ihres Körpers zu berühren. Unerfülltes Verlangen, das sich in den dunkelsten Untiefen verborgen hatte, wagte sich heraus, erprobte seine Freiheit und wanderte, wie es wollte.

Als Joshs Zunge ihre Lippen erforschte und sie dann aufdrückte, um an ihren Zähnen entlangzustreichen, hörte sie ihr eigenes leises Wimmern der Hoffnungslosigkeit, der hilflosen Verzweiflung. Dagegen anzukämpfen, es zu verleugnen, war eine sinnlose Übung. Sie wollte diesen Mann. Sie hatte ihn immer gewollt. Und er wusste es.

Diese unhaltbare Tatsache konnte sie nicht daran hindern, diesen einen verbotenen Kuss zu genießen. Sie würde später mit sich selbst dafür ins Gericht gehen. Reue war immer für später reserviert. Jetzt überzeugte sie sich selbst, dass es sinnlos war, gegen seine überlegene Kraft anzukämpfen.

Eifersüchtig nahm er ihren Mund. Seine Zunge plünderte ihn, bis sein Herrschaftsanspruch zweifelsfrei etabliert war, dann küsste er sie mit Muße. Er kostete die nach Honig schmeckenden Falten ihres Mundes aus, tauchte seine geschmeidige Zunge immer tiefer und tiefer, um jeden süßen Geschmack einzufangen.

Sie stand bewegungslos, wagte es nicht, sich zu beteiligen. Jeden Nerv in ihrem Körper, der danach rief, an dieser Orgie der Empfindungen teilzunehmen, hielt sie fest am Zügel. Erst, als seine Hand geschickt an ihrem Nacken und Hals hinunterglitt und begann, die Knöpfe ihres Oberteils aufzuhaken, erkannte sie, dass sie nahe daran war, sich zu ergeben.

Sie zog ihren Mund unter seinem weg. »Nein Josh«, sagte sie und versuchte sich von ihm wegzudrehen, erreichte aber damit nur, dass sie bemerkte, wie stark seine Erregung war. Der harte Beweis an der Mitte ihres Körpers versetzte sie in Panik. Oder war es ihre eigene durchdringende Reaktion, die sie in Panik versetzte?

»Nein!«

»Megan«, murmelte er mit einem heiseren Flüstern, als er schließlich die Knöpfe geöffnet hatte und seine Handfläche auf der üppigen Kurve ihrer Brust lag.

»Megan, es gibt ein Gebot, dass du nicht die Frau deines Freundes begehren sollst, und ich war dessen sündig, als du verheiratet warst. Von der ersten Nacht an, in der ich dich sah, wollte ich dich halten, dich küssen.«

Seine Lippen fanden die sanfte Mulde am Ende ihres Halses und küssten sie brennend. Seine Hand wurde mutiger, liebkoste sie auf Wegen, die ihr den Atem nahmen und Wellen der Erregung durch ihren Körper schickten. Erregungen, die sie nicht mehr gefühlt hatte, seit er sie zum letzten Mal so berührt hatte.

»Ich habe dir Zeit gegeben – Zeit zu heilen, Zeit, deine eigenen Flügel zu strecken, Zeit dich selbst zu beweisen. Aber bei Gott, meine Geduld ist jetzt zu Ende.«

Seine Erklärung, ganz abgesehen von seinen Fingerspitzen, die unter die Spitzenkante ihres Büstenhalters geschlüpft waren und den Grad ihres eigenen Verlangens testeten, erschreckten und erregten sie zugleich. Aus einem schieren, animalischen Überlebensinstinkt heraus widerstand sie ihm. Sie wusste, dass sie unwiderruflich für immer verloren war, wenn sie sich jetzt unterwarf. Nur aus diesem Grund verschloss sie ihr Herz gegenüber seinem Flehen. Da sie wusste, dass sie mit Kraft nicht gegen ihn ankommen würde, griff sie zu ihrer einzigen Waffe.

»Willst du jetzt noch Vergewaltigung zu all den anderen Erniedrigungen hinzufügen, die du mir bereits angetan hast?«

Sein Kopf schoss nach oben, als ob jemand ein Büschel seiner Haare gepackt und mit Gewalt daran gezogen hätte. Sein rauer Atem hallte laut von den Wänden des ruhigen Hauses wider, als er ihrem anklagenden Blick begegnete.

Falls sie Reue erwartet hatte, hätte sie nicht falscher liegen können. Verärgert senkte er ihre Arme und zog sie an sich.

»Ich will dich, und ich werde dich bekommen. Du weißt ebenso sicher wie ich, wie es schließlich und endlich kommen wird. Je schneller du deine Meinung änderst, desto besser für uns beide.«

Sein sengender Kuss beleidigte ihre Gefühle ebenso tief wie ihren Stolz. Dann ließ er sie unerwartet los.

»Gute Nacht«, sagte er barsch und warf die Tür hinter sich zu. Er ließ sie mit dem Gefühl vollständig beraubt worden zu sein, im Eingang zurück.

Kapitel 3

Kaum hatte Megan am nächsten Tag ihr Büro betreten, kam sie wieder herausgestürmt und fuhr ihre Sekretärin an: »Woher sind sie?«, wollte sie wissen.

Ihr Zeigefinger ließ keinen Zweifel daran, wovon sie sprach. In einer großen Bleikristallvase waren zwei Dutzend Rosen mit Farnblättern und Schleierkraut angeordnet. Dass die Rosen ihre Lieblingsfarbe hatten, pfirsichrot, machte sie unerklärlich wütend.

»Die Rosen?«, fragte Arlene, augenscheinlich verblüfft über Megans Verärgerung.

»Ja, die Rosen.«

»Ein Bote hat sie geliefert.«

»Wann?«

»Vor ungefähr zehn Minuten. Es war … äh … eine Karte dabei.«

Ohne ein weiteres Wort schloss Megan die Tür mit Wucht hinter sich und marschierte zu ihrem Schreibtisch. Diese Vase stammte nicht aus einem Blumenladen. Sie war in einem anderen Geschäft gekauft und zu einem Floristen gebracht worden, um die Rosen darin zu arrangieren. Bleikristall dieser Qualität konnte man nicht in einem Blumenladen kaufen.

Sie zerrte die Karte aus dem Kartenhalter und riss

das Kuvert auf. Eine einzelne Initiale sprang ihr von der Karte entgegen und verspottete sie. Er hatte sie selbst geschrieben. Er hatte sich große Mühe gegeben, dass die Rosen so früh heute Morgen geliefert wurden. Hatte sie ihn so gut geküsst? fragte sie sich bissig. War das die Bezahlung für die geleisteten Dienste?

Sie war versucht, die Karte zusammenzuknüllen und in den Papierkorb zu werfen, aber dann legte sie sie auf ihren Schreibtisch, und starrte sie an, während sie sich in den ledernen Sessel setzte.

»Danke für den Abend. J.«

Die Worte implizierten viel mehr, als da gewesen war. Ihm gelang es, selbst eine höfliche Geste billig und geschmacklos erscheinen zu lassen.

»Fahr zur Hölle«, fluchte sie leise. Unauffällig kam Arlene mit einer Tasse Kaffee herein. Megan bemerkte es kaum, als sie die Tasse hinstellte. Sie starrte noch immer auf die Karte und verfluchte den Mann, wegen dem sie die ganze Nacht nicht hatte schlafen können.

Seine Küsse und Liebkosungen hatten eine größere Wirkung auf sie gehabt, als sie sich eingestehen wollte. In den vergangenen Jahren, als sie mit James verheiratet gewesen war und nach seinem Tod, hatte sie sich selbst eingeredet, dass sie die Küsse mit Josh im Gartenpavillon in ihrer Erinnerung ausgeschmückt hatte. In dieser Nacht waren ihre Gefühle auf Hochtouren gelaufen. Als Braut fühlte sie sich geliebt, begehrt, schön und romantisch. Kein Wunder, dass ein großer, dunkler Fremder ihr den Boden unter ihren Füßen wegziehen konnte. Es war das perfekte Klischee. Aber es war nur eine flüchtige Begegnung gewesen. Keine große Sache.

Warum konnte sie es dann nicht vergessen? Nein, *mehr* noch, warum schlummerte die Erinnerung immer dicht unterhalb ihres Bewusstseins? Sie lauerte am Rand ihrer Gedanken, stürzte immer wieder hervor, eine höhnische Erinnerung an ihre Schuld.

»Du magst Josh nicht, oder?«, hatte James sie eines Abends beim Essen gefragt.

Ihre Gabel war klirrend auf ihren Teller gefallen. Sie hatte nervös gelacht. »Natürlich mag ich ihn. Warum fragst du mich das?«

»Ich habe dich gedrängt, ihn zum Abendessen einzuladen. Du hast immer eine gute Entschuldigung, warum es nicht geht. Jedes Mal, wenn er uns zum Ausgehen einlädt, findest du einen guten Grund, aus dem du nicht mitgehen kannst, aber du bestehst darauf, dass ich allein gehe. Für mich sieht es so aus, als ob du ihm aus dem Weg gehst. Warum, Liebling?«

James war besorgt gewesen. Er hatte den Mann gemocht, für den er gearbeitet hatte. Sie hatte ihn geneckt, dass er sich Dinge einbilde, die es nicht gäbe, und ihm versprochen, Josh Bennett bei nächster Gelegenheit zum Essen einzuladen – eine Gelegenheit, die nie gekommen war.

Auf der Weihnachtsparty der Agentur Bennett, zu der James sie gebeten hatte, ihn zu begleiten, schien Josh sie mit Habichtaugen zu verfolgen. Als er sie zum

Tanz aufforderte, war sie gezwungen zuzustimmen, sonst hätte sich James über ihre Unhöflichkeit gewundert. Josh hatte sie mit der Distanz eines Arbeitgebers, der mit der Frau seines Angestellten tanzt, in den Armen gehalten, aber sie hatte dennoch die Anspannung in seinen geschmeidigen Muskeln gespürt.

»Du siehst in weihnachtlichem Grün wunderbar aus, Megan«, hatte er gesagt. Die Lautstärke seiner Stimme war, anstatt sie zu übertönen etwas leiser als die Musik. Vertraulich.

»Danke«, hatte sie gemurmelt und sich gewünscht, dass er sein Rasierwasser seit jener Nacht vor ihrer Hochzeit gewechselt hätte. Ihr Kopf war erfüllt von seinem Duft, als Josh sie scheinbar locker in seinen Armen hielt. Er erinnerte sie zu sehr daran, wie es sich anfühlte, fest an seinen männlichen Körper gepresst zu werden.

Gleich nach dem Tanz hatte er sie zu James zurückgebracht. Als er ihr »Frohe Weihnachten!« wünschte, gab er ihr einen Kuss auf die Wange. Es war ein platonischer Kuss, gegen den selbst die eingefleischteste alte Jungfer keine Einwände hätte erheben können. Alle hatten gelacht, weil sie unter einem Mistelzweig gestanden hatten. Aber die Berührung seiner warmen Lippen auf ihrer Haut ließ Megan das Lachen im Hals stecken bleiben. Aus irgendeinem verrückten Grund hätte sie am liebsten geweint.

Und sie hatte geweint. Spät in der Nacht, als sie neben einem schnarchenden James lag, der ein wenig zu viel gefeiert hatte. Da hatte sie geweint. Als sie nach Hause gekommen waren, hatte sie ihn dazu verführt, sie zu lieben. Ihre untypische Aggression war zur Freude ihres leicht betrunkenen Ehemanns verzweifelt und gierig gewesen. Später hatte sie still bittere Tränen der Reue geweint. Ihr Liebesspiel mit James hatte nie den atemlosen Rausch der Freude ausgelöst, den Verlust ihres Gleichgewichts, wie es der Kuss von Josh getan hatte.

Die Umarmungen von James hinterließen ein mildes, angenehmes Glimmen. Die Umarmungen von Josh schickten Granatsplitter der Gefühle durch ihre Gedanken und ihren Körper und verursachten kleine Flammen, die zu einem Inferno führten, das sich selbst verbrannte.

Josh hatte zugegeben, dass er sie begehrte, auch wenn sie die Frau seines Freundes war. Wenn sie ehrlich mit sich selbst war, musste sie sich eingestehen, dass auch sie mit Gedanken an ihn gespielt hatte. Sie hatte James geliebt, hatte seinen zu frühen Tod betrauert, und sie vermisste ihn noch immer. Aber Josh Bennett hatte immer zwischen ihnen gestanden.

Dennoch hatte es nie und würde es nie einen Platz für ihn in ihrem Leben geben.

Grimmig trug Megan die Vase mit den Rosen zur Anrichte unter ihrem Fenster. Sie konnte sie nicht völlig ignorieren, aber sie konnte sie an einen weniger sichtbaren Platz stellen, wo sie nicht immer im Blickfeld standen und Megan an ihren Absender erinnerten.

Der Morgen ging schnell vorüber. Zwei ihrer Kaufleute kamen herein, um kurz die Besonderheiten bestimmter Etats zu besprechen. Dann rief ein wütender Werbekunde an, weil sein Werbespot während der Abendnachrichten gut zehn Sekunden ohne Ton gelaufen war.

Megan rief den Produktionsleiter an, der es kleinlaut bestätigte. »Ich muss einen Ersatz anbieten, Harry. Das ist das dritte Mal in diesem Monat. Ist Ihnen nicht klar, dass es uns immer mehrere Tausend Dollar kostet, wenn ich einen Spot ersetzen muss? Vor allem, wenn der Spot während der Nachrichten gesendet wird.«

»Ja, zur Hölle, das ist mir klar«, grummelte er. »Ich habe Ihnen doch gesagt, dass ich einen neuen Regisseur einarbeite.«

»Das ist Ihr Problem, aber ich glaube nicht, dass die Dreiundzwanziguhrnachrichten ein guter Übungsplatz sind.«

Er murmelte einen Fluch, der sie nicht im Geringsten einschüchterte.

»Reißen Sie sich zusammen, Harry.«

»Das ist nicht fair, und das wissen Sie. Sie sehen aus wie ein Engel und haben ein Herz wie ein Stein.«

»Keiner hat gesagt, dass das Leben fair ist«, sagte sie und legte auf, nur um zu bemerken, dass der nächste Anruf bereits in der Leitung war. Sie drückte auf die blinkende Taste und sagte: »Was gibt es jetzt, Arlene?«

»Hier ist nicht Arlene.«

In den vergangenen Stunden, in denen sie völlig in ihrer Arbeit aufgegangen war, hatte sie ihn fast vergessen. Fast. Als sie jetzt seine Stimme hörte, sah sie unfreiwillig zu den Rosen hinüber. Sonnenstrahlen fielen auf die Vase, und die grazilen Blütenblätter wirkten durchsichtig. Sie musste sich wohl oder übel für die Blumen bedanken.

»Hallo Josh.«

»Hallo. Wie läuft dein Tag?«

»Normal. Ich habe Buschfeuer ausgetreten.« Sein tiefes Glucksen streichelte ihre Ohren und schickte einen Hitzeschauer entlang ihrer Wirbelsäule bis in ihre Fußspitzen. »Vielen Dank für die Rosen.«

»Gerne geschehen.«

»Ich schicke dir die Vase so schnell …«

»Sie gehört dir«, sagte er scharf.

»Aber …«

»Wir sehen uns heute Nachmittag die Werbespots für Seascape an«, unterbrach er sie schnell. »Terry kommt hierher. Er hat darum gebeten, dass du ebenfalls kommst. Ms Hampson ist mit einem anderen Kunden beschäftigt. Er möchte deine Empfehlung, wann sie gesendet werden sollen.«

Megan kaute an ihrer Unterlippe. »Du kannst ihn genauso gut beraten wie ich, Josh.«

»Ja, aber er will dich.«

»Was zahlt er dir denn dafür?«, fragte sie boshaft. Wenn es notwendig wäre, dass sie sich die Werbespots ansah, würde sie es mit Freude tun, aber sie hatte den

Verdacht, dass es Joshs Idee war, nicht Terrys, dass sie kommen und ihre Meinung äußern sollte. Wenn Jo Hampson diesen Nachmittag keine Zeit hatte, hätte man den Termin für die Vorführung auch verschieben können.

»Hast du nach vier Uhr noch eine Verabredung?«

»Ja«, sagte sie, ohne vorher in ihren Kalender zu sehen.

»Nach halb fünf Uhr?«, fragte Josh angespannt. Seine Stimme verriet, dass er wusste, dass sie log.

Was hatte sie davon? Sie wusste, dass sie nicht darum herumkam. Sie hatte keine Lust auf ein weiteres Treffen mit Atherton, bei dem sie sich fühlen würde, als ob man über sie geklatscht hätte. »Wo?«, fragte sie mit einem müden Seufzen.

»Hier. Lass dich von der Empfangsdame zum Vorführraum bringen. Soweit ich mich erinnere, bist du noch nie hier gewesen.«

»Wenn es nach mir ginge, würde ich auch heute nicht kommen.«

»Halb fünf, Mrs Lambert«, warf er ein und legte auf. Sein Frust war nur zu deutlich gewesen.

Er konnte nicht größer sein als ihrer.

Zumindest sah sie kühl und professionell und nicht wie ein Teenager mit Herzflattern aus, als sie im Lift zu den Bürosuiten der Agentur Bennett, die sich in den drei obersten Stockwerken eines Bürohochhauses befanden, nach oben fuhr. Sie trug ein marineblaues

Kleid mit Messingknöpfen und aufgesetzten Brusttaschen auf beiden Seiten und passende blau-weiß abgesetzte Pumps. Als sie das Kleid gekauft hatte, hatte sie bedauert, dass der dazugehörige rote Blazer, nicht zu ihren Haaren passte und hatte sich für eine kanariengelbe Jacke entschieden. Damals mochte es die zweite Wahl gewesen sein, aber die einzigartige Farbkombination fand sie jetzt umwerfend.

Man hatte ihr erzählt, wie luxuriös die Büros der Agentur Bennett eingerichtet waren, aber nichts hatte sie auf den Anblick vorbereitet, der sich ihr bot, als die Edelstahltüren des Aufzugs aufrauschten.

Der Teppich hatte eine dunkle, jagdgrüne Farbe und war bis unter die raumhohen Fenster verlegt. Sofas und Polstersessel, die mit pfirsich-, elfenbeinfarbenem und taubenblauem Damast bezogen waren, waren sorgfältig durchdacht über die enorme Fläche des Empfangsbereichs verteilt.

»Hallo Mrs Lambert«, sagte die Rezeptionistin herzlich, als Megan auf den Teppich trat und einige Zentimeter tief mit ihren Schuhen einsank.

»Mr Bennett und Mr Bishop warten auf Sie. Bitte hier entlang.«

Megan folgte ihr durch den Raum, den leise trällernde Musik erfüllte, die aus unsichtbaren Lautsprechern kam. Die Empfangsdame, die die Grazie, die Figur und das makellose Aussehen eines Top-Models hatte, öffnete eine große Doppeltür und trat zur Seite, damit Megan eintreten konnte.

»Vielen Dank«, sagte sie, bevor die Frau die Türen leise hinter ihr schloss.

Sie war nicht in einen Vorführraum, sondern in Joshs Büro geführt worden. Sein Schreibtisch war riesig, hatte eine Oberfläche aus Leder und war mit Papieren übersät. Drehbücher, Entwürfe, Skripte, Diagramme, Zeitschriften und Hochglanzfotos lagen auf seiner Tischplatte verstreut. Also war sein Geschäftsführerimage nicht nur Show. Er arbeitete wirklich.

»Megan.«

Sie drehte sich von seiner Stimme aufgeschreckt um. Warum klang diese immer nach Liebkosungen?

»Bitte entschuldige, dass wir so informell sind, aber es ist kurz vor Feierabend.«

Er stand von einem langen, tiefen Sofa auf, das mit cremefarbenem Ziegenleder bezogen war. Wie Terry Bishop, der ebenfalls zu ihrer Begrüßung aufgestanden war, hatte er sein Jackett ausgezogen. Josh nahm sie beiläufig an ihrem Ellbogen und führte sie zu einem persönlich wirkenden Arrangement gemütlicher Möbel, das man in jeder Wohnung hätte finden können.

»Hallo Megan.«

»Hallo Terry«, sagte sie und gab ihm die Hand. »Schön, Sie wiederzusehen.«

»Das finde ich auch. Als Josh vorschlug, Sie einzuladen um die Werbespots zu begutachten, dachte ich, dass es eine grandiose Idee sei. Wie ich schon gestern Abend sagte, vertraue ich völlig Ihrem Urteil, wann sie gesendet werden sollten – das sind alles Dinge, von denen ich nichts verstehe.«

Sie warf Josh, dessen topasfarbene Augen vor Übermut funkelten, einen vorwurfsvollen Blick zu. Was scherte es ihn, wenn man ihn bei einer Lüge ertappte? Er hatte genau das bekommen, was er wollte – wie immer.

»Wir trinken Perrier. Willst du auch ein Glas?«

»Nein, vielen Dank.«

»Saft, Kaffee, ein Mixgetränk?«

»Nein«, sagte sie mit mehr Schärfe als notwendig. »Vielen Dank«, fügte sie um Terry Bishops willen an.

»Dann lasst uns in den Vorführraum gehen«, sagte Josh, völlig ungerührt von ihrer Feindseligkeit.

Sie gingen durch ein Labyrinth aus Fluren. Anders als die klare Gelassenheit des Empfangsbereichs, waren die Korridore des Bürokomplexes wie Honigwaben, durcheinandergewürfelte Räume voller Betriebsamkeit und gehetzter Mitarbeiter.

Der Vorführraum hatte acht Kinoreihen. Durch ein kleines quadratisches Fenster an der Rückwand wurden die Werbespots auf die Leinwand an der Stirnseite des Raumes projiziert.

»Die Filme werden zum Senden über den Fernsehsender auf Video-Cartridges gezogen«, erklärte Josh. Als er ihren versteinerten Gesichtsausdruck sah, ergänzte er. »Aber das weißt du natürlich.«

»Natürlich.«

Anstatt peinlich berührt zu sein, grinste Josh nur

und fasste sie unter dem Kinn. Terry, der sich gerade umgedreht hatte, um sich hinzusetzen, sah weder die spielerisch liebevolle Geste noch wie Megan ihr auswich.

Nach einer kurzen Besprechung mit dem Vorführer setzte sich Josh in die Sitzreihe hinter den Kinosesseln, in denen Megan und Terry nebeneinander saßen. Sie war erleichtert, dass Josh nicht neben ihr Platz genommen hatte, aber ihre Erleichterung war nur von kurzer Dauer. Sobald der erste Werbespot lief, rutschte er auf die Kante seines Sitzes, beugte sich vor und flüsterte ihnen Kommentare zu.

Seine Unterarme lagen auf den Rücken ihrer Sessel. Die Anmerkungen waren scheinbar für sie beide bestimmt, aber seine Lippen kamen oft erregend nahe an Megans Ohr, ihre Wangen, ihren Nacken. Seine Nähe schickte Schauer durch ihren ganzen Körper.

»Nun, was denken Sie«, fragte Terry sie erwartungsvoll, als der erste 60-Sekunden-Spot zu Ende war.

Er blickte forschend durch die dicken Brillengläser, die seine Augen vergrößerten, aber Megan nahm sie nicht annähernd so deutlich wahr, wie die topasfarbenen Augen von Josh, die sie viel zu intensiv beobachteten. Augen, über denen sich eine Augenbraue mit Narbe wölbte.

Sah Josh auf ihren Mund? Nervös feuchtete sie ihre Lippen mit spitzer Zunge an und betete zum Himmel, dass er nicht glaubte, sie wollte ihn damit reizen. Terry wartete auf ihre Antwort. Was hatte er sie gefragt?

»Der Werbespot ist wunderbar. Die Produktionsfirma, dic Sic dafür engagiert haben, hat einen Superjob gemacht. Wenn alle Trailer so gut sind, wird Seascape eine Woche nachdem wir mit der Ausstrahlung begonnen haben für den Rest des Jahres ausgebucht sein.«

Sichtlich erleichtert sahen Terrys kurzsichtige Augen erneut auf die Leinwand, auf der ein Pärchen Hand in Hand einen verlassenen Strand entlangging. Ihre Silhouetten zeichneten sich dunkel gegen die strahlende Sonne ab. Als Megans Blick zur Projektionsfläche zurückkehrte, musste sie zweimal hinsehen. Einen Moment später hörte sie Josh amüsiert sagen:

»Nein, sie sind nicht nackt, selbst wenn sie durch die Kameraeinstellung so wirken. Wir hatten es so konzipiert, aber wir haben den Bogen beinahe überspannt. Dieser Spot ist kurz davor, zu erotisch zu sein.«

»Ich hoffe, dass keiner in Seascape einen Nacktbadestrand erwartet. Wir bieten eine Menge Annehmlichkeiten, aber das ist keine davon«, erwiderte Terry lachend.

Megan konnte keine Antwort geben. Sie war von der Szene mit dem Mann und der Frau gefesselt, deren Silhouette man jetzt in Nahaufnahme beim Küssen sah. Ihre Lippen verschmolzen, bis aus zwei zunächst eindeutig unterscheidbaren Umrissen ein einziger Schatten wurde. Ihr Herz schlug, und Megan wurde klar, dass die Konturen, die sie auf die Models projiziert hatte ihre und …

»Ich bin sicher, dass ein Paar, das es darauf anlegt, einen Streifen Strand finden könnte, an dem es *keine* Regeln gibt.« Josh flüsterte ihr die Worte heimlich ins Ohr, sie schloss die Augen, um eine Schwindelattacke abzuwehren.

Sie musste hier raus. Es war viel zu dunkel. Der Raum, seine Wände mit den Vorhängen, lösten Klaustrophobie in ihr aus. Die Anwesenheit des Mannes hinter ihr führte zu verheerenden Störungen ihres emotionalen Gleichgewichts.

Aber es gab kein Entkommen. Terry Bishop stellte ihr eine weitere, besorgte Frage zu den Werbespots. Wie viele gab es davon? Fünf? Ein Dutzend? Megan konnte nur hoffen, dass sie bald zu Ende wären.

Sie hatten erst etwa die Hälfte der Filme gesehen, als die Empfangsdame diskret in den abgedunkelten Raum trat. »Mr Bishop? Es tut mir leid, dass ich Sie störe, aber ich habe einen dringenden Anruf für Sie. Ich kann ihn zum Telefonapparat im Büro auf der anderen Seite des Flurs durchstellen.«

Terry seufzte und stand auf. »Vielen Dank«, antwortete er, als sie sich zurückzog. Megan stand ebenfalls auf, dankbar, dass sie gerettet war. Aber sie war nicht gerettet. »Nein, nein, bitte Mrs Lambert, sehen Sie sich den Rest der Filme an. Ich bin so schnell es geht wieder zurück.«

Er schlängelte sich durch die Sitzreihe und öffnete die Tür nur so weit, dass er hindurchschlüpfen konnte. Der Lichtstreifen verschwand, als sich die Tür schloss, und der Raum versank wieder in Dunkelheit. Megan saß wie festgefroren in ihrem Sessel, sie hatte Angst sich zu bewegen, Angst zu atmen.

In der samtenen Dunkelheit, die sie umgab, spürte sie, wie Josh sich bewegte. Seine Arme beugten sich, um sie zu umschließen. Seine Hände verschränkten sich vor ihrer Brust. »Wenn du eine so harte Nacht hattest wie ich, hast du kein Recht so hinreißend auszusehen.«

Als sein Atem an ihrem Ohr schwebte, fühlte sie sich zu schwach, um von ihm abzurücken. »Ich … ich habe sehr gut geschlafen.«

Er knabberte an ihrem Ohrläppchen, umhegte es sanft. »Du solltest wirklich etwas gegen diese schlechte Angewohnheit zu lügen tun, Megan. Gott, schmeckst du gut.« Zärtlich biss er in die dünne Haut hinter ihrem Ohr.

»Josh …« Was wie eine Warnung klingen sollte, kam wie ein Flehen heraus. Welche Macht hatte er über sie, dass er sie zu einem zitternden Haufen blank liegender Nerven reduzieren konnte? Bei ihm verlor sie jede Verbindung zu der Frau, die sie sonst immer war. Ihre Professionalität war dahin …

Professionalität. Professionalität.

Ihre Gedanken konzentrierten sich auf dieses Wort und wiederholten es wie ein Mantra, bis es ihr Bewusstsein ausfüllte. Wie konnte er es wagen, ihre Professionalität zu beleidigen und sie als Sexspielzeug zu benutzen?

Sie packte seine Hände, schleuderte sie von ihrem Nacken herunter und sprang aus dem Sessel. Der Film zeichnete sich wässrig und unscharf auf ihrem Oberkörper ab, ihr großer schwarzer Schatten fiel auf die Leinwand.

»Du bist wirklich ein widerlicher Bastard, Joshua Bennett. Wie viele Geschäftspartnerinnen hast du schon unter dem Vorwand zu arbeiten in deine Bude gelockt und dann zu verführen versucht? Nun, mich kannst du vergessen. Es ist unter meinem Niveau mit einem Kunden anzubandeln.«

Sie griff nach ihrer Handtasche, die auf dem Nachbarsitz lag und begann sich durch den Gang aus der Sitzreihe herauszuwinden, aber Josh schlug mit einer Beweglichkeit, die sie beeindruckte, ein Bein über ihren Sitz und sprang hinüber. Er blockierte den Ausgang des engen Gangs.

»Das hat nichts mit Professionalität zu tun, das weißt du verdammt gut. Ich lasse mich von dieser Ausrede nicht täuschen, und ich denke, du auch nicht. Was zwischen uns ist …«

»Da ist nichts zwischen uns, außer Abneigung und eine Verpflichtung, von der ich nicht einmal wusste, dass sie existiert.«

»Wovon zur Hölle sprichst du? Welche Verpflichtung?«

»Du hast mir den Job verschafft!«, schrie sie.

Sie konnte an seinem verblüfften Gesichtsausdruck sehen, dass er das nicht erwartet hatte.

»Wer hat dir das erzählt?«, fragte er vorsichtig.

»Doug Atherton. Gestern. Als ich ihm erklärte, warum ich nicht in den Etat von Seascape involviert werden wollte, hat er mich nachdrücklich aufgefordert, mir das gut zu überlegen. Er hat mir dann von den Machtspielchen berichtet, die du angewandt hast, damit ich den Job bekomme.«

Der Fluch, der ihm über seine wütenden Lippen kam, hätte sie normalerweise schockiert, aber ihre Wut machte sie immun gegen solche Kleinigkeiten.

»Ich wollte nie, dass du das erfährst.« Angriffslustig hob er sein Kinn.

»Nun, jetzt weiß ich es. Aber ich weiß nicht, wer dadurch mehr blamiert wurde, du, weil du so schamlos deine Macht missbraucht hast, oder ich, die ich unwissentlich dafür gesorgt habe, dass du damit durchkommst. Hast du geglaubt, dass es dich von deiner Schuld am Tod meines Mannes befreien würde, wenn du mir einen Job besorgst?«

Seine Finger schnitten empfindlich in die Haut ihrer zarten Oberarme, als er fest zugriff. »Ich habe es dir schon einmal gesagt, James hat in dieser Agentur nichts getan, was er nicht tun wollte. Dass du einen Job findest, ja, dabei wollte ich dir helfen. Ich hätte jeder Witwe jedes meiner Angestellten zu helfen versucht.«

»Ich will deine Hilfe nicht, ich habe sie nicht nötig.« Sie schüttelte aufgebracht ihren Kopf.

»Vielleicht willst du sie nicht. Aber sie hat dir auch nicht geschadet.«

»Du bist die letzte Person auf diesem Erdball, der ich verpflichtet sein will.«

»Du bist mir nicht verpflichtet, verdammt noch mal«, zischte er durch zusammengebissene Zähne.

»Ich habe dir den Job verschafft, den Rest hast du ganz allein erreicht. Ich wusste, dass du eine Begabung für diesen Job hast und darin erfolgreich wärst. Auch wenn du alt, hässlich, fett oder unscheinbar wärst, wäre ich stolz darauf, was du erreicht hast. Und stolz auf mich, dass ich die richtige Entscheidung getroffen habe.«

Er kam näher und zog sie an seinen gut gebauten Körper. »Aber du bist nicht zufrieden, oder?«

Sie schickte ein Stoßgebet an ihr Herz, nicht so heftig gegen ihre Rippen zu schlagen. Er würde es mit Sicherheit spüren. *Kämpfe dagegen an, Megan.*

»Es ist Zahltag, nicht wahr?«, fragte sie herausfordernd. »Warum hast du drei Jahre gewartet? Ich hätte nicht gedacht, dass du Schulden so spät eintreibst. Muss ich dir für deine Großzügigkeit danken oder hast du nur die Zinsen gesammelt, die – da bin ich mir sicher – Wucherzinsen sind? Erzählen Sie mir, Mr Bennett, wie hoch ist der Preis für meinen Job?«

Im dämmrigen Licht des Vorführraumes glitzerten seine Augen hart. »Ich habe dir gesagt, dass das eine nichts mit dem anderen zu tun hat«, sagte er drohend.

»Selbst wenn du Bedienung an einem Getränkekiosk wärst, würde ich dich begehren. Ich weiß nicht, was in dieser Nacht vor deiner Hochzeit mit uns geschehen ist, aber irgendetwas ist geschehen.«

»Nein.«

»Doch. Nichts Ähnliches ist mir vorher oder seitdem passiert, und ich hätte nicht so stark empfinden können, wenn du nicht auch etwas empfunden hättest. Du kannst es leugnen, wenn du willst, Megan, aber du weißt, dass du lügst. Du lügst mich an, und du lügst dich selbst an.«

»Ich habe gar nichts gefühlt«, stritt sie heftig ab, gedemütigt bemerkte sie, dass ihr heiße Tränen in die Augen stiegen.

Sein Gesicht wurde schuldbewusst. »Weine nicht«, bat er. Er drückte sie an seine Brust und streichelte ihr beruhigend über den Rücken. »Dich zum Weinen zu bringen, ist das Letzte, was ich will. Ich habe unüberlegt gehandelt, das gebe ich zu. Aber nur weil ich keinen anderen Weg sah, deine Aufmerksamkeit zu bekommen. Bitte Megan, weine nicht.«

Er nahm ihr Gesicht in seine Hände und hob es zu seinem. Als der Film eines kleinen Jungen mit seinem Vater auf einem Tandem über ihre Körper flackerte, presste er seine Lippen auf ihre. Seine Zunge drang in die Süße ihres Mundes ein, sein Körper rieb sich einladend an ihrem.

Klarer Gedanken unfähig, rein aus einem körperlichen und emotionalen Bedürfnis heraus, bog sie sich ihm entgegen und passte ihre weiblichen Rundungen seiner Männlichkeit an. Die Berührung war köstlich und atemberaubend, ihr leises Keuchen aus Freude und Schmerz war im Einklang. Ihre hungrigen Münder weigerten sich, vernachlässigt zu werden, sie verschmolzen in einem ungestümen, hitzigen Kuss. Seine Arme umschlangen sie wie ein Stahlband. Ihre Hände zerdrückten den weichen Stoff seines Hemdes, als sie sich mit gierigen Händen an den Muskeln an seinem Rücken festklammerte.

Sie hatten sich gänzlich in ihrer Umarmung verloren, so dass sie sich ungläubig und erschreckt trennten, als eine Stimme aus den Deckenlautsprechern dröhnte. Megan starrte Josh mit unverwandtem Blick an, ihre Brust hob und senkte sich wie ein Blasebalg.

»Gibt es sonst noch was, Mr Bennett?«, fragte der Vorführer noch einmal, anscheinend ohne zu merken, wobei er sie gerade unterbrochen hatte.

Megan schaute blindlings zur Leinwand an der Vorderseite des Raumes. Die Werbespots waren abgelaufen, ohne dass sie einen wahrgenommen hätte, seit Terry den Raum verlassen hatte. In die Wirklichkeit zurückgeworfen legte sie ihre zitternde Hand auf ihre prickelnden Lippen.

Außerordentlich frustriert fuhr Josh mit seinen Fingern durch seine Haare. »Nein, vielen Dank, Tad.«

Das Mikrofon wurde ausgeschaltet, und sie waren alleine im dunklen, stillen Raum.

»Megan …«

»Nein«, sagte sie kurz angebunden und wich vor ihm zurück. »Ich weiß nicht, was … was mit mir passiert ist, als ... Betrachten Sie die Schulden als bezahlt. Ich denke, die Erniedrigungen, die ich durch Sie erlitten habe, sind mehr als genug Entschädigung. Von jetzt an sind wir quitt, Mr Bennett.«

Sie drehte sich auf dem Absatz um, packte ihre Handtasche zum zweiten Mal und ertastete ihren Weg hinaus aus dem Gang zur Tür. Sie riss sie auf. Sie hatte nur eines im Sinn. Flucht.

»Megan«, rief Josh von hinten. Der Name wurde von den Wänden des Vorführraums zurückgeworfen und hallte noch immer nach, als sie mit einem erschrockenen Terry Bishop zusammenstieß, der auf der anderen Seite nach der Türklinke griff. Megan wusste nicht, wer entgeisterter war.

Terry sah ihr tränenverschmiertes Gesicht, ihre vom Küssen geschwollenen Lippen, den wilden Ausdruck in ihren Augen. Sie folgte seinem Blick zu Josh, dessen Hemdzipfel halb aus der Hose hingen, halb darin steckten. Seine Krawatte lag schief auf seiner Brust.

»Ich ... äh ... ich bitte um Entschuldigung«, stotterte Terry. »Es war ... war Gayla, meine Frau. Sie, äh, bat mich um Ihre Anschrift, damit sie Ihnen eine formelle Einladung zur großen Eröffnung von Seascape am 1. Juni schicken kann. Sie kommen doch beide, nicht wahr?«

Kapitel 4

Megan konnte spüren, wie dümmlich ihr Gesichtsausdruck wirkte. Abwesend griff sie sich an ihren Kopf, um ihre Haare in Ordnung zu bringen. Kein Zweifel, dass der professionelle Respekt, den Terry für sie hegte, rapide sank. Mühsam versuchte sie mitzubekommen, was er ihr erzählte und eine halbwegs vernünftige Antwort darauf zu geben. Ihr alles beherrschender Gedanke war, dass ihr Fluchtweg, weg von Josh, blockiert war.

Aus dem Augenwinkel heraus sah sie, wie Josh lässig seine Hemdzipfel in die Hose steckte und die Krawatte festzog. Ihm schien es überhaupt nicht peinlich zu sein, dass man sie dabei erwischt hatte, wie sie sich wie ungezogene Kinder benommen hatten. Hätte sie ihre Gesichtsmuskeln bewegen können, hätte sie jetzt ihre Lippen so abschätzig verzogen, wie es der Verachtung entsprach, die sie in ihrem Inneren empfand. Warum sollte sie seine Unbekümmertheit überraschen? So etwas musste ihm dauernd passieren.

In der Tat klang seine Stimme fröhlich unbeschwert, als er sagte: »Ich würde nicht im Traum daran denken, die Gala zur Eröffnung des Resorts zu verpassen, Terry. Vielen Dank.«

»Es wäre nicht annähernd das Event, das es wird, wenn wir nicht Ihre Hilfe gehabt hätten, Josh«, sagte der Bauunternehmer mit einem Respekt in der Stimme, von dem es Megan schlecht wurde. Er drehte sich zu ihr um. »Können Sie das Wochenende mit uns verbringen, Megan?«

»Ich ... ich weiß nicht«, stammelte sie. Wenn Josh Bennett dort wäre, würde sie mit Sicherheit nicht kommen. Sie würde sich später eine gute Entschuldigung einfallen lassen. Jetzt wollte sie nur noch gehen. »Ich muss es mit der Geschäftsleitung absprechen. Sie können meine Einladung ins Büro schicken. Wenn die beiden Herren mich jetzt entschuldigen.« Sie schoss einen abfälligen Blick in die Richtung in der Josh stand. »Ich treffe zum Abendessen einen weiteren Kunden.«

Schon wieder eine Lüge, und Joshs hochgezogene Augenbraue zeigte ihr, dass er es wusste. »Gute Nacht«, sagte sie und segelte aus dem Vorführraum mit dem Minimum an Würde, das ihr noch geblieben war.

Sie hetzte die Korridore hinunter, die jetzt bis auf ein paar Unverbesserliche, wie James einer gewesen war, verlassen waren. *Geht nach Hause zu eurer Frau, eurem Mann, eurer Familie. Gebt diesem Mann nicht das Beste, das ihr habt. Er ist es nicht wert,* wollte sie ihnen zurufen. Sie rannte durch die elegante Lobby, als wäre sie einer Folterkammer entkommen.

Später konnte sie sich nicht einmal mehr daran erinnern, wie sie nach Hause gekommen war. Ausnahmsweise völlig abgestumpft gegenüber dem Verkehr, war sie wie ein Automat gefahren, alle Gedanken auf die Minuten fixiert, die sie allein mit Josh verbracht hatte. Als sie ihr Haus betrat, war die Leere greifbar, als würde sie in ein Leichentuch eingehüllt, als würde sie ersticken.

»Es ist seine Schuld, dass ich alleine bin«, sagte sie laut in ihrer Wut und ihrer Niederlage. Wäre Josh Bennett nicht gewesen, hätte sie noch immer einen Ehemann, vielleicht jetzt auch ein oder zwei Babys. Sie sollte sich für die Einsamkeit in ihrem Leben bei ihm bedanken. Noch immer fraß er an ihr wie ein Aasgeier. Wann hätte er sie sauber bis zu den Knochen abgenagt?

Er hatte ihr ihren Mann schon vor seinem Tod gestohlen. James hatte ihr niemals im selben Maß gehört, wie er der Agentur Bennett gehört hatte. Josh hatte sie ihrer Würde beraubt, indem er den Job für sie besorgt hatte. Dass sie nichts von seinen Machenschaften gewusst hatte, änderte nichts daran. Wie viele Leute wussten, dass sie ihren Job Josh zu verdanken hatte? Wurde sie hinter ihrem Rücken ausgelacht? Dachten alle, dass sie um seine Hilfe gebeten hatte? Was, glaubten sie, hatte sie als Gegenleistung dafür getan? Sie fröstelte, aber nicht vor Kälte, als sie sich in ihrem klimatisierten Schlafzimmer auszog.

Jetzt raubte Josh Bennett ihr ihre Selbstachtung. Jedes Mal, wenn er sie berührte, schmolz sie wie warmer, formbarer Ton in seinen Händen. Scham schlug über ihr zusammen, als sie sich daran erinnerte, wie sie ihm ihren Körper entgegengebogen hatte, wie ihr Mund sich für seinen Mund geöffnet hatte.

»Ich hasse ihn, ich verachte ihn«, schluchzte sie, griff nach dem Kopfkissen und zog in einer Geste des Selbstschutzes die Beine an ihre Brust. Salzige Tränen tropften von ihren Wangen auf das Kopfkissen.

Weine nicht, Megan. Weine nicht.

»Nein, nein.« Sie sträubte sich gegen die Erinnerung an seine leidenschaftlichen Worte. Sie wollte die Sanftheit vergessen, mit der er sie an sich gedrückt hatte, die Zärtlichkeit seiner Hände, die Süße seiner Lippen. Sie versuchte das Bild eines harten, berechnenden Mannes heraufzubeschwören, aber es gelang ihr nicht. Das einzige Bild, das sie vor sich sah, war Joshs besorgter Gesichtsausdruck, als er ihre Wangen wiegte und ihren Mund an seine Lippen hob.

»Nein«, wiederholte sie, zutiefst aufgewühlt.

Sie hasste ihn mehr als je zuvor, nur würde sie sich selbst endlich den wahren Grund eingestehen. Seit der Nacht, in der sie sich begegnet waren, war es ihr nie mehr gelungen, ihn aus ihren Gedanken zu bannen. Hartnäckig war er geblieben. Und er würde sich auch jetzt nicht daraus vertreiben lassen.

Zwei Tage lang hörte Megan weder etwas von Josh noch von Terry Bishop. Nur Jo Hampson erstattete ihr kurz Bericht. »Terry sagte, dass Ihnen die Werbespots gefielen. Der arme Mann steht so unter Strom. Wenn

Seascape nicht bald eröffnet wird, wird er noch an einem Herzinfarkt sterben. Danke, dass Sie mich neulich auf den neuesten Stand gebracht haben.«

»Gern geschehen«, sagte Megan mit einem Lächeln, von dem sie hoffte, dass es aufrichtig aussah. »Welchen Sendeplan haben Sie für die Spots dieser Verbrauchermärkte ausgearbeitet?«

Da sie Seascape für den Moment erledigt hatte, konzentrierte sie sich darauf, den Berg an Arbeit durchzuackern, der sich in den letzten Tagen auf ihrem Schreibtisch angesammelt hatte. Sie erledigte einige längst überfällige Anrufe, beantwortete ihre Briefe und rief ihr Verkaufsteam zu einem Meeting zusammen. Am dritten Tag war ihr Selbstbewusstsein wiederhergestellt, und sie hatte das Gefühl, etwas geschafft zu haben. Als sie von einer kurzen Joghurtpause aus der Kantine im Untergeschoss zurückkam, war ihr Schritt beinahe beschwingt.

Ihre Fröhlichkeit wich wie die Luft aus einem angestochenen Ballon, als sie ihre Bürotür öffnete und Josh auf dem Sofa sitzen sah. Ihre Augen trafen sich, für einen kurzen Moment bewegte sich keiner von ihnen. Dann entfaltete er sich zu seiner vollen Länge und stand auf.

Nicht nur sein Auftauchen, sondern auch seine Kleidung machte sie sprachlos. Er trug einen schwarzgoldenen Jogginganzug und Laufschuhe. Seine Haare waren vom Wind zerzaust, sein Gesicht gerötet. War er von seinem Büro zu ihrem gejoggt?

»Bitte entschuldige meine Kleidung.«

»Was machst du hier?« Sie schloss die Tür hinter sich und bereute es sofort. Aber sie jetzt wieder zu öffnen, wäre das Eingeständnis gewesen, dass sie völlig überrumpelt war, ihn hier vorzufinden. Steif blieb sie an der Innenseite der Tür stehen und versuchte vergeblich, nicht auf den tiefen Keil aus dunklen, gelockten Haaren im V-Ausschnitt der Sweatshirt-Jacke zu starren, deren Reißverschluss nur halb hochgezogen war. Als ob dies nicht genug wäre, war die Art, wie sich die dazu passende Hose um seine schlanken Hüften schmiegte, mehr als beunruhigend.

»Deine Sekretärin war noch beim Mittagessen«, sagte er, ohne ihre Frage zu beantworten. »Ich habe beschlossen hier auf dich zu warten, bis du zurück bist. Hast du etwas dagegen, dass ich hier bin?«

»Spielt das irgendeine Rolle?«, fragte sie bissig.

»Ja.« Diese eindeutige Aussage verletzte sie mehr, als Spott es vermocht hätte. Megan sah zur anderen Seite, als sie flott durch ihr Zimmer ging und ihre Handtasche in einer der unteren Schubladen ihres Schreibtischs verstaute.

»Was kann ich für Sie tun, Mr Bennett«, fragte sie, als sie sich setzte.

»Du kannst mir mein Benehmen neulich verzeihen.«

Ihre Augen flogen ihm zu, und ihr Mund formte ein überraschtes O.

»Du hattest recht. Ich habe ein Geschäftstreffen

missbraucht. Wenn ich dich wieder küssen werde, und ich werde dich wieder küssen, verspreche ich, dass die Umstände romantischer sein werden.«

»Es wird …«

»Doch, es wird. Ich werde dafür sorgen, dass es noch viele solcher Gelegenheiten geben wird.« Er schaute zur Anrichte, auf der die Rosen nun ihre ganze Pracht entfalteten.

Warum hatte sie sie nicht weggeworfen? Am Morgen nach ihrer Begegnung im Vorführraum hatte sie die schwere Vase in die Hand genommen, fest entschlossen, die Blumen in den großen Abfalleimer am Ende des Flurs zu werfen. Aber sie konnte sich nicht dazu durchringen, es zu tun. Warum?

Josh ging zur Anrichte, zupfte eine Blüte ab, trat dann hinter ihren Schreibtisch und blieb wenige Zentimeter von ihrem Stuhl entfernt stehen. »Einen Olivenzweig?«

Ihr Herz stockte jäh, und ihr Atem wurde in ihre Lungen gepresst, als seine Hand sich zu ihrer Brust ausstreckte.

Mit unendlicher Sorgfalt, sie nicht zu berühren, steckte er die Rosenknospe in das oberste Knopfloch ihrer Bluse. Ganz langsam zog er seine Finger zurück. Nur wenige Zentimeter von ihr entfernt, hingen sie in der Luft und strömten ein Verlangen aus, sie zu verwöhnen, das so stark war, dass ihr Körper darauf reagierte, als hätte er sie berührt.

Ihre Brüste schwollen vor Verlangen an, ihre Brustwarzen wurden steif und spitz und luden ihn ein. Sie spürte seine Augen auf ihrem Scheitel.

Sein Atem ging unregelmäßig und schwer. Unmittelbar vor ihr verspannten sich verkrampft die Muskeln seiner Schenkel, und seine steifen Finger schlossen sich zu Fäusten.

Sie gebot einem verrückten Impuls Einhalt, eine dieser Fäuste zu nehmen, sie zu öffnen, zu küssen und sie auf ihre sehnsuchtsvolle Brust zu legen.

»Als Antwort auf deine Frage«, sagte er leise. »Ich habe noch nie eine Frau in mein Büro gelockt, um sie zu verführen. Ich vermische nie Geschäft und Vergnügen. Du, Megan, bist die einzige Frau, die mich je in Versuchung geführt hat, meine eigenen Regeln zu brechen. Seit ich dich getroffen habe, bist du die Ausnahme zu jeder Regel.«

Noch immer konnte sie nicht sprechen. Warum bombardierte sie ihn nicht mit abschätzigen Bemerkungen? Sie sollte ihm jede Beleidigung um die Ohren knallen, die ihr einfiel.

Stattdessen saß sie nervös und stumm in ihrem Stuhl, während er sich langsam entfernte und sich wieder auf das Sofa setzte.

»Das ist der Hauptgrund, warum ich dich heute sehen wollte. Um mich zu entschuldigen. Ich bin in diesem Aufzug hier« – er zeigte auf seine Kleidung –, »weil ich im Fitnessstudio war, als mein Agent mich anrief. Ich dachte, du solltest sofort wissen, was er mir gesagt hat.«

Der Ernst seiner Stimme alarmierte sie. So besorgniserregende Untertöne hatte sie seit dem Tag nicht mehr gehört, als er sie zu Hause angerufen und ihr gesagt hatte, dass sie sofort ins Krankenhaus kommen sollte. Damals hatte ihr Mann auf der Intensivstation um sein Leben gekämpft.

»Worum geht es, Josh?« Unbewusst sprach sie seinen Namen mit der Intimität eines wertvollen Freundes, eines ... Liebhabers aus.

»Du weißt ja, dass einer unserer größten Etats die Dixieland-Lebensmittelkette ist.«

Sie nickte.

»Sie drohen, ihre Werbung von eurem Sender abzuziehen und sie zwischen euren Mitbewerbern aufzuteilen.«

»Was!« Sie schnappte nach Luft und die Bedeutung dessen, was Josh ihr gerade erzählt hatte, war ihr sofort klar. Die Fernsehwerbung der Dixieland-Supermärkte lief Tag und Nacht. Wenn sie diese Werbemillionen verlieren würden, würde das ein Loch in ihrem Etat verursachen, das nur schwer, wenn überhaupt, zu stopfen wäre. *»Warum?«*

»Barnes«, sagte er knapp. »Megan, ich würde dich nicht beunruhigen, wenn ich glauben würde, dass ihre Beschwerden belanglos wären. Wenn dies eine einmalige Angelegenheit wäre, würde ich den Marketingchef von Dixieland zum Essen einladen und ihn davon überzeugen, dass es eine schlechte Idee sei, die Werbespots von WONE abzuziehen. Du hättest nie davon erfahren.« Er stockte plötzlich, als ob er bemerkt hätte, dass er mehr gesagt hatte, als er eigentlich wollte.

»Das hast du früher schon getan, oder?«, fragte sie fordernd und wurde blass. »Du hast interveniert, um mich zu schützen?«

»Ich … es …«

»Hast du?«, fragte sie noch einmal ungeduldig.

»Ja«, gab er widerstrebend zu. »Aber das hätte ich für jeden Verkaufsmanager jedes anderen Fernsehsenders überall im Süden getan. Ich beruhige jeden Tag erregte Gemüter. Das gehört zu meinem Job. Was ich für dich getan habe, habe ich auch für viele andere getan.«

Ihr Rücken war noch immer stocksteif und ihr Kinn stolz gereckt, aber sie sagte: »Sprich weiter.«

Er sah sie lange an. Wenn sie ihn nicht so gut gekannt hätte, wenn sie nicht gewusst hätte, was für ein Mann er war, hätte sie glauben können, dass sein Gesichtsausdruck wehmütig war. Seine Augen glitten forschend über ihr Haar, ihr Gesicht, ihren Hals. Sie blieben an der Rosenknospe hängen, die zwischen ihren Brüsten steckte. Schließlich hob er seine Augen und räusperte sich.

»Wie ich schon sagte, wenn es ein Einzelfall gewesen wäre, hätte ich nichts unternommen. Aber es ist das dritte Mal in dieser Woche, dass mir eine Beschwerde über WONE zu Ohren kommt. Alle drei Etats werden von Barnes betreut.«

Megan griff zum Telefonhörer und tippte drei Ziffern ein. »Ich muss Sie sehen. Sofort.«

Sie legte den Hörer auf und drehte sich zu Josh um. »Danke, dass du es mir gesagt hast. Ab jetzt werde ich mich selbst darum kümmern.«

»Ich möchte dabei sein.«

»Es wäre mir lieber, du würdest gehen.«

»Ich bleibe.«

Bevor sie weiter diskutieren konnte, öffnete Barnes die Tür. Er sah sehr bedrückt aus.

»Kommen Sie herein.« Sie war verärgert über Barnes, aber nicht so sehr, wie sie über Josh aufgebracht war. In der einen Minute präsentierte er sich mit Rosenknospen und flüsterte demütige Entschuldigungen, in der nächsten mischte er sich mit dem kühlen Mangel an Sensibilität, den sie gelernt hatte, von ihm zu erwarten, in ihr Leben ein.

Barnes trat ein und schloss die Tür hinter sich. Als er Josh auf dem Sofa sitzen sah, wurde er sichtlich blass und wischte seine Handflächen an den Seiten seiner Hose ab. Er schien noch nicht einmal Joshs Sportkleidung zu bemerken.

»Mr Bennett.« Er nickte respektvoll.

Megans Verärgerung wurde durch seine Verbeugung vor Josh nur noch größer. »Okay, Barnes, lassen Sie hören. Und Sie haben besser einen guten Grund, warum sich gleich drei von Mr Bennetts Kunden in dieser Woche über Sie beschwert haben.«

»Drei?«, presste er heraus.

»Drei oder einer, das spielt keine Rolle«, sagte Megan, und ihr Ärger wurde deutlich. »Ich habe Sie Anfang der Woche gewarnt, dass sich Ihre Leistungen verbessern müssen. Jetzt kommt der Inhaber der größten Werbeagentur dieses Landes mit einem akuten Notfall zu mir und erzählt mir, dass wir einen unserer größten Kunden verlieren könnten. Und das wegen Ihrer Unfähigkeit.«

Sie ignorierte den stammelnden Versuch ihres Mitarbeiters, sich zu verteidigen, und heftete ihren erhitzten Blick auf Josh. »Mr Bennett, würden Sie für mich, ebenso wie für Mr Barnes, die Beschwerden aufzählen, die Sie gehört haben?«

Mit dem nüchternen Tonfall eines Richters hakte Josh ein Pflichtversäumnis, einen belastenden Punkt nach dem nächsten ab: falsche Angaben, wann die Werbespots des Kunden laufen würden, falsche Einschaltquoten, offenkundiges Desinteresse, völliger Mangel an Kommunikation. Mit jedem Verstoß, den er aufzählte, fiel das Gesicht von Barnes weiter herunter, bis er aussah wie der traurigste Bassett, den es gab.

Als Josh fertig war, wanderten seine Augen von einem zutiefst bestürzten Barnes zu Megan.

»Vielen Dank, dass Sie uns gewarnt haben, Mr Bennett. Hoffen wir, dass uns genügend Zeit bleibt, die Angelegenheit ins Reine zu bringen. Wollen Sie dazu Stellung nehmen, Barnes?«

Der junge Mann schüttelte unglücklich seinen Kopf. »Ich habe es verbockt, ich weiß.«

»Nun, wenn Sie Mitgefühl suchen, dann sind Sie hier an der falschen Stelle. Wenn Sie hinter dem Mädchen aus dem Nachrichtenstudio her sind, dann machen Sie ihr den Hof. Umwerben Sie sie, versuchen Sie sie zu gewinnen oder vergessen Sie sie oder suchen Sie sich einen Ersatz oder duschen Sie kalt. Das ist mir völlig egal.«

Barnes starrte Megan verblüfft an, dass sie den Ursprung seiner Probleme kannte. Als Frau wollte sie ihm gestehen, dass sie genau wusste, wie es war, wenn jemand alle Gedanken vereinnahmte und den gesunden Menschenverstand außer Gefecht setzte. Aber als Vorgesetzte konnte sie sich nicht erlauben, ein Jota nachzugeben.

»Ich werde Ihre Kunden nicht unter den anderen Verkaufskollegen aufteilen, weil jeder von ihnen schon genug hat. Ich werde auch nicht damit drohen, Ihre lukrativen Kunden durch weniger interessante Kunden zu ersetzen. Ich glaube nicht, dass es Sie kümmern würde. Ich setzte Sie stattdessen für einen Monat auf Probezeit. Aus meiner Warte gesehen, ist dieser Zeitraum großzügig bemessen. Am Ende des Monats werde ich Ihre Kunden alle persönlich anrufen. Wenn sie nicht voll und ganz zufrieden sind und Ihr Loblied singen, dann können Sie sofort Ihren Schreibtisch räumen, denn noch am selben Arbeitstag werden Sie draußen sein.«

Er nickte verdrießlich. »Ja, Meg …, äh, Ms., äh, Mrs Lambert.«

»Danke, dass Sie so schnell gekommen sind, als ich Sie gerufen habe«, sagte sie als Signal, dass er entlassen war.

Barnes schlich zur Tür und zog sie hinter sich zu.

Megan stand von ihrem Stuhl auf. Sie fühlte das Gewicht der Verantwortung auf ihren Schultern. Sie ging zum Fenster und starrte in einen traumhaften Frühlingstag hinaus. Sie schloss ihre Augen vor dem hellen Sonnenlicht und ließ die Jalousie ein wenig herunter, um es abzuschirmen. Die Geräusche des Innenstadtverkehrs drangen gedämpft herein. Sie fühlte Joshs Hand auf ihrer Schulter, bevor sie wusste, dass er hinter ihr stand.

»Also ist eine Frau sein Problem«, sagte er leise, als seine Hände die Verspannungen in ihrem Nacken und ihren Schultern massierten. Durch den dünnen Stoff ihrer Bluse fühlten sich seine Hände warm und tröstlich an.

»Ja. Vielleicht hätte ich ihm nicht vor dir die Leviten lesen sollen, aber ich dachte, dass deine Anwesenheit die Dringlichkeit dessen, was ich ihm gesagt habe, noch deutlicher machen könnte. Ihn so beschämen könnte, dass er endlich das leistet, von dem ich weiß, dass er es zu leisten im Stande ist. Ich habe keine Ahnung, ob ich es richtig oder falsch gemacht habe.« Es fühlte sich so gut an, ihm ihre Unsicherheit einzugestehen.

»Du hast es großartig gemacht.«

»Glaubst du wirklich, Josh?« Sie wollte gar nicht wissen, warum seine Meinung ihr so wichtig war.

Er drehte sie um, damit sie ihn ansah. »Du warst wunderbar, brillant«, flüsterte er und glättete mit der einen Hand ihr Haar, während die andere Hand ihr Kinn stützte.

»Wenn ich Barnes wäre, würde ich einen Gang zulegen und zusehen, dass ich mir dein Wohlwollen sichere.«

Sie lächelte skeptisch zurück. »Das bleibt abzuwarten.«

»Ich bin so verdammt stolz auf dich. Ich wusste, dass du dich durchsetzen kannst. Ich habe gehört, dass du härter als Stahl bist. Aber ich habe nicht erwartet, dass du so sagenhaft bist.«

»Die Situation erforderte es, sich durchzusetzen und hart zu sein. Ich musste ihn wachrütteln.«

»Das macht dich zu einem guten Verkaufsmanager.«

»Aber gleichzeitig hasse ich es, jemanden so drastisch abzukanzeln.«

»Dafür bist du eine Frau.«

Sie hatte sich beinahe selbst davon überzeugt, dass ihre Rüstung aus Ärger sie vor ihm schützen würde, aber seine sanften Worte drangen wie ein meisterhaft geführter Degenstich direkt durch ihren Schutzpanzer hindurch und trafen sie mitten ins Herz. Kopfüber tauchte sie in die Tiefen der Augen, die sie ansahen, und sie wünschte sich, darin zu ertrinken. Seine Hände rutschten ihre Arme herab, um sie zu umfassen. Ohne dass andere Körperteile sich berührten, beugte er sich nach vorne und versiegelte ihren Mund mit seinem.

Der süße Geschmack seiner Lippen und das sinnliche Forschen seiner Zunge in ihrem Mund nahmen sie mehr gefangen, als starke Arme es gekonnt hätten. Wie auf ein kaum hörbares Kommando drehten sie ihre Köpfe, wechselten die Seiten, um einander zu verschlingen.

Er schlürfte genießerisch an ihren Lippen, bevor er ein Stück auf Abstand ging.

»Geh mit mir Abendessen.«

»Ich …«

Er küsste sie noch einmal und sog ihren Atem in seinen Körper ein.

»Bitte. Nur ein Abendessen, ich schwöre es. Lass mich nur mit dir zusammen sein.«

»Josh«, flüsterte sie. Das war verrückt, und sie wusste es genau, aber sie konnte seinen verführerischen Küssen nicht widerstehen. Ihr Wille, ihr Verstand, ihre festen Überzeugungen verflogen wie Blütenblätter im Wind, wann immer er sie berührte. Sie erkannte jetzt, was sie zuvor nicht hatte wahrhaben wollen, dass sie Angst davor hatte, was aus ihr werden würde, wenn sie mit Joshua Bennett zusammen war. Konnte man sie für Fehler verantwortlich machen, wenn er ihr jede Fähigkeit raubte, klar zu denken?

»Abendessen und tanzen. Nur das, wenn du es so willst.«

Würde eine Nacht schaden? Ein harmloses Abendessen? Ein wenig tanzen? Er schmeckte so gut. Salzig. Er hatte Zeit gehabt zu trainieren, bevor der Anruf ihn im Fitnesscenter erreicht hatte und er zu ihr gekommen war. Sein Geruch nach Moschus machte sie benommen. Sie sehnte sich danach, das raue Haar auf seiner Brust zu berühren, seiner Spur zu folgen, sein Muster den Oberkörper hinunter nachzuzeichnen, vom Anfang, genau unter seinem Schlüsselbein, bis zum Ursprung seiner Männlichkeit. Das Schlucken bereitete ihr Mühe.

»Bitte Megan, beende diese Strafe. Sag ja.«

Wieder drückte er seine Lippen süß auf ihre Lippen und liebkoste sie zärtlich.

»Oh, Josh, j…«

Sie hörten die schlurfenden Schritte den Bruchteil einer Sekunde bevor energisch an der Tür geklopft und sie aufgestoßen wurde.

»Megan?«

Sie sprangen auseinander, als Doug Atherton und Terry Bishop eintraten.

»Da sind Sie ja«, sagte Doug herzlich. »Ihre Sekretärin ist noch beim Mittagessen, ich konnte Sie sonst nirgends finden.« Er schien Megans mitgenommenen Gesichtsausdruck nicht zu bemerken.

»Ich habe Sie im Büro angerufen, Josh. Man sagte mir, dass Sie hierherkommen würden. Sind Sie herübergejoggt?« Er lachte.

»Nein«, sagte Josh. »Es gab etwas Dringliches, von dem ich dachte, dass Megan es wissen sollte. Ich lief herüber, bevor ich mit dem Training fertig war.«

»Nichts Kritisches, hoffe ich.« Athertons Augenbrauen zogen sich sofort alarmiert nach oben.

»Nein, ich denke nicht«, sagte Josh lässig. »Megan konnte es ausbügeln.«

»Ah, gut, gut. Schöne Blumen«, fügte er spontan an und zeigte auf die Vase mit Rosen. »Megan, Terry hat mir erzählt, dass Sie die Werbespots gesehen haben, er wollte mit Ihnen darüber reden.«

Der Mann hatte sie kaum angesehen. Er war zu clever, um nicht zwei und zwei zusammenzuzählen, nachdem er sie in den letzten Tagen zweimal allein zusammen erwischt hatte. Beide Male hatten sie aufgeschreckt und schuldig gewirkt. »Hallo Terry«, sagte sie herzlich, um Dougs willen.

»Wollen wir uns alle setzen?«

Sie ging zu ihrem Schreibtisch zurück, dankbar, dass er ihr Abstand zu den drei Männern verschaffte. Plötzlich fühlte sie sich verletzlich und schutzlos. »Was kann ich für Sie tun, Terry?«

»Nun«, sagte er und leckte nervös über seine Lippen. »Ich war wegen der Platzierung der Werbespots besorgt. Sie wissen schon, wann wir welchen senden sollen. Haben Sie dazu ein paar Vorschläge?«

Einen Moment lang erfasste sie Panik. Wie viele hatte sie gesehen? Zwei? Drei? Sie konnte sich an keinen der Spots erinnern, die abgespielt worden waren, nachdem Terry den Vorführraum verlassen hatte. Der Einzige, der einen bleibenden Eindruck hinterlassen hatte, war der mit der Silhouette des Paars. Als sie jetzt daran dachte, brandete Hitze in ihr hoch, und sie blickte flüchtig zu Josh. Seine Topas-Augen, die sie genau beobachteten, sagten ihr, dass er nur zu gut wusste, woran sie dachte. Sie musste sich irgendwie durchlavieren.

»Nun, ich denke der Trailer mit dem Paar am Strand sollte spätnachts gesendet werden«, witzelte sie.

Ihr Trick klappte. Terry und Josh lachten. Nach einer kurzen Erklärung von Josh lachte Doug mit.

»Die anderen – lassen Sie mich überlegen.« Sie schürzte die Lippen, als ob sie nachdachte und betete, dass ihrem völlig blanken Gedächtnis wieder irgendetwas einfallen würde.

»Megan und ich haben darüber diskutiert, als Sie am Telefon waren, Terry«, sagte Josh. Ihre Augen weiteten sich ob seiner Lüge, aber glücklicherweise fesselte er die Aufmerksamkeit der beiden anderen Männer, und sie bemerken ihre Bestürzung nicht.

»Wir sind beide der Meinung, dass die Spots, die die Einkaufsgelegenheiten und anderen Annehmlichkeiten für Frauen präsentieren, während des Tages laufen sollten, wenn sich die Frau des Hauses Seifenopern und Quizshows ansieht.«

»Richtig«, sagte Megan schnell, um etwas beizusteuern und nicht so dämlich dazustehen, wie sie sich fühlte.

»Die Trailer, die den Golfplatz, die Tennisplätze und Angelmöglichkeiten vorstellen, sollten am Abend laufen, wenn der Mann des Hauses daheim ist und wenn Sportevents ausgestrahlt werden. Was die Werbespots betrifft, die Kinder auf Fahrrädern und beim Toben am

Strand zeigen, da ist die Wahl eindeutig – nachmittags und samstagvormittags. Das war es, worauf wir uns verständigt haben, nicht wahr, Megan?«

»J-jaa, ganz genau«, antwortete sie. Ihre Hände, die sie auf der Tischplatte verschränkt hatte, waren verkrampft. Sie hoffte, dass niemand ihre weißen Fingerknöchel bemerken würde.

»So erreicht jeder Spot genau die Zielgruppe, bei der er auf das größte Interesse stößt.« Ihre Worte klangen abgedroschen, fast schon lahm, aber besser als gar nichts. Sah Doug sie seltsam an? Wenigstens Terry schien zufrieden.

»Nun«, sagte er, schlug sich auf die Oberschenkel und stand auf. »Sie haben mir wieder einmal Mut gemacht. Es tut mir leid, wenn ich Ihre Zeit in Anspruch genommen habe. Wann werden die ersten Werbespots gesendet?«

»Morgen«, antwortete Megan sofort, dankbar, dass sie und Jo den Beginn des Sendeplans erst heute Morgen besprochen hatten.

Terry streckte ihr die Hand über dem Schreibtisch entgegen, um sich zu verabschieden. »Dann werden wir uns vermutlich erst bei der Eröffnung von Hilton Head wiedersehen.«

»Aber … Ich kann nicht dabei sein. Es tut mir leid, aber …«

»Sie wird kommen, Terry«, sagte Doug gedehnt. Er drehte sich zu ihr um, wo sie hinter der vermeintlichen Sicherheit ihres Schreibtisches stand. »Josh hat mich heute Morgen angerufen. Er hat mir erzählt, dass Sie wegen der ganzen Arbeit hier zögern, zur Eröffnung von Seascape nach Hilton Head zu fahren. So gerne wir Sie um uns herum haben«, sagte er wie ein gütiger, nachsichtiger Vater, »ich denke, dass wir für ein paar Tage auf Sie verzichten können.«

Einige Sekunden vergingen, während sie Doug mit weit aufgerissenem Mund anstarrte. »Mr Bennett hat Sie in *meinem* Namen angerufen?« Sie versuchte ihre Stimme kokett und leicht klingen zu lassen, aber es fühlte sich wie ein Knurren an.

Doug lachte in sich hinein. »Ja. Er hat mir gehörig die Leviten gelesen, weil ich Sie nicht gehen lassen wollte. Am Ende konnte ich ihn davon überzeugen, dass ich von den großen Festivitäten gar nichts wusste und dass Sie selbstverständlich kommen werden.«

Sie schluckte die heiße Wut herunter, an der sie zu ersticken drohte. »Ist es nicht normalerweise das Privileg der überregionalen Verkaufsleiter solche Funktionen wahrzunehmen, wenn es sich um ein Event handelt, dessen Etat über die Landesgrenzen hinausgeht?«, fragte sie mit einer süßen Unschuld, die genau das Gegenteil zur brodelnden Wut war, die in ihr kochte.

»Ja, aber er wird in dieser ersten Juniwoche zu einer Versammlung der NBA in New York sein.« Er drehte sich zu Terry um. »National Broadcasters Association, das Treffen der Vertreter der amerikanischen Fernsehsender.« Der Bauunternehmer nickte. »Abgesehen davon, ist er mit diesem Etat längst nicht so vertraut wie Sie.«

»Dann sollten Sie fahren.« Megan hoffte, dass man die Verzweiflung in ihrer Stimme für beflissene Großzügigkeit halten würde.

»Das würde ich gerne, das würde ich gerne, aber ich arbeite an einem Vertragsabschluss in Savannah, um einen Radiosender zu kaufen. Sie werden fahren und sich eine gute Zeit machen. Stimmt's, Terry? Sie laden sie nicht ein, damit sie die ganze Zeit dort für Sie arbeitet, oder?«

»Natürlich nicht«, antwortete Terry eilig. »Wir wollen, dass alle eine gute Zeit haben.«

»Dann ist es abgemacht«, sagte Doug und klopfte sich auf seinen runden Bauch. »Terry hat Sie eingeladen mit seinem Firmenjet zu fliegen. Josh kann Ihnen alle Einzelheiten dazu sagen. Alles klar, Terry?« Ohne eine Antwort abzuwarten, öffnete Doug die Tür. Terry folgte ihm.

»Josh«, fragte Doug, als er die Tür für ihn aufhielt.

»Noch nicht. Megan und ich müssen noch ein paar Dinge besprechen.«

»Dann sehe ich Sie später.«

Ihr Vorgesetzter hastete hinaus, und Megan war wieder allein mit dem Mann, der ihr die Basis ihres Lebens unter den Füßen wegzog. Kaum war die Tür ins Schloss gefallen, nagelte sie ihn fest.

Er hob besänftigend beide Handflächen und sagte schnell. »Es ist nicht so, wie du denkst.«

»Ist es doch, zur Hölle«, blaffte sie ihn an.

»Wenn ich es dir überlassen hätte, hättest du die Einladung ausgeschlagen.«

»Verdammt richtig.«

»Ich kann nicht daneben stehen und müßig zusehen, dass du das tust.«

»Was geht dich das an?«, schrie sie.

»*Du* gehst mich etwas an, verdammt. Du gehst mich etwas an seit der Nacht, in der ich dich sah.«

Schäumend umrundete sie die Ecke ihres Schreibtischs und lief zwischen Josh und der Tür auf und ab.

»Drei Jahre meines Lebens hast du mich in göttlichem Frieden gelassen. Und jetzt walzt du innerhalb einer Woche deinen Weg in mein Leben, manipulierst es, manipulierst mich. Warum? Warum jetzt? Warum nicht, sobald der Körper von James kalt war?«

Er fluchte leise. »Drei Jahre lang habe ich dich in deinem eigenen bitteren Saft sieden lassen. Glaubst du, ich bin dumm? Ich wusste, dass du mich nicht sehen, spüren oder mit mir sprechen wolltest. Als ich sah, dass Seascape eine Chance war, an dich heranzukommen, bei Gott, ja, da habe ich sie genutzt. Ich zweifle daran, dass du eine Verabredung akzeptiert hättest, wenn ich dich einfach angerufen und gefragt hätte, wie jeder andere anständige Mann.«

»Wieder richtig!«

»Also«, fuhr er fort, als ob sie nichts gesagt hatte. »Also habe ich jedes Hilfsmittel genutzt, das ich hatte.

Manipulation, sagst du? Von mir aus, ja. Aber welche Wahl hast du mir denn gelassen?«

»Keine Wahl. Du hattest kein Recht darauf. Du hättest auf meine Worte hören und endlich aufgeben sollen. Die Botschaft war, *ist* klar. Ich will nichts mit dir zu tun haben, Joshua Bennett. Ein für alle Mal, kapier es endlich, und lass mich allein.«

Sein Gesicht wurde beträchtlich weicher, und mit einem reumütigen, schiefen Lächeln zog Josh einen Mundwinkel hoch. »Ich kann nicht, und du weißt, warum.«

Sie stand ihm gegenüber wie einem Kontrahenten, ihre Brüste hoben sich vor Erregung und Hitze, ihre Wangen waren gerötet von Gefühlen, die sie sich nicht eingestehen wollte.

»Warum hast du dir die Mühe einer poetischen Einladung zum Abendessen gemacht?«, fragte sie geringschätzig. »Du wusstest doch, dass Doug dafür sorgen würde, dass ich nach Hilton Head fahre.«

Er breitete seine Arme seitlich seines Körpers weit aus. »Da hast du es! Das ist genau das, was ich sage. Ich versuche, mich mit dir auf konventionellem Weg zu verabreden, und du hast auch daran etwas auszusetzen.« Er ließ seine Arme mit einem lauten Schlag an seine Oberschenkel fallen.

»Megan«, sagte er. Seine Geduld war fast zu Ende. »Wir brauchen dieses gemeinsame Wochenende. Weit weg von hier.« Seine Hand deutete in einer ausladenden Geste auf ihr Büro. »Weg von der Vergangenheit. Weg vom Gespenst von James.« Er machte einen Schritt auf sie zu. »Wir brauchen Zeit um uns kennen zu lernen, um zu lachen, um zu lieben.« Seine Stimme war zu einem heiseren Flüstern herabgesunken, das sie gefangennahm. »Ich habe heute Morgen bei Doug Druck gemacht, weil ich will, dass du auf diese Insel kommst. Mit mir.«

Sosehr sie sich bemühte, seine Worte auszublenden, sosehr wurde sie von ihnen erregt. Ihr Herz drohte bedingungslos zu kapitulieren. In einem letzten, verzweifelten Versuch suchte sie ihre Sinne zusammen, marschierte zur Bürotür und zog sie auf. »Vielen Dank für Ihre feige Erpressung. Ich werde auf diese verfluchte Insel kommen, aber nicht mit Ihnen, Mr Bennett.«

Er schlenderte auf sie zu, und bevor sie ausweichen konnte, umfasste er ihre Wangen, hielt sie und schob ihren Kopf in den Nacken. »Du bist absolut unwiderstehlich, wenn du wütend bist. Dein Haar knistert wie Feuer. Und ich liebe es, wie mein Name aus deinem Mund klingt, wenn du ihn aussprichst.«

Sie dachte, dass er sie küssen würde, aber das tat er nicht. Stattdessen ruhten seine Augen lange auf ihren Lippen.

»Wir sind noch nicht auf der Insel, Megan. Mach keine Versprechungen, die du nicht halten kannst«, warnte er sie. Sein Daumen zog eine sinnliche Linie über ihre Lippen, bevor er seine Hand fallen ließ. Er stürmte an ihr vorbei ins Vorzimmer. Als sie bemerkte, dass Arlene sie mit weit aufgerissenen Augen anstarrte, ihre Hände auf der Tastatur erstarrt, hatte er die äußere Tür bereits hinter sich zugezogen.

»Sie wären nicht gerne auf einer Insel mit *ihm?*«, fragte sie in ungläubigem Staunen.

»Wenn Sie glauben, dass er so toll ist, warum gehen *Sie* dann nicht mit ihm nach Hilton Head?«

»Er hat *mich* nicht gefragt.«

»Ohhh!«, brachte Megan mühsam hervor, drehte sich auf dem Absatz um, und verschwand Türen schlagend dorthin, wo bislang ihr Allerheiligstes gewesen war. Sie zerrte die Rosenknospe aus ihrem Knopfloch, zerdrückte sie zwischen ihren Fingern und ließ die duftenden Überreste zwischen ihnen hindurch in den Abfalleimer fallen. »Er hat *mich* nicht gefragt«, äffte sie ihre Sekretärin nach.

Guter Gott, was sahen die Frauen in diesem Mann? Er war unverschämt, anmaßend, arrogant und völlig skrupellos. Welcher andere Mann würde die Verlobte seines Freundes in der Nacht vor ihrer Hochzeit küssen?

Dennoch beteten die Frauen ihn an. Er hatte unzählige romantische Amouren. Herzlos warf er die Frauen weg und ging zu anderen. Dennoch wurden sie von ihm angezogen, wie Metallsplitter von einem Magneten. Seine flammenden Romanzen waren häufig in den Schlagzeilen der Regenbogenpresse. Die Schlagzeilen …

Schlagzeilen!

Was könnte sie tun, um Josh Bennett an seiner

empfindlichsten Stelle zu treffen? Schlecht über seine Agentur sprechen? Nein. Dazu war sie zu renommiert. Außerdem könnte sie dies nicht tun, ohne ihre eigenen Geschäftsinteressen zu verletzen. Was würde einen Mann, der Selbstvertrauen ohne Ende hatte, zum öffentlichen Gespött machen? Was wäre eine geeignete, wohl verdiente Strafe für das, was er ihr und James angetan hatte?

Sie triumphierte vor Freude, als sich ein Plan in ihrem Kopf abzuzeichnen begann. Terry hatte gesagt, dass es in Seascape vor Reportern nur so wimmeln würde. Megan Lambert war ein Nobody, Josh Bennett nicht. Er würde Aufmerksamkeit erregen. Was er tat, würde notiert werden. Seine neue »Liebe« würde hochgespielt werden. »Romantik in Hülle und Fülle im neuen H.H. Resort.« Ihre Augen tanzten vor boshafter Freude, als sie sich die Schlagzeilen vorstellte.

Sie stürzte zu ihrem Schreibtisch und sah in ihrem Kalender nach. »Zwei Wochen«, grübelte sie laut. Sie hatte zwei Wochen, um sich vorzubereiten und alle Köder zu kaufen, um eine Falle der Verführung aufzustellen.

Wenn sie in diesen Firmenjet einsteigen würde, würde Josh Bennett diese schnurrende Frau neben sich nicht als die Frau erkennen, die heute Gift und Galle gespuckt hatte.

Kapitel 5

Der geschmackvolle weiße Hosenanzug gab Megan das Selbstvertrauen, das sie brauchte, um die Glastür zum Privatterminal des Flughafens aufzustoßen. Sie wusste, wie gut die langen Hosen an ihrer kurvenreichen Figur saßen, wie einladend sich die gerundeten Konturen ihres Gesäßes abzeichneten. Der seidene Blazer, der wie eine Baseballjacke geschnitten war, hatte breite grüne, gelbe und blaue Streifen. Die Seide lag eng auf ihren Brüsten, die nur teilweise vom Körbchen eines Spitzen-BHs geborgen wurden, einem Büstenhalter, wie Megan ihn noch nie zuvor getragen hatte. Wie alle anderen Kleidungsstücke, die sie in den letzten zwei Wochen gekauft hatte, hatte sie ihn unter dem Gesichtspunkt ausgesucht, männliches Interesse zu beflügeln.

Die Gummisohlen ihrer Freizeitschuhe machten keine Geräusche, als sie den verlassenen Korridor entlangging. Über einer Schulter trug sie zwei Gepäckstücke, die zu den limonenfarbenen Streifen ihrer Bluse passten. Zusammen mit ihrer neuen Garderobe gekauft, setzten sich die Reisetaschen über ihren konservativen Geschmack hinweg, der normalerweise ihre Wahl bestimmt hätte. Am anderen Arm trug sie eine riesige weiße Strohtasche.

»Mrs Lambert?« Ein Flugbegleiter eilte auf sie zu. Sie wandte sich zu ihm um und sah ihm entgegen.

»Ja?«

Der uniformierte Mann lächelte freundlich. »Sie sind der letzte Gast aus der Gruppe von Mr Bishop.«

»Oh, ich hoffe, meinetwegen mussten nicht alle warten.«

»Nein«, sagte er schnell. »Das Flugzeug wird noch überprüft. Die anderen Gäste sind in der Hauptlobby. Darf ich …?«, fragte er und griff nach ihrem Gepäck.

Sie wollte ihm die Taschen gerade geben, da änderte sie hastig ihre Meinung. »Danke schön, aber ich glaube, ich behalte sie noch.«

»In Ordnung. Hier entlang.«

Er zeigte zum Ende des Korridors. Megan sah, dass dieser sich zu einem großen Wartebereich verbreiterte, wo, wie sie wusste, Josh sein musste. Aufgeregt holte sie tief Luft. Konnte sie es durchziehen? Würde er auf ihren Trick hereinfallen? Er könnte aufgegeben und eine andere Frau eingeladen haben, ihn nach Hilton Head zu begleiten. Sie hatten nicht mehr miteinander gesprochen, seit er ihr Büro verlassen hatte. Seine Kampfansage klang ihr noch im Ohr: *»Wir sind noch nicht auf der Insel, Megan. Mach keine Versprechungen, die du nicht halten kannst.«*

Sie rief sich diese hämische Bemerkung in Erinnerung, als sie jetzt ihre Schultern straffte und in die große Lobby trat. Wie ein Vater, der auf sein Kind wartete, lief er ungeduldig vor einem großen Glasfenster auf und ab, durch das man die Startbahn beobachten konnte.

Als er sie sah, lockerte sich augenblicklich die Anspannung in seinem Gesicht und wich einem breiten Lächeln. Mit lässigen Schritten kam er auf sie zu. Seine braunen Freizeithosen waren zu gut geschnitten, um nicht die Aufmerksamkeit auf die langen und perfekt muskulösen Beine zu lenken. Niemand konnte seine breite, kräftige Brust und seine Schultern unter dem hellgelben Poloshirt übersehen. Die Sonnenbrille saß auf seinem verstrubbelten Haar und ließ ihn ebenso verwegen aussehen, wie die schräge Augenbraue, die sich nun mit einem gewinnenden Lächeln hob.

»Hallo Megan.« Nervöse Freude lag in seinem Gruß, der wie ein Schwall aus ihm herausbrach und erleichtert klang. Hatte er sie nicht erwartet?

Sie lächelte und versuchte sich selbst davon zu überzeugen, dass ihr Herz nicht wegen der Vertrautheit, mit der er ihren Namen aussprach, so plötzlich pochte, sondern wegen des Plans, den sie nun in Szene setzen musste. »Hallo Josh.« Ihre Wimpern schlossen sich kurz, dann öffnete sie die Lider mit einem, wie sie hoffte, flirtenden Augenaufschlag.

Falls sie sein durchdringendes Starren als einen Hinweis werten konnte, war er fasziniert, wenn nicht gar verblüfft über ihre ungewöhnliche Wärme.

»Wie ist es dir ergangen?«, fragte er.

»Gut. Und dir?«, antwortete sie und sah ihm direkt in die Augen.

»Viel zu tun. Bishop ist wie ein Kind vor seinem ersten Tag im Kindergarten. Ich bin froh, wenn Seascape endlich richtig in Schwung kommt, auch um seinetwillen.«

Sein Mund verzog sich spitzbübisch, und Megans Fingerspitzen kribbelten vor lauter Drang, seine Lippen zu berühren. Wieder flatterten ihre Wimpern, dieses Mal unfreiwillig. »Vie-vielen Dank für den Stewart-Etat. Mr Stewart hat mir erzählt, dass du uns wegen unserer guten Einschaltquoten eindringlich empfohlen hast.«

»Keine Ursache, ich war nur ehrlich. Die Ratings vom Mai zeigen, dass eure Elfuhrnachrichten derzeit die Nummer eins auf dem Markt sind. Stewart könnte seine Werbedollar nicht besser ausgeben, als an dieser Stelle.«

Diese Unterhaltung war belanglos, das wussten sie beide. Megan konnte kaum ihre Augen von ihm lassen, während er Botschaften aussandte, die das Adrenalin durch ihren Körper pumpten. Um wieder auf den richtigen Weg zurückzukommen, zuckte sie mit den Schultern und schob die Träger ihres Gepäcks in eine bequemere Position.

»Warte.« Er reagierte sofort, und sie konnte sich nicht helfen, aber sie war von seinen Manieren beeindruckt.

»Entschuldige bitte. Lass mich das tragen.« Er

streckte die Hand aus, um ihr das Gepäck abzunehmen und zog die Riemen an ihrem Arm herunter.

Spielte ihre Einbildung verrückt oder strichen seine Finger an der Seite ihrer Brust entlang? Und wenn nicht, warum waren dann ihre Brustwarzen in ihrem Spitzengefängnis zum Leben erwacht?

»Vielen Dank«, sagte sie und lächelte ihn zitternd an. Manche Frauen mochten es ja genießen, wie ein hirnloser Idiot zu grinsen, aber für sie war es erniedrigend. Sie wollte nicht verhätschelt werden, oder?

»Bishop hat für kalte Getränke, Wein oder Bier gesorgt. Willst du etwas trinken?«

»Nein, danke … Josh.«

Sie riss ihre Augen von ihm los und sah zur Gruppe hinüber, die auf den Abflug des Flugzeugs wartete. Sie erkannte Vertreter von Fernsehstationen, Geschäftsführer aus der Geschäfts- und Finanzwelt und Journalisten der großen Zeitungen. Darunter waren mehrere attraktive Frauen, wie Laura Wray, die Reisejournalistin des *Atlanta Constitution.*

Megan glaubte nicht, dass Josh in Begleitung einer dieser Frauen war. Er war allein gewesen, als sie angekommen war. Aber, sie musste sich dennoch davon überzeugen. Nervös feuchtete sie ihre Lippen an. Als sie aufflammendes Interesse in Joshs Augen sah, geriet sie etwas aus der Fassung.

»Bist du … ich meine … begleitet … dich jemand?«

Wieder verzogen sich seine Lippen zu einem Lächeln. Er blickte über seine Schulter zurück, und die

Reiseredakteurin hob ihr Weinglas in einem stummen Gruß. Josh nickte einen Dank und drehte sich mit einem noch breiteren Grinsen zu Megan zurück.

»Nein«, sagte er. »Das heißt, bislang nicht.«

Megan ließ ihrer Eifersucht freien Lauf. Ihre Augen wurden schmal, als sie die große, gertenschlanke Zeitungskolumnistin taxierte. »Ms Wray scheint, was dich betrifft, mehr als nur ein bisschen interessiert.« Hatte sie jemals gehört, dass die beiden Namen miteinander in Verbindung gebracht wurden? Es hatte so viele gegeben, sie konnte sich nicht daran erinnern, ob Laura Wray zu Joshs Harem gehörte.

»Bist du sicher, dass sie keine Pläne für dich gemacht hat, wenn wir auf Hilton Head ankommen?«, fragte sie und neigte ihren Kopf. Eine Geste, von der sie wusste, dass sie ihren geschmeidigen Hals zur Geltung brachte.

»Sie mag Pläne gemacht haben, aber sie hat mich nicht gefragt. Und wenn ihr Plan nicht lautet, dass nur du und ich viel Zeit zu zweit verbringen, dann decken sie sich nicht mit meinen Plänen.« Er trat einen Schritt auf sie zu, bis sie ihren Kopf heben musste, um ihm ins Gesicht zu sehen. »Ich bin sehr froh, dass du gekommen bist, Megan«, sagte er mit sanftem Nachdruck.

Einen Moment lang wurde sie von starken Emotionen am Sprechen gehindert.

»Tatsächlich?«

»Ja, mehr als du dir vorstellen kannst.«

»Ich bin auch froh, dass ich gekommen bin.«

»Bis zur letzten Minute habe ich befürchtet, dass du nicht kommst. Ich wollte dich jeden Tag anrufen, aber ich hatte Angst, dass du dann erst recht nicht kommen würdest. Es war die Hölle, dich zwei Wochen nicht zu sehen, nicht zu hören, aber ich dachte, du brauchst die Zeit, um dir darüber klar zu werden, was diese Reise für uns bedeuten könnte.«

»Ich wollte sie nicht verpassen.«

Die Intensität, mit der er auf ihren Mund sah, vernebelte ihre Motive, nach Hilton Head zu fahren, und trübte ihr Denkvermögen. Was sich unauslöschlich in ihr Gehirn eingebrannt haben sollte, wurde unscharf. Jedes Mal löste Josh diesen Effekt bei ihr aus.

»Ich glaube, sie sind fertig, wir können einsteigen«, sagte er und unterbrach ihre stürmischen Gedanken. »Komm, lass uns einen guten Platz suchen.«

Er schulterte ihre Taschen und dirigierte sie mit einer Hand auf der Mitte ihres Rückens zur Rollbahn, wo der Firmenjet mit rotierenden Propellern zum Start bereit stand.

Nur wenige Gäste waren vor ihnen auf der Gangway. Megan, die vor Josh ging, spürte, wie seine Hand von ihrem Rücken auf die Taille und dann sofort weiter nach unten über die Kurven ihrer Hüften glitt. Sie verbuchte ihr momentanes Schwindelgefühl als Rebellion gegenüber seiner vertraulichen Geste.

Als sie im Inneren des Flugzeugs war, suchte sie die Reihen nach freien Plätzen ab. Laura Wray hatte sich bereits in eine der vorderen Sitzreihen gesetzt. »Hallo Josh«, sagte sie mit tiefer, melodischer Stimme.

»Laura«, erwiderte er hinter Megans Rücken. »Wie nett, dich zu sehen. Kennst du Mrs Lambert?«

Abschätzende, aber nicht feindselige, blaue Augen wandten sich Megan zu. »Mrs Lambert. Laura Wray, *Atlanta Constitution.*«

»Megan, bitte.«

Megan schüttelte die schlanke Hand, die sich ihr entgegenstreckte.

»Ich arbeite bei WONE.«

»Aber Sie sind nicht vor der Kamera?«

»Nein, ich bin Regionalverkaufsleiterin.«

»Schön, Sie kennen zu lernen.«

Es war schwierig über die Natur ihres Lächelns zu entscheiden, Megan ordnete es irgendwo zwischen traurig und sehnsüchtig ein.

»Ich glaube, dass die Plätze auf der anderen Seite des Gangs noch frei sind«, sagte Laura.

Wieder bemerkte Megan Hoffnung in ihrer rauchigen Stimme.

»Nein danke«, lehnte Josh ab, noch bevor Megan ihre Meinung äußern konnte. »Die Sonne wird nach dem Start auf dieser Seite hereinscheinen. Ich habe weiter hinten noch freie Plätze gesehen.«

Sanft, aber bestimmt, schob er Megan den schmalen Gang entlang. »Bis später, Laura«, sagte er beiläufig.

»Ja, bis später.« Ihre Stimme verlor sich.

Megan setzte sich auf den Fensterplatz, auf den Josh

gedeutet hatte. Er brachte ihre Taschen zu einem kleinen Schrank am Heck des Flugzeugs und kam zurück, um sich neben sie zu setzen.

»Bequem?«

»Ja, aber ich bekomme den Sicherheitsgurt nicht heraus. Er klemmt zwischen dem Sitz und der Wand.«

Er lehnte sich hinüber um das Problem in Augenschein zu nehmen. »Ich glaube, ich kann ihn herausholen.« Er beugte sich über ihren Schoß, griff nach dem Nylongurt und zog kräftig. Sein Ellbogen stieß an ihre Brust, nicht schmerzhaft, aber heftig genug, um sie beide sekundenlang erstarren zu lassen.

Er drehte sich um, um zu sehen, ob etwas passiert war. »Es tut mir leid«, sagte er brüsk und starrte auf ihre Brüste. »Habe ich dir wehgetan?«

Da sie sich selbst nicht traute, schüttelte Megan nur den Kopf. Mit einem weiteren, vorsichtigeren Ruck kam der Gurt frei, und Josh schnallte sie an. Er ließ sich ausgesprochen viel Zeit, um seine Länge richtig einzustellen. Seine Hände lagen länger als nötig in ihrem Schoß, nachdem der Verschluss eingerastet war. Seinen eigenen Sitzgurt stellte er mit weit weniger Zeremoniell ein.

Als Terry Bishop die anderen Gäste bat, ihre Plätze einzunehmen, blieben viele kurz stehen, um mit Megan und Josh zu reden. Er stellte ihr alle vor, die sie noch nicht kannte. Sie sah den Neid in den Augen der Frauen und wissende Vermutungen in den Augen der Männer.

Es verletzte sie, dass jeder automatisch annahm, dass sie Joshs neueste Eroberung und Reisebegleitung war, aber das war der Preis, den sie für ihren Sieg zu zahlen hatte. Wenn alles nach Plan lief, würden am Ende dieses Wochenendes die Telefonverbindungen nach Atlanta von der Nachricht glühen, dass die Regionalverkaufsleiterin von WONE und Josh Bennett eine »Story« sind. Dass ihr verstorbener Ehemann der Angestellte von Josh gewesen war, würde die Sache noch pikanter machen.

»Was macht Barnes?«, fragte Josh, nachdem sie abgehoben hatten, über das Brummen der Motoren hinweg.

Sie drehte sich ihm ein wenig zu und als ihr Knie in der Enge gegen seines stieß, ließ sie es dort. »Das sollte ich vermutlich dich fragen. Hast du noch Beschwerden gehört?«

»Nicht einen Hauch. Ich denke, du hast ihm einen gehörigen Schreck eingejagt.« Seine Zähne schimmerten glänzend weiß aus seinem gebräunten, markant geschnittenen, attraktiven Gesicht. Die Sonne von Hilton Head würde den tiefen Bronzeton seiner Haut intensivieren.

»Ich behalte ihn genau im Auge«, sagte Megan. »Die hohen Tiere der Holding waren diese Woche bei uns. Sie haben meine Vorgaben erhöht. Ich kann mir keine kostspieligen Fehler erlauben. Abgesehen davon würde ich Barnes nur extrem ungern gehen lassen. Wenn er sich anstrengt, ist er ein hervorragender Verkäufer.«

»So etwas wie dich gibt es selten, Megan.«

Der vertrauliche Ton seiner Stimme ließ sie zu Josh aufblicken.

»Du verbindest Professionalität mit Weiblichkeit.«

Die Muskeln, die ihren Hals zuzogen, machten das Sprechen schwer, aber sie antwortete. »So selten ist das heute nicht. Viele Frauen arbeiten in Bereichen, die in der Regel Männern vorbehalten sind, und sie machen ihre Arbeit bewundernswert gut.«

Er dachte einen Moment darüber nach, dann sagte er: »Ja, aber viele Frauen würden es lieben, einen Mann kleinzukriegen, nur zum Spaß, nur um ihre Position zu rechtfertigen und um ihr eigenes Ego aufzublasen. Du genießt es aber nicht«, sagte er und beugte sich näher zu ihr. »Du hast es gehasst, dem armen Barnes einzuheizen. Das ist der Unterschied von dem ich spreche. Auch wenn du in einem typischen Männerberuf arbeitest, täglich Geschäftsentscheidungen triffst, vergisst du keinen Moment, dass du eine Frau bist.« Jetzt war er gefährlich nahe. »Keiner vergisst es.«

Joshs Worte ließen sie vor Schuldgefühlen erstarren. Plante sie nicht gerade insgeheim, genau das zu tun, was er soeben hervorgehoben hatte, dass sie es *nicht* tat – einen Mann kleinzukriegen und es zu genießen? Ihre Motive waren gerecht, aber würden andere Menschen sie als habgieriges, kratzbürstiges und bösartiges Frauenzimmer sehen, das man verachtete?

Sie hatte das Bedürfnis, sich zu verteidigen. »Deshalb muss ich immer auf der Hut sein, immer sicherstellen, dass niemand einen Vorteil daraus zieht, dass ich eine Frau bin.« Die Anklage in ihrer Stimme konnte er nicht missverstehen.

»Ich habe niemals einen Vorteil daraus gezogen, Megan.«

»Hast du nicht?«

»Ich habe meine Position in der Werbebranche genutzt, um dir zu helfen. Zugegeben, ich wollte aus egoistischen Gründen, dass du auf diese Reise mitkommst, aber ich dachte auch, dass du eine Pause vom Druck im Büro brauchen kannst. Meines Wissens habe ich noch nie etwas getan, das nachteilig oder schädlich für dich gewesen wäre, weder als Frau noch beruflich.«

»Das ist eine Frage des Standpunkts, oder?« Ihr Tonfall war stechend.

»Sag mir eine Sache, die ich getan habe, um dich zu verletzen. Ich weiß keine.«

Sie öffnete ihren Mund, aber es kam kein Ton heraus. Was konnte sie ihm vorwerfen? Dass sie einen angesehenen, gut bezahlten Job hatte, weil er sich eingemischt hatte? Dass WONE immer neue Werbekunden bekam, weil er sie zu ihnen schickte? Dass er vor nur zwei Wochen ein Desaster abgewendet hatte, indem er sie über das Vorhaben der Dixieland-Supermarktkette ins Bild gesetzt hatte? Für welches Verbrechen konnte sie ihn schuldig sprechen?

»Du hast mich in der Nacht vor meiner Hochzeit mit deinem Freund geküsst.«

»Viele Männer haben dich in dieser Nacht geküsst.«

»Nicht so wie du!«, entgegnete sie mit einem barschen Flüstern.

Seine Augenbrauen schossen nach oben. »Gibst du also endlich zu, dass mein Kuss eine andere Wirkung auf dich hatte als die anderen?«

»Nein!«

»Lügnerin.«

In der Zwischenzeit war ihre Erregung offensichtlich. Sie atmete so schnell und heftig, dass sich die Seide über ihrer Brust bewegte. Sie ballte ihre Hände zu Fäusten, um ihm nicht ins Gesicht zu schlagen oder ihn zu liebkosen oder sie auf die sich zusammenziehenden Spitzen ihrer Brüste zu legen. Sie drehte ihren Kopf zum Fenster und starrte hinaus.

Sie hatte nie weibliche List nötig gehabt, um Männer anzuziehen. Sie hatte immer viele Verabredungen gehabt, dennoch war sie als Jungfrau in ihre Ehe gegangen. Von diesen stürmischen Minuten mit Josh im Sommerpavillon abgesehen, hatte sie nie sexuelle Indiskretionen begangen. Sie wusste nicht, wie man so etwas in Angriff nahm. Und jetzt würde sie sich mit jedem Schritt ihren Weg entlangtasten. Aber sie wusste, dass eine Frau einen Mann nicht dazu brachte, geifernd, scharf und kaum zu halten zu sein, indem sie sich jedes Mal sträubte, wenn er ihr nahe kam.

Sie ließ es zu, dass ihre Gesichtszüge weicher wurden, bevor sie ihn ansah. »Es tut mir leid, Josh.« Sie bemerkte seine Hand auf der Armlehne, nur wenige Zentimeter von ihrer Hand entfernt. Sie schluckte die letzten Reste ihres Stolzes und ihrer Zurückhaltung herunter und legte ihre Hand auf seine. »Ich will nicht mehr mit dir kämpfen.«

Er drehte seine Hand um und packte sie fest. »Verdammt, ich wünschte, du hättest dir einen weniger öffentlichen Ort ausgesucht, um mir das zu erzählen«, sagte er mit rauer Stimme.

»Warum?« Sie blickte ihm fragend in die Augen, und ihr Atem stockte, als sie das Verlangen wie heiße Kohlen in seinem Blick glimmern sah. Die goldenen Punkte in seinen Augen sprangen und tanzten wie flammende Feuerzungen.

»Ich möchte dich küssen, deshalb. Ich will die Tatsache feiern, dass du mich nicht mehr länger als Monster oder bestenfalls als Feind betrachtest. Ich habe drei Jahre darauf gewartet, dich sagen zu hören, dass der Kampf zwischen uns vorbei ist.«

Er drückte ihre Hand fester. »Megan, glaubst du, ich war stolz darauf, was ich in dieser Nacht getan habe? Ich bin nicht mit dem Plan auf diese Party gekommen die Braut von James in meine Arme zu reißen, sie so zu küssen, wie ich es tat, und zu beten, sie wäre meine Braut und nicht seine.« Er schüttelte seinen Kopf und seine Sonnenbrille löste sich. Er nahm sie ab und starrte auf sein eigenes Spiegelbild in den Gläsern, als er weitersprach.

»Ich habe viele Dinge getan, für die ich mich schäme,

aber bitte glaube mir, wenn ich sage, dass das Letzte, was ich tun wollte, als ich dich küsste, war, dich unglücklich zu machen oder dir Schuldgefühle zu verursachen.«

»Ich war unglücklich. Ich hatte große Schuldgefühle, als ich in der nächsten Nacht mit James ins Bett ging. Und noch lange danach.«

»Ich weiß«, sagte er mit einem tiefen Seufzer. »Ich hätte dir nur Freude gewünscht, aber es scheint, als ob ich dir seit unserem ersten Zusammentreffen nichts als Kummer bereitet habe. Damals«, seine Augen durchbohrten sie, »hätte mich nichts davon abhalten können, dich zu küssen, wie mich auch nichts davon hätte abhalten können, zu atmen und weiterzuleben. Es war etwas, was ich tun *musste.*«

Ihre Lippen zitterten bei seinen Worten.

»Gott, ich möchte dich sofort in meinen Armen halten.«

Sie senkte ihren Blick, presste ihre Lider zusammen und versuchte ihre Gedanken, die drunter und drüber gingen, zu sortieren. Ihre Welt war aus den Fugen geraten und drehte sich chaotisch in einem Universum gegensätzlicher Gefühle.

»Ist dir zu warm? Möchtest du nicht deine Jacke ausziehen?«, fragte er dem Anschein nach zusammenhangslos.

Sie sah wieder zu ihm auf und schüttelte ihren Kopf. »Nein, warum?«

Sein Mund kam ganz nahe an ihr Ohr. »Weil ich sehen will, warum sich die Streifen an deiner Bluse so verführerisch heben und senken.« Seine Stimme wurde noch leiser. »Ich will deine Brüste sehen und mir vorstellen, wie sie aussehen und wie sie sich anfühlen.«

Die Röte, die sich über ihre Wangen ergoss, konnte man nicht vortäuschen, sie starrte ihn fassungslos an. Nach einem kurzen Ausflug in die Ewigkeit fand sie ihre Sprache wieder. »Dann glaube ich, ist es das Beste, wenn ich meine Jacke anlasse.«

Er seufzte und lächelte reumütig. »In Anbetracht unserer Umgebung ist es das wahrscheinlich.«

Aber er hielt weiter ihre Hand. Selbst als einige andere Passagiere kamen, um lautstark mit ihnen über das kommende Wochenende zu diskutieren, ließ er sie nicht los. Sie sah nach unten auf ihre beiden Hände, die verschlungen auf der Armlehne lagen. Sein Handrücken war von dunklen Haaren übersät, ihrer war glatt. Seine Hand war lang und kräftig, ihre vergleichsweise zart. Seine bedeutete Schutz, ihre wirkte schutzbedürftig. Ihr fiel beim besten Willen kein guter Grund ein, ihre Hand von seiner zurückzuziehen.

Landeanflug und Landung waren problemlos. Eine Reihe von Limousinen wartete vor dem Hilton Head Airport, um die geladenen Gäste, die im Laufe des Tages eintreffen würden, sofort nach Seascape zu bringen. Terry war da, um sie persönlich willkommen zu heißen.

Nachdem er Josh begrüßt hatte, küsste er Megan

auf die Wange. »Ich möchte, dass Sie meine Frau kennen lernen«, sagte er eifrig, und Megan musste sich zurückhalten, um nicht über seine ängstliche, aber liebenswürdige Art zu lachen. Wenn seine hochgezogene Augenbraue ein Anzeichen dafür war, unterdrückte auch Josh ein Lachen. Terry suchte eine Limousine für sie aus und sagte: »Ich fahre mit Ihnen, wenn das in Ordnung ist«, bevor er sich umdrehte, um die anderen Gäste zu begrüßen.

Josh gab dem Fahrer Megans und seine eigenen Taschen, die er nach dem Transport vom Flugzeug zum Terminal eingesammelt hatte. Kaum hatte er sich in den Rücksitz geduckt, wo sie bereits Platz genommen hatte, nahm er Megan in seine Arme und zog sie an sich.

»Josh«, war das einzige Wort, das ihr erschrocken über die Lippen kam, bevor er sie mit seinem Mund verschloss. Seine Lippen öffneten sich zu einem erotischen und eindringlichen Kuss, der ihr wie seine Vorgänger die Sinne raubte. Megan bemerkte nicht einmal, wie der Fahrer den Kofferraumdeckel zuklappte und seinen Platz hinter dem Lenkrad einnahm. Sie konnte über das Glücksgefühl, eng an Joshs Körper gedrückt zu werden oder die köstliche Oberflächenstruktur seiner Zunge zu fühlen, als diese sich mit ihrer in einem Rhythmus der Vereinigung rieb, nicht hinausdenken.

Erst als sie Terrys Schritte auf dem Asphalt hörte, murmelte sie einen Protest. Auch Josh musste bemerkt haben, dass sie bald Gesellschaft bekamen. Er löste sich von ihr, nur um sie noch einmal hart und schnell zu küssen und sagte leise: »Da ist Lippenstift auf deinem Kinn.«

Sie war noch dabei ihn abzuwischen, als Terry die Autotür öffnete und sich zu ihnen setzte. »Uff, was für ein Tag.«

Als der Wagen die Alleen der neu erschlossenen Insel entlangfuhr, erzählte er ihnen alles, was sich seit ihrem letzten Treffen ereignet hatte.

»Sind Sie früher schon einmal auf Hilton Head gewesen, Megan?«, fragte er aufgeregt.

Sie konnte seinen Stolz sehen, nicht nur auf das eigene Resort, sondern auch auf die Schönheit der Insel selbst.

»Ja, einmal, mein ...«, schnell sah sie zu Josh. »James, mein Mann, und ich verbrachten hier einmal ein langes Wochenende. Ich fand es wunderbar.« Sie schaute durch die getönten Scheiben auf den dunklen Wald. »Ich mag den Süden sowieso, mit seinen moosbewachsenen Lebenseichen und den Pinien. Ich liebe auch die Küste und den Strand. Hilton Head ist der Ort, an dem sich beides verbindet.«

»Gut beschrieben«, rief Josh. Falls es ihn störte, dass sie James erwähnt hatte, ließ er es sich nicht anmerken.

»Vielleicht sollte ich dich anstellen, um Werbetexte für Spots und Anzeigen zu schreiben.« Sie lachten.

»Die Bauunternehmer, die Hilton Head ursprünglich erschlossen haben, waren einzigartig, weil sie den natürlichen Charakter der Insel so weit wie möglich erhalten wollten«, erklärte Terry. »Wussten Sie, dass es auf der Insel eine riesige Baumwollplantage gegeben hat, bevor sie Naturschutzgebiet wurde?«

»Ja, und ist nicht eine entscheidende Schlacht des Unabhängigkeitskrieges hier ausgetragen worden?«, fragte Megan.

Terry warf Josh einen Blick zu und zwinkerte. »Sie ist nicht nur hübsch, sondern auch klug.«

Joshs Löwenaugen tasteten über ihr Gesicht, besitzergreifend, stolz. »Das habe ich schon vor langer Zeit festgestellt.«

Nur der Anblick der eindrucksvollen Tore, die in das Resort hineinführten, brachte Megan dazu ihren Blick von seinem zu lösen. Das Portal aus rohem Holz trug das einprägsame, aber dezente Logo von Seascape und war von Blumenbeeten flankiert, die in voller Pracht standen. Der Eingang mündete in eine kleine Straße, die von Lebenseichen gesäumt war, von denen Moos herabhing. Ihre gewaltigen Äste bildeten einen schattigen Baldachin über der engen Straße.

»Oh Terry«, rief Megan, aber es war Joshs Oberschenkel, den ihre Hand fand und in ihrer Begeisterung fest drückte. »Es sieht aus, wie aus *Vom Winde verweht.*«

Terry strahlte, offensichtlich entzückt von ihrer Freude. Auf beiden Seiten der Straße erstreckten sich hinter den Bäumen weite Flächen smaragdgrüner Golf-Greens. Reitwege schlängelten sich durch ansonsten unberührte Gehölze. Megan war überwältigt und versuchte alles in sich aufzunehmen. Das Hauptgebäude von Seascape war eine weitere reizvolle Überraschung. Der lang gestreckte Komplex war fast ausschließlich aus Glas und Holz gebaut und passte sich harmonisch in die Waldlandschaft ein.

»Es ist wunderschön, Terry«, sagte sie, als sie aus der Limousine stieg, die vor breiten Glastüren angehalten hatte. »Absolut perfekt. Ich weiß nicht, was ich erwartet habe, aber das übertrifft es bei Weitem.«

»Kommen Sie herein.«

Die Portiers, gut ausgebildete und athletisch gebaute Männer eilten herbei, um die Gäste in ihre Bungalows zu geleiten. Die meisten Gäste wurden mit Golf-Carts zu ihren Cottages gebracht.

»Ich habe schon ein Haus für Sie ausgesucht. Ich hole die Schlüssel und bringe Sie auf den Weg«, sagte Terry gastfreundlich.

Megan nickte abwesend. Sie staunte über die Lobby wie ein Landei, das zum ersten Mal in die Stadt kam. Am meisten beeindruckte sie das Dekor, das weder auffällig noch geschmacklos war. Selbst inmitten des Luxus spürte sie eine gemütliche, angenehme Atmosphäre.

»Sieh doch, Josh!« Ohne nachzudenken, nahm sie seine Hand und drehte ihn in Richtung eines Wasserfalls, der über sorgfältig arrangierte Gleisbohlen und Natursteine in einen sprudelnden Brunnen fiel. Blumen aller Arten und Farben fassten ihn wie einen blühenden Bilderrahmen ein.

Er legte einen Arm um ihre Schultern und zog sie näher an seine Seite. »Bist du froh, dass du gekommen bist?«, fragte er in ihr Haar hinein.

Sie vergaß ihre arglistigen Pläne, vergangenen Herzschmerz, ihre Hoffnungen auf Vergeltung, sah mit unverstellter Freude zu ihm auf und antwortete ehrlich: »Ja.«

»Das ist Greg«, sagte Terry hinter ihnen. Sie drehten sich um und sahen einen Mann im Collegealter, mit dem typisch amerikanischen guten Aussehen, der sie freundlich anlächelte. »Er wird sich um Sie kümmern. Dürfen Gayla und ich damit rechnen, dass Sie beide mit uns zu Abend essen?«

Josh fragte nach Megans Meinung, indem er seine Augenbraue hochzog.

Sie nickte kaum wahrnehmbar. »Ja, vielen Dank. Wir freuen uns darauf«, antwortete er für sie beide.

Terry wurde zur Rezeption gerufen, an der sich ankommende Gäste drängten und Angestellte sich drängelten. Gregs Obhut anvertraut, winkten sie ihm zum Abschied zu. Greg fuhr sie über die gepflasterten Wege der Anlage zu dem Bungalow, in dem Zimmer für sie reserviert waren. Erst als sie abseits des geschäftigen Hauptgebäudes waren, konnte Megan die Ruhe des Resorts ermessen. Während sie die von Bäumen flankierten Wege entlangfuhren, wurde die Stille nur von Gregs lebhaftem Geplauder unterbrochen.

»Die Swimmingpools liegen in dieser Richtung. Einer ist beheizt, der andere nicht. In diesem Gebäude ist der Wellnessbereich. Es gibt Fitnessräume für Männer und Frauen, Duschen, Dampfbäder, Saunen, was immer Ihnen gefällt. Um zu den Tennisplätzen zu gelangen, nehmen Sie den Weg, der mit Schildern markiert ist, auf denen kleine Tennisschläger abgebildet sind.«

»Ich weiß nicht, ob ich es jemals schaffen werde durchzukommen, es wird Spaß machen, alles auszuprobieren«, sagte Megan. Ihr wurde unangenehm bewusst, dass sie sich immer weiter und weiter vom Zentralbereich des Resorts entfernten. »Wie viele Zimmer hat ein Bungalow?«, fragte sie beiläufig. Sie hoffte, dass ihre dünne Stimme nicht ihr Unbehagen verriet. Sie konnte fühlen, wie Joshs Augen über ihr Gesicht strichen.

»Vier«, sagte Greg.

»Vier«, wiederholte sie, als ob sie über einer lebenswichtigen Information grübelte.

»Ja, aber nur Ihre beiden Zimmer sind dieses Wochenende belegt.«

Megans Mund wurde trocken. Sie wagte nicht, Josh anzusehen.

Greg hielt vor einem Bungalow, der, wie Megan fand, seinen Namen zu Unrecht trug. »Cottage« konnte den bezaubernden Komplex mit vier Appartments nicht annähernd beschreiben.

»Mrs Lambert«, sagte Greg und öffnete mit dem Schlüssel und einem Tusch eine Tür, bevor er zur Seite trat. Sie betrat die Suite, die in Blau, Beige und Pfirsich ausgestattet war. Vom Badezimmer mit seiner eingelassenen Badewanne bis zum Schlafzimmer mit einem King-Size-Bett und den raumhohen Fenstern mit Blick auf den Atlantik hatte man liebevoll jedes Detail gestaltet. Sobald Greg auf einige der einzigartigen Annehmlichkeiten hingewiesen und ihre beiden Taschen im Ankleideraum abgestellt hatte, verließ er sie, um Josh das angrenzende Apartment zu zeigen.

Als sie allein war, ging Megan zum Panoramafenster und öffnete die durchsichtigen Vorhänge. Hinter einer privaten Terrasse mit bequemen Gartenmöbeln begann ein breiter Rasenstreifen. Das Gras war mit Piniennadeln bedeckt, die von den Bäumen herabgefallen waren, die ihren Patio vom weißen Strand abgrenzten.

Es war ein Ort, der für Liebende geschaffen worden war, eine Kulisse, die alle Sinne ansprach, und sie wusste, dass sie, wenn sie nicht vorsichtig wäre, in der von ihr selbst ersonnenen Intrige verloren wäre.

Als ob ihre Gedanken sein Bild heraufbeschworen hätten, stand Josh plötzlich auf ihrer Terrasse. Er war um die Mauer herumgekommen, die seinen Patio von ihrem trennte. Ohne nachzudenken, öffnete sie dic gläserne Schiebetür, und er trat ein.

»Entschuldige, dass ich die Hintertür benutze«, sagte er. Er lächelte nicht. Seine Augen nahmen eifrig jede Regung ihres Gesichts auf.

»Das ist in Ordnung. Wie ist dein Zimmer?«, fragte sie mit einem Wispern.

»Leer.«

Mit einer schnellen Bewegung kamen sie plötzlich aufeinander zu. Sein Mund klammerte sich an ihrem fest, während seine Hand über ihren Rücken strich. Eine wilde Zunge, die unbeirrt ihren Mund erforschte, zerstörte ihr Denkvermögen.

»Endlich sind wir allein an einem ungestörten Ort. Es gibt niemanden, der uns unterbrechen könnte. Ich möchte nicht, dass irgendetwas zwischen uns ist«, hauchte er an ihrem Nacken, als er ihr ihre weiße Jacke auszog.

Ohne dass Megan Widerstand leistete, schob er sie zum Bett. Als sie auf die Quiltdecke fielen, lagen ihre Arme um seinen Nacken und ihre Hände packten sein Haar ebenso gierig wie er ihres. Er lag nur halb auf ihr, damit er genug Platz hatte, sie zu erkunden.

Mit mehr Disziplin, als sie in diesem Moment aufgebracht hätte, zog er die weiße seidene Hülle aus dem Bund ihrer Hose. Die Haut seiner Handflächen glitt über ihre Rippen und versetzte jeden Nerv in ihrem Körper in Aufruhr. Als er seine Hand über ihrer Brust schloss, bog sie sich zurück und rief an seinem Mund hängend zärtlich seinen Namen.

»Ich habe niemals vergessen, wie du dich anfühlst.« Er genoss ihre vollen Brüste, die über dem Spitzenkörbchen ihres Büstenhalters anschwollen. Seine Hand kreiste langsam über ihnen, bis ihr erwachendes Verlangen in der Mitte seiner hohlen Handfläche geborgen war. »Megan«, sagte er heiser. »Knöpf mein Hemd auf. Berühr mich, bevor ich sterbe.«

Ihre willigen, bemühten, hungrigen Finger fügten sich. Sie kämmte durch die feinen Haare, die sich wie eine Matte über den harten Muskeln und Rippen ausbreiteten. Sein Atem wurde ruhiger, dann stieß er ein gepeinigtes Stöhnen aus. »Ja, ja«, knurrte er, bevor seine Lippen wieder mit ihren verschmolzen.

Der Verschluss vorne an ihrem Büstenhalter öffnete sich. Wie ein blinder Mann ertastete er sie. Weich ansteigende Hügel, glatte Haut und zarte Gipfel wurden von seinen neugierigen Fingern, die alles von ihr wissen wollten, gestreichelt, verwöhnt, glatt gestrichen, geneckt. Er reizte ihre Brustwarzen mit seinem geübten Daumen zu noch heftigerer Leidenschaft.

»Josh, Josh«, flüsterte sie.

Seine zweite Hand fingerte am Knopf und am Reißverschluss ihrer Hose. Sie gingen auf, als ob sie für sein Angebot bereit wären. Die Hülle aus Seide, in Form des Höschens, war nur ein kleines Hindernis für seine süße Erkundung. Dann war er dort, wo er hin wollte, berührte sie, stimulierte sie, erregte sie mit unbeirrter Intimität, von der sie wusste, dass sie verboten sein sollte, aber die sie weder ihm noch sich selbst versagen konnte.

Erst als er begann, den Reißverschluss seiner Hose zu öffnen und sie das Gewicht seines Körpers auf sich herabsinken spürte, wurde ihr in aller Deutlichkeit bewusst, was als Nächstes passieren würde.

Sie geriet in Panik.

Es war noch nicht so weit. Sie hatte sich ihre List

noch nicht richtig zurechtgelegt. Sie wollte niemals so weit gehen.

Sie begann sich zu wehren, und sofort hielt er in seiner Bewegung inne. »Megan?«, fragte er zärtlich. »Megan, was ist? Was ist los?«

Sie suchte nach einer plausiblen Erklärung, warum sie sich jetzt nicht lieben konnten. Sie sagte das Erste, was ihr in den Sinn kam. »James. Ich ... wir betrügen James.«

Kapitel 6

Nur einen Herzschlag nach den sanften Küssen auf ihrer Stirn hob er abrupt seinen Kopf. Sie hatte ihn aus seinem leidenschaftlichen Rausch gerissen. Sein schneller, stoßweiser Atem bewies, dass sie seine Willensstärke extrem auf die Probe stellte.

Sie wusste, dass er sie ansah, dass er sie dazu bringen wollte, ihre Augen zu öffnen. Aber sie konnte es nicht riskieren, ihn die Wahrheit sehen zu lassen – dass sie es genauso bereute, jetzt aufzuhören, wie er. Stattdessen kniff sie ihre Augen zusammen, bis zwei Tränen auf beiden Seiten unter ihren Lidern hervortropften und ihre Wangen herunterrollten.

Er stemmte sich von ihr herunter und verließ das Bett. Das Geräusch seines Reißverschlusses war in der Stille des Zimmers so unangenehm wie Fingernägel, die an einer Tafel entlangkratzten.

Lange lag Megan bewegungslos mit geschlossenen Augen auf ihrem Rücken. Sie wünschte, er würde einfach gehen, ohne irgendetwas zu sagen. Ihr größter Wunsch war, sich zu einer Kugel zusammenzurollen, sich selbst zu begraben, sich in Bedauern zu suhlen.

Sie bedauerte, ihn jemals getroffen zu haben, mit ihm

getanzt zu haben, ihn in der Nacht vor ihrer Hochzeit geküsst zu haben.

Sie bedauerte, jemals zugestimmt zu haben hierherzukommen. Wenn sie hartnäckiger gewesen wäre, hätte Doug sie nicht zu dieser Reise gezwungen. Sie hätte ihn umstimmen können, wenn sie darauf bestanden hätte, dass sie einfach zu viel Arbeit auf dem Tisch hatte.

Und sie bedauerte … Nein! Sie würde nicht bedauern, nicht mit Josh geschlafen zu haben. Es war zu gefährlich darüber zu spekulieren, wie es gewesen wäre. Allein der Gedanke daran verursachte ihr eine Gänsehaut.

»Megan, geht es dir gut?«

»Ja, es geht mir gut.« Sie rollte ihren Kopf zur Seite und schlug die Augen auf. Er saß auf einem Stuhl neben dem Bett und sah sie ernst an. Sie wusste, dass sie grässlich aussah, dass ihre Augen gerötet und ihre Wangen Tränen überströmt waren.

Sie waren seltsam, diese Tränen. Woher waren sie gekommen? Ihr Ursprung ängstigte sie, aber sie konnte jetzt nicht darüber nachdenken. Wenn sie zu sehr nachforschte, könnte es sein, dass sie auf seinen Schoß krabbelte und Josh bat, das fortzusetzen, was sie angefangen hatten. Nein, denk nicht über den Verlust nach, den du empfindest, Megan, rief sie sich selbst zur Ordnung.

»Es tut mir leid«, sagte sie laut.

Er saß vorgebeugt, mit gespreizten Beinen auf dem

Stuhl. Er betrachtete sie, seine Ellbogen auf seine Knie gestützt, sein Kinn auf seinen Fäusten. »Mir auch.«

Sie setzte sich langsam auf und schloss so unauffällig wie möglich den Schlitz ihrer Hose. »Ich … Ich wusste nicht, dass ich so fühlen würde, bis …«

Als ihre Stimme erstarb, sagte er verständnisvoll: »Du musst dieses Gefühl weder vor mir noch vor jemand anderem rechtfertigen. Ich weiß, dass es seit James keinen anderen Mann für dich gegeben hat. Ich bin froh darüber. Von jetzt an werde ich der einzige Mann in deinem Leben sein.«

Seine sanft gesprochenen Worte und die Nachsicht, mit der er sie ansah, machten sie unsäglich wütend.

»Nun, ich hasse es, dich zu enttäuschen, Josh«, sagte sie ätzend. »Ich bin altmodisch und nicht sehr weltgewandt, wenn es um Sex geht. Wenn du eine Gespielin für nachmittägliche Rangeleien suchst, dann hast du die falsche Frau gekauft, obwohl ich mir sicher bin, dass ich schnell ersetzt werden kann.«

Sie hievte sich aus dem Bett, stolzierte zum Toilettentisch, öffnete ihre Handtasche und nahm eine Haarbürste heraus. Sie konnte diese ein paarmal durch ihr Haar ziehen, bevor sie festgehalten und aus ihrer Hand gewunden wurde.

Er legte die Haarbürste zur Seite und legte seine Hände auf ihre Schultern. »Ich mag es, dass du Prinzipien hast – ich ziehe diese Beschreibung, wenn es um Sex geht, dem Wort ›altmodisch‹ vor.«

»Nur weil ich, im Vergleich zu dem, was du gewöhnt

bist, etwas Neues bin. Ich habe keine Ahnung, wie man diese Schlafzimmerspiele spielt. Soweit ich weiß, war James mir immer treu, auch wenn er auf Reisen war. Und ich war ihm treu. Ich kann mir nicht helfen, aber es fühlt sich billig, schmutzig und schuldig an, mit … mit jemand anderem zu schlafen.«

»Nach drei Jahren!«, brüllte er. Schließlich ging sein Temperament doch mit ihm durch. »Megan, um Gottes willen, du betrügst James nicht. Du bist immer noch sehr lebendig und du brauchst einen Mann, der die Frau, die du bist, vervollständigt.«

Seine Hände schlossen sich um ihren Nacken, seine Daumen massierten die Schlüsselbeine unter ihrer Seidenbluse. »Du brauchst mich.«

Als er sie berührte, konnte sie nicht mehr denken. Sie hatte sowieso keine Antwort auf dieses lächerliche Argument. Sie hatte es sich gerade erst ausgedacht. Was sie mehr bewegte, als sie sich eingestehen wollte, war seine Bereitschaft, ihr Zögern zu verstehen. Warum reagierte er nicht hitzig auf ihr vereiteltes Liebesspiel, riss an ihrer Kleidung in einer von Leidenschaft getriebenen Wut, stieß wütende Drohungen aus, grob zu werden, wenn sie ihre Meinung nicht änderte?

Wenn sie nicht dagegen kämpfte, würde sein Mitgefühl ihr vordringlichstes Ziel vereiteln. Sie schob seine Hände von ihrem Nacken und weinte laut. »Ich habe meinen Mann geliebt!« Wenigstens war die Verzweiflung in ihrer Stimme echt.

»Daran habe ich keinen Zweifel«, sagte er mit einem

Hauch von Verstimmung. »Jeder, der James kannte, mochte ihn. Er war ein netter, liebenswerter Typ.«

»Bei dir klingt es, als wäre er ein Teddybär oder ein Hündchen gewesen«, sagte sie entrüstet. »Ist dir klar, dass du kein Patent auf Sex-Appeal hast. James war ein Mann, und ich habe ihn als Mann geliebt.«

Sein zuckender Kiefermuskel zeugte von seiner unterdrückten Wut. Seine Lippen bewegten sich kaum, als er fragte. »Hast du wirklich?«

»Ja.«

»Wenn wir mehr Zeit gehabt hätten – wenn wir uns einen Monat und nicht in der Nacht vor eurer Hochzeit getroffen hätten – wäre er vielleicht nie dein Ehemann geworden.«

»Oh«, sie ballte die Fäuste an den Seiten ihres Körpers. »Du eingebildetes, arrogantes Arschloch! Ein gestohlener Kuss im Mondlicht und du denkst, ich wäre bereit, alles für dich zu opfern. Nun, das habe ich nicht, oder?«

»Du warst damals wie heute zu stur, um zuzugeben, dass es ein Fehler war, James zu heiraten, nachdem wir uns getroffen hatten.«

Ihr Brustkorb schmerzte vor unterdrückten Emotionen. Seine Worte kamen der Wahrheit zu nahe, sie setzte nur noch weiter nach, um sich selbst zu verteidigen. »Ich hatte zu viel Champagner getrunken.«

Er lachte bitter. »So, jetzt gibst du also dem Champagner die Schuld.« Seine Stimme wurde trügerisch weich. »Du hast mich geküsst, Megan. Und dieser

Kuss hat deine Gefühle für James für immer verändert. Streite es ab, wie du willst – dir gegenüber, mir gegenüber, der Welt gegenüber. Du willst glauben, dass dieser Kuss dir nichts bedeutet hat, aber, zum Teufel, er hat dir doch etwas bedeutet. Du weißt es, und ich weiß es.«

Sie war zu wütend, um zu sprechen. Sie stand vor ihm, ihre Wirbelsäule und ihre Arme starr, ihr Kinn trotzig gereckt.

»Nun, trotz der Meinungsverschiedenheiten, die wir noch zwischen uns zu klären haben, denke ich, wirst du die Vorteile erkennen, unsere Probleme für uns zu behalten. Also beweg dein süßes Hinterteil in diese sündig üppige Badewanne, und entspann dich in einem warmen Bad, oder nimm eine kalte Dusche, und kühl deine grässliche Stimmung ab. Ich hole dich in eineinhalb Stunden zu unserem Abendessen mit den Bishops ab, und bis dahin sprudelst du besser vor guter Laune.«

Megan schäumte noch immer vor Wut, als er sie durch die Terrassentür verließ.

»Du Dummkopf!«, verfluchte sie sich selbst, als sie seinem ungebetenen Rat folgte und unter den stechend kalten Strahlen der Dusche stand. Sie hatte die perfekte Gelegenheit gehabt, das ängstliche, unsichere Frauchen zu spielen, und sie hatte es vermasselt. Sie hätte ihn aus ihrer Hand fressen lassen können, weil er irrtümlicherweise glaubte, sie gehöre ihm.

Wenn sie nur den Part wegen ihrer Schuldgefühle mehr ausgespielt hätte, ihr Bedürfnis nach Umhegen und Bestätigung in den Vordergrund gestellt hätte, wäre er wie Wachs in ihren Händen gewesen. Stattdessen hatte sie ihn, stur und unberechenbar wie sie war, nur wütend gemacht.

»Ich muss mich mehr auf die Rolle konzentrieren, die ich spiele«, ermahnte sie sich selbst, als sie ihr Make-up auftrug. »Grässliche Stimmung«, spie sie aus, und warf einen Augenbrauenstift auf den marmornen Schminktisch. Und woher wusste er, dass die Badewanne in ihrer Suite sündig üppig war?

Als sie sich anzog, wiederholte sie die Gründe, aus denen sie ihn verachtete, damit sie sich deutlich an sie erinnerte. »Unterwerfung, Megan, Unterwerfung. Sei weiblich. Kokett. Ohne eigene Meinung«, murmelte sie, als sie die schmalen Riemen ihrer Sandalen über ihren Fußgelenken befestigte.

Sie betrachtete sich selbstkritisch im Spiegel. »Nicht schlecht«, befand sie. Sie drehte sich seitwärts und seufzte niedergeschlagen. »Etwas mehr Busen wäre nicht schlecht.«

Sie hatte das Kleid wegen seines sinnlichen Materials und seines ungewöhnlichen Schnitts ausgesucht. Es war ein gebrochen weißer Crêpe de Chine. Das Oberteil war vorne und hinten gerafft und mit schmalen Trägern an den Schultern zusammengenäht, so dass der größte Teil ihrer Schultern und ihre Arme unbedeckt waren. Die Vorderseite war tief ausgeschnitten, aber deutete nur an, was sich unter dem seidigen Stoff verbarg. Der weite Rock schwang um ihre Knie.

Sie kämmte ihr Haar zu einem Knoten zurück, der am Ende ihres Nackens auflag, und steckte eine seidene Kamelie mit grünen Satinblättern hinein. Ihre Ohren wurden von Diamantohrringen geschmückt.

Weit vor der verabredeten Zeit war sie fertig. Sie griff nach ihrem gehäkelten Schal und ihrer mit Perlen verzierten Abendhandtasche. Unruhig lief sie auf und ab, übte, was sie sagen und was sie tun würde und fragte sich, ob sie, wenn die Zeit käme, die Nerven behalten würde, es tatsächlich zu sagen und zu tun.

Josh klopfte an die Vordertür.

Nervös leckte sie über ihre Lippen und ging mit weichen Knien quer durch das Zimmer. Sie schaute ein paar Sekunden lang zu Boden, nachdem sie die Tür aufgezogen hatte. Dann hob sie langsam, in der Hoffnung, dass ihr Blick provozierend wirkte, ihre Lider und sah reumütig zu ihm auf.

»Du hättest jedes Recht, mich zu versetzen.«

Seine beredte Augenbraue verriet ihr, dass ihre Zerknirschung ihn überraschte. Er hatte offensichtlich erwartet, dass sie noch immer feindselig und geladen wäre. Dass er in seinem dunklen Sommeranzug und dem makellosen weißen Hemd so verheerend attraktiv aussah, löschte ihren Ärger beinahe vollständig aus.

Noch einmal feuchtete sie ihre Lippen an, diesmal absichtlich. »Josh, dieser Nachmittag tut mir leid.

Ich … ich war nicht darauf vorbereitet, dass so etwas so bald passieren könnte.« Wenigstens das war die Wahrheit. »Ich wusste nicht, wie ich mich verhalten, was ich tun sollte.«

Er zog sie näher an sich heran und drückte ihren Kopf an seine Brust. »Vergib mir, dass ich mich an dich herangemacht habe wie ein halbwüchsiger Irrer. Ich habe es verpfuscht, nicht du.«

»Nein. Ich habe mich albern verhalten, kindisch. Ich dachte, ich wäre bereit da … dafür. Ich schätze, ich bin es nicht. Noch nicht.«

»Ich hätte dich nicht bedrängen sollen. Du hattest kaum Zeit, deine Meinung über mich, über uns, zu ändern. Vergib mir meine Ungeduld. Nur, ich warte schon so lange auf dich.«

Als er sprach, wanderte sein Mund an ihrem Haaransatz entlang. Nun hob er ihr Kinn an. Er küsste sie weich, ohne Druck, auf ihre Lippen, aber durch und durch innig, seine Zunge drang in die süße Höhle ihres Mundes ein. Flammende Lust flutete durch ihren Körper, berührte jedes lebenswichtige Organ, die Spitzen ihrer Brüste, das Zentrum ihrer Weiblichkeit.

Ein Begehren, so stark, dass sie keine andere Wahl hatte, als ihm zu gehorchen, hatte sie erfasst, sie schlang ihre Arme um seinen Nacken. Sie erinnerte sich daran, wie es sich anfühlte unter ihm zu liegen, sein Körper muskulös und voller Verlangen, ihr Körper weich und voller Sehnsucht. Begierig rieb sie sich an der Härte in seinen Lenden.

»Mein Gott«, krächzte er, als er sich schließlich von ihr löste. »Du machst es meiner Selbstbeherrschung nicht leicht, Megan, mein Liebling. Lass uns gehen.«

Die kühle Abendluft trug dazu bei, dass die heißen Flecken auf Megans Wangen verschwanden. Es hatte sie schockiert und beschämt, dass sie während Joshs Kuss die Kontrolle verloren hatte. Der Balsam der Meeresbrise war ihr willkommen, um ihren Kopf frei zu bekommen und ihre erhitzte Haut zu kühlen.

Der Spaziergang durch die Dämmerung war gemütlich und einsam. Die gekiesten Wege waren von blühenden Pflanzen gesäumt. Die Kreppmyrte begann gerade zu blühen. Die Kamelien waren prächtig.

»Sie sehen hübsch zu deinem Kleid aus«, bemerkte Josh. Er deutete auf einen der Sträucher, die mit Blüten überladen waren. »Hier, warte einen Moment. Schaut uns jemand zu?«, fragte er spitzbübisch, bevor er eine der leuchtend pinkfarbenen Blüten abzupfte.

Ein Lachen ob seines Streiches sprudelte ungekünstelt und unverstellt aus ihm heraus.

»Was tust du da, Joshua Bennett? Willst du, dass wir aus dem Resort geworfen werden?«

»Das werden wir nicht«, sagte er augenzwinkernd. »Ich habe Verbindungen. Dreh dich um.«

»Warum?«

»Dreh dich einfach um.«

Sie wandte ihm den Rücken zu und fühlte, wie seine Finger die echte Blüte zu der seidenen Blüte steckten, mit der sie ihr Haar verziert hatte. »Es hat mich eine halbe Stunde gekostet, diese Frisur perfekt hinzubekommen. Wenn du sie ruinierst …«

»Halt doch still«, befahl er. Er steckte die Blüte hinein, rückte sie gerade, klopfte sie leicht fest und sagte dann zufrieden: »Na, also. Das sieht großartig aus.«

Seine Finger fuhren sanft an ihrem Nacken entlang. »Und das sieht köstlich aus.« Er presste einen Kuss auf ihre samtweiche Haut.

Die feuchte Stelle kühlte sich in der Nachtluft schnell ab und war ein wundervoller Gegensatz zu einem anderen heißen Einsatzgebiet seines Mundes.

»Josh«, seufzte Megan gegen ihren Willen. Die Pinienbäume, die sie umgaben und sich sanft bewegten, die Luft, schwer von Blumenduft, und der schattige Privatweg auf dem sie standen, waren eine verführerische Kulisse. »Josh«, wiederholte Megan. Sie war sich kaum bewusst, dass sie seinen Namen laut ausgesprochen hatte.

»Hm?« Seine Lippen nibbelten, seine Zunge leckte, seine Zähne kämmten sanft über ihre zarte Haut. Er kostete sie wie der wollüstigste Feinschmecker, der sich lustvoll einem üppigen Essen hingab. »Lass uns das Abendessen vergessen«, hauchte er hinter ihrem Rücken. »Nichts könnte so gut schmecken wie du.« Seine Zunge versetzte ihrem Ohrläppchen kleine, schnelle Stöße.

Seine Hüften drückten sich stärker an ihren Rücken. Sie hob die Arme hinter ihrem Kopf, um seine harten Wangen und die ausgeprägte Kieferpartie zu liebkosen.

Ihre Finger spielten neckisch mit den dunklen Haaren, die über seine Ohren fielen und an ihren Fingern hafteten, als hätten sie ein Eigenleben.

»Köstlich … Komm näher zu mir«, murmelte er, bevor er seine Hände auf die Seiten ihres Oberkörpers legte. Plötzlich hielt er inne. »Großer Gott«, keuchte er. Seine Finger hatten nicht das Material ihres Kleides gespürt, sondern die warme Geschmeidigkeit ihrer Haut. Kaum seine Fingerspitzen bewegend, überzeugte er sich, dass er wirklich die Seiten ihrer Brüste berührte.

Langsam drehte er sie zu sich um, bis sie ihn ansah und er sie mit seinem Blick gefangen nahm. Ohne sie aus diesem Bann freizugeben, schlüpfte er mit den Fingern beider Hände unter die Ränder ihres Kleides und liebkoste die prallen Kurven ihrer Brüste.

»Dieses Kleid gefällt mir immer besser«, sagte er mit belegter Stimme. Er hob ihre Arme, studierte den Schnitt ihres Kleides, das im Hinblick auf männliche Aufmerksamkeit entworfen worden war. Die Seite war bis etwa fünf Zentimeter über der Taille geschlitzt und ließ die zarte Unterseite ihres Arms und ihres Oberkörpers unbedeckt.

»Ich … ich kann es nicht mit BH tragen«, sagte sie mit zittriger Stimme. Sie hatte dieses Kleid absichtlich angezogen, um ihn zu reizen, aber sie hatte nicht mit ihrer eigenen Reaktion auf seine Bewunderung gerechnet. Ihr Plan war, dass Josh irgendwann an diesem Abend entdecken sollte, wie ihr Kleid geschnitten war, aber es war weder geplant, dass es schon so früh geschah, noch, dass er so kühn einen solchen Vorteil daraus ziehen würde.

»Ich sehe es«, sagte er, und sein Atem ging unregelmäßig. »Und noch besser, ich fühle es.«

Er zog ihre Hand an seine Lippen und küsste die Handfläche. Er murmelte in sie hinein und sagte: »Ich liebe dieses Kleid, aber, zum Teufel, ich werde mich die ganze Nacht elend fühlen. Ich werde jeden Mann umbringen wollen, der in deine Richtung sieht.«

Den Arm besitzergreifend um ihre Schultern gelegt und Besitzerstolz in seiner Miene geleitete Josh sie zum Hauptareal. Sie sollten die Bishops im besten der vier Restaurants von Seascape treffen. Terry hatte klugerweise Restaurants für jeden Geschmack und Geldbeutel vorgesehen, vom Hamburger bis zu europäischer Feinschmeckerküche.

Das Sterne-Restaurant war im zweiten Stock und bot in der Abenddämmerung einen atemberaubenden Blick über den Atlantik. Schwarze Lacktische waren mit gestärkten weißen Tischtüchern gedeckt. Die Stühle waren entweder mit königsblauem oder bordeauxrotem Veloursleder gepolstert. Kristall schimmerte im Kerzenlicht. Silberne Platzteller glänzten. Ein Sextett saß bei der Tanzfläche auf einem kleinen Podium und spielte leise Musik.

Als sie das Restaurant durch die mit Gravuren geschmückten Glastüren betraten, eilte Terry herbei, um sie zu begrüßen. »Megan, Sie sehen wunderbar aus.

Josh, wie gefällt es Ihnen? Sind Ihre Zimmer zufriedenstellend? Haben Sie eine gute Zeit?«

Megan und Josh sahen sich an und brachen angesichts Terrys nervöser Begeisterung in Lachen aus. »Ja, wir lieben Seascape. Ja, die Zimmer sind hervorragend«, versicherte ihm Josh.

»Und ja, wir haben eine gute Zeit«, pflichtete ihm Megan bei. »Aber wir sind hungrig«, scherzte sie.

Er lächelte schüchtern. »Ich weiß, dass ich mich lächerlich mache. Gayla hat mir das schon gesagt. Sie meinte, wenn ich mich nicht beruhige, würde sie mich in unser Zimmer einsperren. Kommen Sie, sie freut sich darauf, Sie zu treffen.«

Gayla legte eine im selben Maße zufriedene Gelassenheit an den Tag, wie ihr Mann gehetzt wirkte. Vielleicht kam ihre Ruhe daher, dass sie vier Kinder geboren hatte, mutmaßte Megan. Wenn all die Geschichten, mit denen sie Megan unterhielt, stimmten, hätte sie es anders nie überlebt. Diese mollige Frau schien nicht im Mindesten von der Größe ihres Bankkontos beeindruckt und sah in Seascape nur einen von vielen überragenden Erfolgen ihres Mannes. Dass sie einander anbeteten, wurde offensichtlich, als sie alle freundschaftlich plauderten und an ihren Drinks nippten.

Als Josh automatisch Weißwein mit Eis für Megan bestellte, hatte sie ihm vertraut zugelächelt. Ohne die geringste Befangenheit hatte er seine Hand auf ihre gelegt und streichelte sanft ihre Finger, während er sich mit Terry über die drei Golfplätze von Seascape unterhielt.

»Ich war noch neugieriger, Sie zu treffen, als ich hörte, dass Sie mit Josh hierherkommen würden«, erzählte Gayla Bishop Megan offen. Sie lehnte sich nach vorne und wisperte verschwörerisch: »Er sieht so verdammt gut aus. Natürlich liebe ich meinen Terry über alles, aber ich bin weder blind noch tot!« Sie lachte leise.

»Ich bin auf Einladung Ihres Ehemanns hier, nicht auf Einladung von Josh«, stellte Megan klar. »Die Werbespots von Seascape werden bei dem Fernsehsender ausgestrahlt, für den ich arbeite. Ich bin für den Etat zuständig.«

»Oh, ich verstehe, ich verstehe«, sagte Gayla mit einem verschmitzten Lächeln, das Megan deutlich machte, dass sie überhaupt nichts verstand. Dachte jeder, dass sie nur Joshs Verabredung für dieses Wochenende war? Damit ihr Plan funktionierte, mussten sie noch viel mehr vermuten.

»Ich denke, es ist wirklich Zeit, dass jemand Joshua Bennett einfängt. Es ist Zeit, dass er sich niederlässt. Terry sagt, dass ich naiv bin, aber ich bin so glücklich verheiratet, dass ich nicht verstehen kann, warum irgendjemand nicht verheiratet sein will. Ich könnte nicht alleine leben, ich könnte es wirklich nicht.« Sie hielt ihren Mund mit ihrer Hand zu, deren Ringe mit Diamanten überladen waren. »Da geht meine große Klappe mit mir durch«, sagte sie kläglich. »Es tut mir leid, Megan. Terry hat mir erzählt, dass Ihr Mann eines Tages einfach tot umgefallen ist. Sie Ärmste.«

Die Entschuldigung dieser redseligen Frau war so offenkundig aufrichtig gemeint, dass Megan es ihr nicht übel nahm. »Das ist schon in Ordnung. Allein zu leben ist nicht so schlecht, wenn man sich einmal daran gewöhnt hat.«

Gaylas Augenbrauen hoben sich vielsagend. »Nun, wenn man die Blicke, die Josh Ihnen zuwirft als Hinweis deutet, würde ich sagen, dass die Tage, die Sie alleine verbringen, gezählt sind.«

»Aber …«

»Ich sage diesem Mann seit Jahren, seitdem er Terry und mich eines Sommers auf dem Boot besucht hat, dass er sich besser vorsehen soll. ›Eines Tages wird eine Frau vorbeikommen und Sie umwerfen.‹ Das habe ich ihm gesagt. Und Sie, Herzchen, sind die aussichtsreichste Kandidatin, die ich je gesehen habe.« Gayla hielt einen Moment inne, um Josh zu betrachten, der sich ruhig mit ihrem Mann unterhielt.

Megan war sprachlos. Sie glaubte nicht, dass es etwas bringen würde, die Sache richtigzustellen. Sie hatte den Eindruck, dass nichts mehr, aber auch gar nichts, die Meinung von Gayla Bishop ändern könnte, wenn sie sich einmal eine Meinung gebildet hatte.

Gayla nahm einen Schluck ihres Champagner-Cocktails und fuhr fort. »Ich gebe zu, dass ich mir Sorgen um Josh gemacht habe. Seitdem er die Verbindung mit …«

»George, Ms Wray«, grüßte Terry und unterbrach Gaylas Vortrag, als ihr Megans vollste Aufmerksamkeit gerade sicher war.

Der Bauunternehmer stand ebenso wie Josh auf und schüttelte einem Mann die Hand, den Terry Megan als einen der Investoren von Seascape vorstellte, ein Industrieller aus Savannah. Sie begrüßten auch Laura Wray, die in einem bodenlangen Futteralkleid aus eisblauem Satin umwerfend aussah. Es schmiegte sich an ihre schlanke Figur und betonte ihre helle Haut. Sie sprach mit allen mit gepflegter, wohltönender Stimme und neigte ihren Kopf, als Josh sie sanft auf die Wange küsste.

»Laura, schön wie immer«, hörte Megan ihn sagen.

»Danke, Josh.«

Nachdem sie Höflichkeiten ausgetauscht hatten, ging das Paar weiter, um sich einer größeren Gruppe an einem anderen Tisch anzuschließen. Terry und Josh entschuldigten sich, um einen Rundgang durch den Raum zu machen. Terry bat Josh nervös, ihn bei der Begrüßung der Gäste zu begleiten. »Ich habe ein fürchterliches Namensgedächtnis«, sagte er und wischte mit einem zerknüllten Taschentuch über seine Stirn.

»Nun, ich wäre beinahe wieder in ein großes Fettnäpfchen getreten«, sagte Gayla mit einem überschwänglichen Seufzer der Erleichterung. Dieses Mal nahm sie einen ziemlich großen Schluck von ihrem Cocktail. »Ich wollte gerade den Namen der Frau aussprechen, und da stand sie ganz plötzlich am Tisch!«

Megans Hand zitterte leicht, als sie das dünnstielige Weinglas an ihre Lippen hob. »Ms Wray?«, fragte sie mit hoher Stimme.

Gayla war offensichtlich zu sehr von ihrer eigenen Erzählung gefangen, um Megans Erregung zu bemerken. »Ja. Sie wissen natürlich, dass Josh mit ihr verlobt war.«

»Nein.« Megan schüttelte ihren Kopf, bis sie ihre Stimme so weit wiedergefunden hatte, dass sie krächzen konnte. Sie räusperte sich und versuchte es noch einmal. »Nein.«

Gaylas fröhliches, rundes Gesicht fiel in sich zusammen. »Verdammt. Terry wird mich umbringen. Mich *umbringen.* Terry warnt mich immer, dass ich den Mund zu weit aufreiße. Er wird mich erschießen, wissen Sie.« Sie nahm Megans Hand und drückte sie fest.

»Vor ungefähr drei Jahren waren sie verlobt. Aus heiterem Himmel und ohne einen für mich nachvollziehbaren Grund, hat er uns erzählt, dass es vorbei sei. Einfach so.« Sie schnippte mit ihren beringten Fingern.

»Ich kann mich nicht daran erinnern, dass ich etwas darüber in den Zeitungen gelesen hätte.« Die Muskeln in Megans Kehle spielten Tauziehen miteinander und machten das Sprechen und Atmen schmerzhaft.

»Nein. Es war eine dieser kurzen Affären, die zu Ende war, bevor sie überhaupt begonnen hatte. Egal, ich war froh, als Terry mir erzählte, dass Josh ein neues Mädchen hat. Ein Mann wie er sollte nicht umkommen.« Wieder tätschelte sie Megans Hand, bevor sie ihrem Mann quer durch den Raum zurief: »Terry Bishop, komm zurück, und bestell mir ein Abendessen.«

Es wurde leise gelacht, als Terry zu seiner Frau zurückstürzte und sich bei ihr und Megan überschwänglich dafür entschuldigte, dass er sie warten ließ.

Josh setzte sich auf den Stuhl und griff unter den Tisch, um Megans Knie zu drücken. »Hast du mich vermisst?«, fragte er und beugte sich so nahe herüber, dass sie seinen Atem auf ihren Lippen spürte.

Zutiefst verstört darüber, was Gayla ihr so munter erzählt hatte, antwortete sie ehrlich und fast unhörbar: »Ja.« Konnte man die Tränen, die ihr in die Augen stiegen, im Kerzenlicht entdecken?

Joshs Zeigefinger zeichnete die zarte Form ihrer Wange nach. Lodernde Augen, die mehr Facetten als ein geschliffener Topas hatten, brannten sich in ihre Augen, fielen dann auf ihren Brustkorb, als ob sie den Stoff versengen wollten, der ihre Brüste vor seinem begierigen Blick schützte.

Sie fühlte sich magnetisch von ihm angezogen und wurde nur durch Gaylas gebieterische Frage gerettet: »Was sollen wir essen?«

Josh nahm die Ente, Megan das Hähnchen in Zitronensauce. Beide lobten den Küchenchef, den man von einem renommierten Hotel in Nizza abgeworben hatte.

»Möchtest du ein Stück von meinem Gericht probieren?«, bot Josh Megan an. Er hob eine Gabel mit dem köstlichen Fleisch an ihren Mund.

»Ich hatte gehofft, dass du fragen würdest.«

Er führte die Gabel an ihre Lippen, sie umschloss die Zinken. Langsam, während ihre Augen mit Joshs Augen verschmolzen, bog sie ihren Kopf zurück, bis die Gabel leer aus ihrem Mund herauskam. Seine Augen hingen wie fest genietet an ihrem Mund, als sie langsam kaute. Sie bemerkte nicht, wie offensichtlich erotisch ihr Verhalten war, bis sie das gefährliche Glitzern in seinen Augen sah.

Ihre Zunge schoss aufgeregt heraus, leckte flüchtig ihre Mundwinkel. Josh atmete zischend durch die Zähne, als seine Augen zu ihr zurückflogen. Sie las die Leidenschaft, die in ihren goldenen Tiefen lauerte, und ihr Herz schlug einen triumphierenden Trommelwirbel. Oder pochte es aus Angst so heftig?

Die Mahlzeit verlief angenehm. Sie genoss die Gesellschaft der Bishops. Das Einzige, was diesen Abend beeinträchtigte, waren Laura Wrays sehnsüchtige Blicke, die sie, wie Megan beobachtete, Josh zuwarf. Er schien sie nicht zu bemerken, sah kein einziges Mal zu ihr hinüber. Aber jedes Mal, wenn Megan zu Laura am anderen Ende des Raumes hinüberblickte, starrte diese Frau Josh an.

»Möchten Sie tanzen, Megan?«, fragte Terry, als sie Likör und Kaffee tranken.

»Ja, sehr gerne«, sagte sie begeistert. Sie hatte den ganzen Abend lang die musikalischen Anstrengungen des kleinen Orchesters verfolgt, und mehr als einmal hatte sie festgestellt, dass sie sich zum langsamen Rhythmus der Musik bewegte. Sie war eine begeisterte Tänzerin, aber sie hatte nicht viele Gelegenheiten dazu.

Josh revanchierte sich und bat eine aufgeregte Gayla, ihn auf die Tanzfläche zu begleiten. Sobald ein neues Lied begann, wurde Megan vom Geschäftsführer eines Fernsehsenders aus Charleston in Beschlag genommen, den sie ein Jahr zuvor auf einer Konferenz getroffen hatte.

Sie lachte über die Geschichte über einen ihrer Kollegen, als sie aus dem Augenwinkel heraus sah, dass Josh mit Laura Wray tanzte. Das Lachen blieb ihr im Hals stecken, als hätte man einen Korken hineingestopft. Ein scharfer Schmerz der Eifersucht schnitt durch sie hindurch. Die Heftigkeit ihrer Eifersucht ängstigte sie. Nie zuvor hatte sie dieses Gefühl gekannt, das sich wie Gift seinen Weg bahnte.

Der Kopf der Frau war in den Nacken gelegt, ihr blondes Haar schwang gegen die schmal zulaufende Hand, die auf ihrem Rücken lag. Sie sprachen, lächelten sich an, lachten leise miteinander. Als das Lied mit einem melancholischen Refrain endete, sah Megan, wie Josh sich herunterbeugte und Laura sanft auf den Mund küsste. Um ihre Gefühle zu verbergen, plauderte Megan munter, als ihr Partner sie zu ihrem Tisch zurückbrachte und hoffte, dass das, was sie sagte einen Sinn ergab.

Bevor sie eine Chance hatte, sich hinzusetzen, wurde sie in zwei Arme gezogen, deren Kraft und Besitzanspruch sie nicht falsch deuten konnte. Megan war so erfüllt von ihrem Hass auf die Frau, mit der Josh gerade getanzt hatte, dass sie steif Abstand von ihm hielt.

Bald jedoch besänftigten sie der herbe Duft seines Rasierwassers, die Kraft seiner Muskeln, die sich an ihren Körper drückten, die beruhigenden Klänge der Musik. Erneut war sie in Joshs Netz der Sinnlichkeit gefangen, in diesem Moment wollte sie ihm nicht mehr entkommen.

Getrieben von dem irrationalen Verlangen, ihm zu beweisen, dass sie ebenso Frau war, wie die, die er einmal gebeten hatte, ihn zu heiraten, passte sie ihre Rundungen seinem Körper an, um sich mit ihm im Einklang zu bewegen.

»Ich dachte, dieses Essen würde nie enden.« Seine Lippen bewegten sich an ihren Schläfen. »Ich konnte es nicht erwarten, dich in meine Arme zu bekommen.« Heimlich erfreut lächelte sie und hob ihre Hände, um sie um seinen Hals zu legen.

»Bitte, Megan, nimm deine Arme herunter. Ich möchte nicht eine Bande vermeintlicher Angreifer zurückschlagen müssen.« Er legte ihre Hand flach auf seinen Jackettaufschlag, beugte ihren Arm, so dass er zwischen ihren Körpern lag und hielt die andere Hand in seiner. Sie wusste, dass es kein Zufall war, dass diese dabei an ihrer Brust lag.

Wie verzaubert bewegten sie sich zur Musik. Der Raum war von romantischer Atmosphäre erfüllt, vom Kerzenlicht aus den Messingleuchtern, die an der Wand befestigt waren und den Sturmlampen auf den Tischen.

Träge erwies Joshs Daumen Megans voller Brust seine Ehre. Die Zärtlichkeit weckte ein prickelndes Gefühl, das tief aus ihrer Mitte in ihre Kehle stieg und dann wieder hinunter, dieses Mal tiefer, mitten in das Herz dessen, was sie zur Frau machte. Ihre Wange ruhte auf seiner harten Brust, wo sie seinen Herzschlag hören konnte.

Sie hätte ärgerlich sein sollen, dass er ihr nichts von Laura Wray erzählt hatte. Sie sollte ihn verachten für seine Art, wie er Frauen wegwarf, wenn er mit ihnen fertig war. Aber ihr Arsenal an Schimpfwörtern war versiegelt worden, als er sie in seine Arme nahm und sie an seinem Körper hielt, als gehörte sie dorthin.

»Es fühlt sich so gut an, dich so zu halten«, wisperte er, und sein Mund hing an ihrem Ohr. »Dies zu tun.« Die Zärtlichkeit seines Daumens an ihrer Brust war sanft, unsichtbar für jeden anderen.

»Es treibt mich zur Raserei, daran zu denken, dass ein kleines Stück Stoff alles ist, was deine Brüste vor meinen Augen verbirgt.« Seine zweite Hand glitt an ihre Taille und zog sie noch näher an sich heran. »Vor meinen Händen.« Er küsste sie unter das Ohr. »Vor meinem Mund.«

Sie bebte und drückte ihr Gesicht an seine Hemdbrust. »Josh, du solltest solche Dinge hier nicht zu mir sagen.«

»Du hast recht«, sagte er und ließ sie plötzlich los. Er stützte sie, als sie leicht taumelte, weil sie seinen Halt verloren hatte. »Da ich vorhabe, dir eine Menge solcher Sachen zu sagen, schätze ich, gehen wir besser hier raus.«

Kapitel 7

Sie wurde buchstäblich von der Tanzfläche geschleift. Überstürzt bedankten sie sich bei den verwirrten Bishops, wünschten ihnen eine gute Nacht und verließen hastig das Restaurant.

»Lass uns zum Strand gehen.«

Josh nahm ihre Hand, und sie schlenderten rund um den Swimmingpool mit olympischen Ausmaßen, wo sich noch immer ein paar Gäste tummelten. Denen, die sie kannten, riefen sie einen schnellen Gruß zu. Andere lagen bis zum Hals in den blubbernden Luftblasen des Outdoor-Whirlpools. Nichts davon reizte Megan in diesem Augenblick. Sie wollte nur mit Josh alleine sein.

Fast alle Wege der Anlage führten irgendwann zum Strand. Josh nahm den nächsten Pfad, der einen breiten Streifen des gepflegten Rasens durchschnitt und durch das hohe Gras, das man an den sanft ansteigenden Dünen stehen gelassen hatte, hinunter zum weißen Meeresufer führte.

»Oh, wie schön«, sagte Megan bewundernd. Sie ließen die Lichter weit hinter sich und fanden den verlassenen Strand in seinem Naturzustand vor. Mit der ansteigenden Flut küsste das Mondlicht jede schäumende Welle und der Wind übertrug das Rauschen des Ozeans. Die Szene wirkte ursprünglich, elementar und unveränderlich.

»Du bist schön.« Josh umfasste mit einer Hand ihr Gesicht und legte die andere um ihren Hals. Sein Mund verschmolz mit ihrem, seine Zunge drängte sich durch ihre bereitwilligen Lippen und schmiegte sich in die geschmeidige Feuchtigkeit ihres Mundes.

Der Wind löste Strähnen ihres Haars aus dem eleganten Haarknoten und zerrte wild an ihrem Kleid, aber Megan bemerkte es kaum. Die Hitze seines Mundes, die harte Kraft seines Körpers, das war der ganze Schutz, den sie brauchte.

Als er sie schließlich freigab und zurücktrat, fiel sein Blick auf ihre hochhackigen Schuhe, die im Sand versunken waren. »Sehr weit wirst du mit denen nicht kommen«, sagte er lachend.

»Leg deinen Fuß hier herauf.« Er klopfte auf seinen Oberschenkel.

Angesteckt von seiner fröhlichen Stimmung, schlenkerte sie ihren Absatz aus dem Sand heraus und legte ihren Fuß etwas oberhalb seines Knies auf seinen Oberschenkel. Seine kräftigen, schlanken Finger schlossen sich fest um ihr Fußgelenk, und er öffnete die Schnalle. Die Brise bauschte ihren Rock und bot ihm eine verführerische Sicht auf glatte, schlanke Schenkel. Es war seltsam, wie die Elemente mit ihr zusammenarbeiteten, um ihr bei Joshs Untergang zu helfen. Der Wind zerrte an seinem Haar, und der unregelmäßige Bogen seiner Augenbrauen verstärkte seine teuflische Anziehungskraft.

Als sie ihre Schuhe losgeworden war, gingen sie einige Schritte am Strand entlang. »Ich kann nicht widerstehen«, sagte er und setzte sich ungeachtet seines teuren Anzugs in den Sand. Er schlüpfte aus den Schuhen und Socken und rollte seine Hosenbeine zu doppelten Aufschlägen hoch. Als er wieder aufstand, zog er sein Jackett aus und löste seinen Krawattenknoten.

»Weiter willst du aber nicht gehen, oder?«, fragte sie neckend.

»Nur, wenn du es auch tust«, sagte er anzüglich.

»Auf keinen Fall. Ich würde erfrieren.«

Seine Augen glitten an ihrem Körper herunter, und wenn sie nicht schon Gänsehaut gehabt hätte, hätte sein Blick sie zum Schaudern gebracht. Der Crêpe de Chine klebte an ihrem Körper, und der kalte Wind hatte ihre Brustspitzen steif werden lassen.

»Von mir würdest du keine Beschwerden hören«, sagte er kühn.

Sie warf ihm einen fassungslosen Blick zu, der ihn zum Lachen brachte, und er legte seinen freien Arm um sie herum. Seine Schuhe baumelten an seinen Fingern. »Ich will in der Brandung laufen.«

»Aber ich kann nicht«, sagte sie und blieb erneut stehen.

»Warum nicht? Zu kalt?«

»Nein, ich trage eine Strumpfhose.«

»Und?«

»*Und?* Das würde sich grässlich anfühlen, abgesehen davon würde sie nass werden.«

»Nicht, wenn du sie ausziehst.«

»Josh!« Sie sah sich schnell um. Noch immer war keiner außer ihnen am Strand. »Das kann ich nicht tun.«

»Und warum nicht?«

»Spielen wir jetzt wieder dasselbe Spiel? Ich kann einfach nicht, deshalb. Jemand könnte mich sehen.«

»Es ist keiner da, der dich sehen könnte«, sagte er und breitete seine Arme aus, um sein Argument zu unterstreichen. »Außer mir. Und ich würde mit Sicherheit nicht meine Reputation als Gentleman gefährden und heimlich ein Auge riskieren.«

Sie sah ihn wachsam an. »Du bist kein Gentleman.«

»Oh? Nun, dann muss ich einer werden. Jetzt mach schon«, drängte er sie. »Zieh sie aus.«

Als sie zögerte, beugte er sich zu ihr und fragte: »Was ist los? Vertraust du mir nicht?«

»Nicht ein bisschen.«

Er lachte nur, und der Wind trug sein Lachen fort, nicht jedoch, bevor es Schauer der Erwartung über Megans Rücken gejagt hatte. Gab es irgendetwas an ihm, das nicht anziehend war?

»Bitte«, sagte er wie ein kleiner Junge, der um einen zweiten Keks bettelte. »Ich habe mein Herz daran gehängt, in diesem wunderbaren Mondlicht in der Brandung spazieren zu gehen. Bitte.«

»Dreh dich um«, sagte sie resigniert. Als er ihrer Forderung nachkam, griff sie schnell unter ihren Rock, hakte ihre Daumen an beiden Seiten in den Bund ihrer Strumpfhose und zog sie über die Knie herunter. »Okay«, sagte sie, als sie sich von ihr befreit hatte.

Bevor sie merkte, was er im Schilde führte, hatte ihr Josh das Kleidungsstück aus der Hand geschnappt.

»Vielen Dank für das Souvenir«, sagte er flapsig.

»Gib sie mir zurück«, forderte sie, die Hände in die Hüften gestemmt.

»Nein«, erwiderte er und stopfte die Strumpfhose in sein Hemd.

»Das ... das ist verrückt«, stotterte sie. Ungeachtet ihres vorgetäuschten Ärgers, verursachte ihr der Gedanke, dass ein so intimes Kleidungsstück an seiner behaarten Brust lag, Schwindelgefühle.

Er legte seinen freien Arm um ihre Taille und zog sie wieder an sich. »Ich gestehe. Wenn es um dich geht, bin ich verrückt. Können wir jetzt durch die Brandung laufen?«, sagte er ungeduldiger.

Das Wasser war kühl, aber nicht alarmierend kalt, als es über ihre bloßen Füße schlug und wieder ins Meer zurückschwappte. Der Rock flatterte launisch an Megans bloßen Beinen und verstärkte die Empfindungen, die durch ihren Körper tobten. Ihr Blut schien im ungestümen Tempo der Gezeiten zu pulsieren.

Josh passte seine ausladenden Schritte ihren kürzeren an, und sie gingen in kameradschaftlicher Stille bis die Lichter der Anlage zu Schemen verschwammen und wie ein Kästchen mit Juwelen aussahen, die auf schwarzen Samt geschüttet worden waren.

»Ich wusste nicht, dass du einmal mit Laura Wray verlobt warst«, sagte Megan schließlich und sprach den einen Gedanken aus, der sie den ganzen Abend am meisten beschäftigt hatte.

Joshs Schritte gerieten kurzfristig aus dem Takt, dann sagte er: »Das wussten nur wenige, es hielt nicht sehr lange.«

»Ich habe euch heute beim Tanzen gesehen. Ihr schient sehr ... vertraut.« Die Worte kosteten Megan viel Stolz, aber ein ihr bislang unbekannter Impuls forderte, dass sie nach der Tiefe von Joshs Gefühlen für die Zeitungsredakteurin fragte.

»Laura ist eine schöne, intelligente Frau. Ich mag sie. Sie ist heute eine gute Freundin.«

Stiche der Eifersucht fochten ein Turnier in Megans Herz aus, sie versuchte verzweifelt, sie zu bekämpfen. *Sie* wollte ihn nicht. Dieser mondbeschienene, sternenübersäte Spaziergang am Strand entlang war lediglich ein Teil ihres Plans. Die Gelegenheiten ergaben sich wie von selbst. Die Leute hatten sie zusammen gesehen. Ein Fotograf aus Atlanta hatte beim Abendessen mit den Bishops Bilder gemacht. Sie würden in der Morgenzeitung erscheinen. In ein paar Tagen hätte sie Josh Bennett genau da, wo sie ihn haben wollte – er würde glauben, dass sie ihn liebte, auch wenn sie es in Wirklichkeit nicht tat. Sie verbuchte ihren plötzlichen

Anfall von Eifersucht als Nebeneffekt ihrer Rolle, in die sie sich verbissen hatte.

»Ihr habt ausgesehen, als ob ihr sehr voneinander fasziniert seid«, bemerkte sie mit einer Gelassenheit, die sie nicht empfand. »Bist du sicher, dass das Feuer nicht noch brennt?«

Josh blieb stehen und drehte sich um, um sie anzusehen. »Nicht mal ein Flackern ist übrig«, sagte er ruhig. »Megan?«

Als sie ihr Gesicht zögernd hob, sprach er weiter. »Es gibt nur eine Frau, die mich fasziniert.« Kräftig und zielstrebig fanden seine Lippen ihren Mund und lösten ein Nachbeben aus, bei dem es ihr flau und zittrig wurde.

»Du frierst«, sagte er, das Zittern ihres Körpers falsch deutend. »Wir machen uns besser auf den Rückweg.«

Sie änderten ihre Richtung. Der Weg war nicht mehr so weit entfent, weil ihr Bungalow in der Mitte zwischen ihnen und dem Areal der Hauptgebäude lag.

»Ich habe heute Nachmittag mit dem Büro telefoniert. Die Leute von Dixieland könnten nicht glücklicher sein«, sagte Josh.

»Gut. Ich habe ein schlechtes Gewissen. Ich habe heute nicht einmal an meine Mitarbeiter gedacht. Ich schätze, ich sollte sie morgen früh anrufen.«

»Du hast Urlaub.«

»Das hast du auch, aber du hast dich gemeldet. Deine Agentur bedeutet dir alles, nicht war?« Sie kannte die überzogenen Forderungen, die er an seine Angestellten stellte, besser als alle anderen, aber das war jetzt nicht der Grund ihrer Frage. Sie wollte wissen, was ihn antrieb.

»Ja, meine Agentur bedeutet mir viel. Ich habe mit nichts angefangen und habe es zu etwas gebracht. Die Agentur ist alles, was ich in meinem Erwachsenenleben vorweisen kann.«

Seine Stimme klang fast bedauernd, aber sie schob diesen Gedanken als lächerlich zur Seite. Jeder wusste, dass Joshua Bennett ein Mann war, der so stark vom Ehrgeiz getrieben wurde, dass dieser nahezu alle anderen Dinge ausschloss.

»Wo bist du aufgewachsen?«

»West Virginia. Mein Vater arbeitete in einer Kohlemine und starb, als ich zehn war. Schwarze Lungen, eine von Menschen geschaffene Krankheit. Ich habe mir geschworen, dass ich niemals in eine verdammte Mine gehen würde, und wenn ich hungern müsste.«

Megan hörte die eiserne Entschlossenheit in seiner Stimme und konnte sich vorstellen, wie er als Junge gewesen war. Wild, verbittert, widerspenstig und ablehnend. Ja, diese Beschreibung passte zu dem Mann, zu dem er herangewachsen war. Sie war ein wenig überrascht festzustellen, dass sie nichts über seine Kindheit und Jugend wusste, aber sie hatte instinktiv gespürt, dass sie nicht privilegiert gewesen war.

»Warst du ein Einzelkind?«

»Ja, Gott sei Dank. Es war schwer genug für meine Mutter, mich durchzufüttern. Sie kochte und bediente in einem Diner. Fast jede Nacht brachte sie die Reste für mein Abendessen mit.«

Sie hatten den Rasen vor ihrem Bungalow erreicht. In stillem Einvernehmen ließ Josh sein Jackett und seine Schuhe ins Gras fallen. Er lehnte sich mit dem Rücken gegen den Stamm einer Pinie und zog Megan in seine Arme. Sein Kinn lag auf ihrem Scheitel, als er weitererzählte.

»Eines Tages ging ich zwischen der Schule und meinem Job an der Tankstelle ins Diner. Einer der Söhne der Minenchefs machte meiner Mutter das Leben schwer, weil angeblich nicht genug Ketchup auf seinem Cheeseburger wäre. Er war ein echter Trottel, ein Tyrann, der bei allen den großen Macker spielte. Er war älter und größer als ich, aber ich zog seinen Hintern vom Stuhl und versohlte ihn nach Strich und Faden.«

Er lachte leise in sich hinein, und Megans Brüste begannen an seiner Brust sanft zu vibrieren. »Nichts wird mir jemals wieder eine so große Freude bereiten.« Er legte einen Finger unter ihr Kinn und schob ihren Kopf in den Nacken. »Nichts, außer dich zu lieben«, flüsterte er und küsste sie hitzig.

»Wo lebt deine Mutter jetzt?«, fragte sie atemlos flüsternd, als sie ihren Mund schließlich befreit hatte. Staunend über das sinnliche Talent seiner Lippen, zeichnete sie diese mit ihren Fingerspitzen nach.

Die Lippen unter ihren streichelnden Fingern wurden dünn und hart vor Bitterkeit. »Sie starb zwei Wochen vor meinem Highschoolabschluss.« Er lächelte traurig. »Es war ihr Lebensziel, mich mit meinem Zeugnis zu erleben.«

»Was hast du dann gemacht?« Plötzlich hungerte Megan nach Informationen über ihn. Sie wusste nichts über sein Leben vor der Nacht, in der sie ihn getroffen hatte. Selbst die Jahre danach waren ein Ödland an Wissen. Jedes Mal, wenn James ihr etwas über den Mann erzählt hatte, bei dem er angestellt war, hatte sie abrupt das Thema gewechselt. Jetzt war sie unerklärlicherweise darauf erpicht, alles zu erfahren.

»Ich zog herum, nahm Gelegenheitsjobs an, bis ich genug Geld hatte, um mich für ein Semester am College einzuschreiben. Ich habe einen Pfarrer beschwatzt, mich als Gegenleistung für Garten- und Hausmeisterarbeiten im Keller der Kirche wohnen zu lassen. Wenn es einen Hauch von Anständigkeit in mir gibt, dann ist es ihm und seiner Frau zu verdanken, die mir jeden Tag ein Essen auf den Tisch gestellt haben und mich trotz meiner Niedertracht geliebt haben. Egal«, er seufzte, »ich bin durch die Schule gekommen, habe einen Kredit aufgenommen und meine Firma gegründet.«

»Du überspielst die Schwierigkeiten. Es kann nicht so einfach gewesen sein«, sagte sie sanft und strich einen dunklen Haarschopf von seiner Stirn zurück.

»War es auch nicht. Ich habe wie verrückt gearbeitet.« Sein Lächeln zerschnitt mit einer weißen Zahnreihe die dunklen Schatten in seinem Gesicht.

»Was hat dich an der Werbung interessiert? Die Kreativität? Künstlerisches Interesse?«

»Kaum«, sagte er und brach in ein kurzes Lachen aus. »Ich hatte durch Zufall festgestellt, dass ich der geborene Promotor war. Ich hatte Ideen, die funktionierten, und machte bevorstehende Veranstaltungen auf dem Campus und selbst in der Kirche, in der ich lebte, bekannt. Ich hatte eine Idee und beschrieb sie einem Künstler, der die Hinweisschilder und Poster gestaltete. Ich dachte mir das Thema aus, aber delegierte die Fleißarbeit an andere.«

Er warf einen flüchtigen Kuss auf ihre Stirn. »Das ist es, was ich noch heute mache.«

»Es hat sich ausgezahlt. Du bist sehr reich.«

»Wohlhabend? Ja, vermutlich. Aber Geld hat mir noch nie viel bedeutet. Es war nicht der Geldmangel, der mich verbittert hat. Es war die Würdelosigkeit, unter der man leidet, weil man arm ist. Als ich in das verwüstete Gesicht dieses Bastards sah, den ich zugerichtet hatte – der Typ, der meine Mutter im Diner beleidigt hatte –, habe ich mir geschworen, dass ich es niemals wieder zulassen würde, dass jemand mich oder meine Familie mit Füßen tritt.«

»Da besteht kaum eine Gefahr. Du bist zu stark.« Sie wusste das aus Erfahrung. »Du bist die Verkörperung des amerikanischen Traums. Du hast alles, was du willst.«

Er nahm ihr Gesicht in seine Hände und hob es an. »Nein, Megan. Ich muss ohne das auskommen, was ich am meisten will.«

Sein Mund suchte hungrig ihre Lippen, verschlang

sie, presste sie, bis er zu merken schien, dass sie nur zu willig seinen Kuss akzeptierte. Ihre Finger spielten mit seinem Haar und zogen seinen Kopf näher an sich heran. Ihre Körper trafen sich, entbrannt vor Verlangen.

Während ihre Münder versuchten, ihren unersättlichen Hunger zu stillen, strich Josh mit der Hand an der Unterseite ihres Armes entlang, bis er die Seiten ihrer Brüste fand.

Flehentlich seufzte sie seinen Namen, und nach dieser Bestätigung wartete er nicht länger, sondern schlüpfte mit seiner Hand unter das luftige Material ihres Kleides. Er legte seine Hand auf ihre Brust, knete sie sanft. Er wog sie in seiner Handfläche, maß ihre Üppigkeit, prüfte, wie empfindlich sie reagierte, indem er sich langsam seinen Weg bis zur Spitze vorarbeitete, die sich seinen liebkosenden Fingern entgegenstreckte.

»Lass mich dich lieben, Megan. Ich möchte sehen, was ich berühre. Ich möchte sie in meinem Mund halten.«

»Oh Josh«, stöhnte sie. Ihre Hände tasteten nach seinen Hemdknöpfen und zogen sie aus den Knopflöchern. Tief atmete sie seinen berauschenden Geruch ein und gab dem Wunsch ihrer Fingerspitzen nach, ihn zu berühren. Seine Haare waren geschmeidig, seine Haut warm, seine Muskeln fest.

Sie sehnte sich nach ihm. Als seine Hände mutiger wurden, schrien alle ihre Sinne nach der Erfüllung ihres brennenden Verlangens, das er vor vier Jahren entzündet hatte. Seine Lippen, die auf ihrem Nacken Erinnerungen seiner Küsse hinterließen, seine Hände, die ihre Brustspitzen zu schmerzhaftem Verlangen erregten, die Worte der Liebe, die er in ihr Ohr flüsterte – sie alle drohten, ihren Plan zum Scheitern zu bringen.

Sie wusste, dass sie sich jetzt zurückziehen musste oder für immer verloren war. Langsam ging sie auf Abstand. Ihre Hände lagen noch immer auf seiner Brust, aber pressten nun gegen sie.

»Josh, nicht mehr, bitte.«

Sein Kopf stieß gegen die Rinde des Baumstamms und sein keuchender Atem wetteiferte mit der Kraft des Windes, als er langsam wieder auf die Erde zurückzukommen schien. Sein Arm fiel teilnahmslos herunter. Seine Augen waren unter den dichten Wimpern geschlossen.

Plötzlich fühlte Megan ein überwältigendes Bedürfnis, ihn zu trösten. Sie kämpfte darum, es zu unterdrücken. Er war der Feind. Sie war ausgezogen, ihn auf die einzige Art zu besiegen, die sie kannte, mit der einzigen Waffe, die sie besaß.

Die traurigen Geschichten seiner Kindheit konnten weder ihre Entschlossenheit noch ihre Meinung beeinflussen. Er war ein Mann, der verantwortlich war. Nicht länger das Opfer unglücklicher Umstände, er traf seine eigene Wahl. Er benutzte und missbrauchte Menschen. Er verdiente einen Denkzettel, und sie war entschlossen, ihm einen zu verpassen.

Dennoch war es hart, sich an all das zu erinnern, als er seine Augen aufschlug und sie schief angrinste. »Ich habe mir selbst versprochen, dass ich nicht mehr versuchen werde, dich zu bedrängen. Warum ich mir selbst ein so idiotisches Versprechen gegeben habe, werde ich nie verstehen.«

Das Lächeln, das sie ihm als Antwort schenkte, war hölzern, aber er schien es nicht wahrzunehmen, als er sagte: »Du solltest schon im Bett sein. Ich habe für morgen einen langen Tag für uns geplant.«

Der lange Tag, den er für sie geplant hatte, begann um sieben Uhr morgens, als er laut an ihre gläserne Terrassentür klopfte. »Steh auf, Schlafmütze. Der Tag läuft uns davon.«

»Du machst Scherze«, murmelte sie und öffnete ein Auge, um sich die Bestätigung zu holen für das, was sie dachte – dass es viel zu früh war, um aufzustehen. Immerhin hatte sie Urlaub!

»Megan«, brüllte Josh hinter den durchsichtigen Vorhängen, die sie vor das große Fenster gezogen hatte.

Sie warf die dünne Bettdecke zur Seite, befreite Arme und Beine, streckte sich und ging zum Fenster. Sie zog die Vorhänge zur Seite und sah ihn finster an. »Du hast Nerven«, rief sie mit stummen Mundbewegungen durch die gläserne Schiebetür.

»So wie du, in einem solchen Nachthemd zur Tür zu kommen«, antwortete er mit lockerer Unverfrorenheit, die zu seiner Haltung, mit der er sich lässig an das Glas lehnte, passte. Seine topasfarbenen Augen strichen über ihren Körper, hielten an Stellen inne, die reagierten, als wären sie beim Appell. Das schenkellange Batistnachthemd konnte das Anschwellen ihrer Brustwarzen nicht verbergen. Sie bemerkte, dass sie sich wie zwei dunkle Schatten unter dem aprikotfarbenen Stoff abzeichneten. Noch mehr erschrak sie, als sie sah, dass das passende Höschen, anstatt ihre intimsten Orte zu verbergen, seine Augen vielmehr auf sich zogen.

»Kann ich hereinkommen?«, fragte er mit belegter Stimme.

Sie hätte ihn ebenso abweisen können, wie sie in der Lage gewesen wäre, ihre Flügel zu spreizen und davonzufliegen. Ihre Augen maßen sich, als sie am Griff fingerte und die Tür aufgleiten ließ. Er trat herein und in der Meeresbrise, die um ihn herumwirbelte und die Vorhänge wie ein Segel bauschte, starrten sie einander noch immer gierig an.

Er trug Joggingkleidung, Trägerhemd und Shorts. Welcher Mann außer Joshua Bennett könnte es sich leisten, leuchtendes Rot zu tragen?, fragte sie sich. Die Farbe betonte die nussbraune Tönung seiner Haut, während im tiefen Ausschnitt seines Trägerhemds die dichten, dunklen Brusthaare seine herbe Männlichkeit unverfroren zur Schau stellten.

Megan sehnte sich danach, die harten Kurven seines Bizeps zu berühren, der unterhalb der schmalen Träger seines Shirts bloß war.

Seine langen Oberschenkel, seine kräftigen Waden und gut geformten Beine waren bis auf ein paar ausgetretene Laufschuhe unbedeckt. Er war kein Gelegenheitsläufer. Sie wusste, dass er es ernst nahm.

»Guten Morgen, kleines Mädchen. Willst du nach draußen kommen und spielen?«, fragte er. Seine Augen streiften über ihren verwuschelten Kopf, ein liebevolles Lächeln spielte auf seinen Lippen.

»Meine Mutter hat mir verboten, mit älteren Jungen zu spielen«, griff sie das Spiel auf. Sie drehte sich frech auf ihren Fersen, warf ihren Kopf in den Nacken und streckte ihre Nase in die Luft.

»Du hättest auf deine Mutter hören sollen«, sagte er, grabschte nach dem Rücken ihres Nachthemdes und hielt sie fest. Seine Hand schloss sich um ihren Oberarm, sie wurde mit einer Wucht an seine Brust gezogen, die ihnen beiden die Luft nahm. Oder war es die Nähe ihrer Körper, die zu spärlich bekleidet waren, als dass sie nicht die wesentlichen Unterschiede zwischen ihnen wahrnehmen konnten? »Mit Jungs in meinem Alter zu spielen, kann ausgesprochen töricht sein«, wisperte Josh.

Sein Mund traf sie mit einer Wildheit, die durch Zärtlichkeit gemildert wurde. Lippen bestaunten sich, klammerten sich aneinander, wurden eins. Seine Zunge brach durch ihre Zähne, berührte neckend die Spitze ihrer Zunge, lieferte sich mit ihr ein Geplänkel, bis er zum Sieger erklärt und ihm alle Privilegien eingeräumt wurden, die mit diesem Titel einhergingen. Erfahren, gemächlich und gründlich untersuchte er die eroberten Territorien.

Zögernd hob er seinen Kopf, reihte kleine, feuchte Küsse wie kühlenden Balsam auf ihre geschwollenen Lippen. Seine Hände glitten an ihren Armen herunter und rieben mit seinen Handflächen an den Seiten ihrer Brüste.

»Ich hatte heute Morgen vor zu trainieren«, murmelte er.

»Das solltest du auch tun.« Ihre Lippen lagen an den starken Säulen seines Nackens und genossen den Geruch seines Rasierwassers und den Geschmack seiner Haut.

Seine Hände waren hinter ihrer Taille verschränkt, und er lehnte sich zurück, um sie anzusehen. »Aber wenn ich hier nicht rauskomme und wenn du nicht diesen verführerischen Gesichtsausdruck änderst und dir noch ein paar Kleidungsstücke anziehst, werde ich, wenn ich mit dir fertig bin, nicht mehr genug Energie zum Kriechen haben, geschweige denn ein paar Meilen zu laufen.« Er küsste sie auf die Nasenspitze und ließ seine Hände sinken. »Du kommst mit, oder?«

»Ein paar Meilen?«

Er lachte. »Eine Meile?«

»Eine halbe«, gab sie nach.

»Das wird dich aber nicht für einen Marathon fit machen.«

»Warte hier, bis ich mich umgezogen habe.«

Sie lief in das Ankleidezimmer und schloss die Jalousientür hinter sich. »Wie hast du geschlafen?«, rief sie, als sie ihr Nachthemd und den Slip abstreifte. Ihr wurde schwindelig bei dem Gedanken, dass sie, nur wenige Schritte von ihm entfernt, nackt war. Was würde er tun, wenn …? Was für eine dämliche Frage. Sie wusste genau, was er tun würde.

»Ich hatte eine miese Nacht. Nur ein paar Strumpfhosen haben mir Gesellschaft geleistet.«

Sie hörte die Bettfedern quietschen und nahm an, dass er sich auf ihr Bett gesetzt hatte. »Oh? Ich dachte, die Unterkunft wäre äußerst komfortabel.« Sie machte beim Anziehen der Shorts eine Pause, um seine Antwort zu verstehen.

Eine Reihe schrecklich farbenfroher Flüche kam aus dem anderen Zimmer. Dann sagte er quengelnd: »Meine Krankheit hat nichts mit der Unterkunft zu tun.«

Megan, die sich hinter den Jalousientüren sicher fühlte, lachte wie ein Straßenjunge. »Nichts Ernsthaftes, hoffe ich.«

Mittlerweile hatte sie ihren Sport-BH angezogen – sie ging zwei Abende die Woche zum Training in einen Fitnessclub in der Innenstadt – und ein ärmelloses T-Shirt, das zu ihren Shorts passte.

Um ihren Kopf hatte sie als Haar- und Schweißband einen Baumwollschal gebunden. Unerschrocken nahm sie seine Herausforderung an und trat ins Schlafzimmer.

Sein Rücken lehnte am gepolsterten, mit Stoff bezogenen Kopfteil des Betts, er lag mit ausgestreckten

Beinen in der zerknautschten Kuhle, in der sie die ganze Nacht geschlafen hatte. Seine entspannte Position strafte den wilden Blick in seinen Augen Lügen, die keinen Zweifel daran ließen, welche Form der Medizin er im Sinn hatte.

Megan nahm eine hochmütige Pose ein, stützte ihre Hände auf die Hüften und warf die Tennisschuhe und Socken, die sie vom Ankleidezimmer mitgebracht hatte, aufs Bett. »Nun?«

Er hüpfte vom Bett, packte sie um die Taille, warf sie aufs Bett und nagelte sie mit einem kräftigen Oberschenkel fest. Ihr Kreischen schrillte durch die Luft.

»Nun, hast du gesagt? Nun?« Sein Mund knabberte an der Stelle zwischen ihrem Nacken und ihrer Schulter.

»Oh Josh, bitte«, sagte sie halb lachend, halb quiekend. »Das kitzelt!« Sie wand sich, warf ihre Arme und Beine herum, soweit er es zuließ.

»Aah, sei vorsichtig mit diesen Knien. Wir wollen nichts beschädigen, das wir später noch brauchen, oder?« Er stützte sich mit ausgestreckten Armen über ihr ab, und sie lag still, nur ihr Brustkorb bewegte sich, als sie schwer ein- und ausatmete.

Sein Gesichtsausdruck wurde ernst. »Du bist so hinreißend«, sagte er mit erregender Zärtlichkeit. »Hinreißend und intelligent und süß und höllisch sexy.«

Schritt für Schritt beugte er seine Arme, senkte sich auf sie herab und ließ sie sein Gewicht spüren. Sein Kuss war behutsam. Seine Lippen spielten auf ihren, bis sie flehentlich stöhnte. Seine Zähne nibbelten sanft an ihr. Dann vergrub sich seine Zunge in der nassen Höhle ihres Mundes. Als er schließlich seinen Kopf hob, sagte er: »Bist du bereit?«

»Bereit, wofür?«, fragte sie mit leisem Knurren.

Seine schräge Augenbraue bog sich zu einem amüsierten Fragezeichen.

»Bereit zum Laufen.«

Hitze schoss ihr ins Gesicht. »Oh, zum Laufen. Natürlich, ja, laufen. Ja, ich bin bereit.«

Er lachte.

»Bis auf meine Schuhe.« Sie hatte sich noch immer nicht davon erholt, dass sein ganzer Körper sie tief in die Matratze hineinpresste und ihre bloßen Oberschenkel sich gegenseitig streichelten.

»Darf ich?« Er hob ihre Socken auf. Sein Oberschenkel, den er über ihren gelegt hatte, hielt sie dabei noch immer auf dem Bett gefangen. Sie stützte sich auf ihre Ellbogen, um zuzusehen.

»Dieser Nagellack gefällt mir«, bemerkte er, bevor er sich vorbeugte, um sacht ihre Zehen zu küssen. Als er die Socken überzog und sich dabei aufsetzte, fügte er hinzu: »Fast so gut wie die Umrisse deiner Brustwarzen, die sich unter deinem engen T-Shirt abzeichnen.«

Sie hatte keine Zeit, um verblüfft nach Luft zu schnappen, bevor er sich zurücklehnte und ihren Brustspitzen dieselbe Hommage entgegenbrachte wie zuvor ihren Zehen. Megan blieb der Atem weg.

Als sie beide Socken angezogen hatte und ihre Tennisschuhe von geschickten Fingern zugebunden worden waren, war sie völlig benommen.

»So«, sagte er, stand auf und zog sie auf ihre Füße. Er gab ihr einen Klaps auf den Po und ließ ihr keine andere Wahl, als aus ihrer Trance in die Realität zurückzukehren. »Ich gebe dir einen Vorsprung.«

Nachdem sie eine Zeitlang gelaufen waren, war Megan klar, dass sie eine viel bessere Läuferin war, als Josh erwartet hatte. Er grinste sie breit an, als sie mit ihm Schritt hielt, während sie den von der Flut sauber gespülten Strand entlangsprinteten. Es war noch immer früh, und sie hatten ihn für sich allein. Nach ungefähr eineinhalb Meilen hatte Megan ihr Limit erreicht und begann zurückzufallen.

»Lauf weiter, ich warte hier auf dich.«

Er winkte und setzte seinen Lauf den scheinbar endlosen Strand entlang fort, bis er sich nur noch als dunkler Fleck gegen den weißen Sand abhob. Megan verlangsamte ihren Schritt, bis sie nur noch ging und sich ihr Puls auf eine ruhigere Frequenz normalisierte. Dann machte sie einige Sit-ups und Dehnübungen und sah ab und zu nach Anzeichen für Joshs Rückkehr. Als sie mit ihrem Workout fertig war, setzte sie sich in den feuchten Sand, zog ihre Schuhe aus und streckte ihre Beine. Sie starrte auf das endlose Muster der Wellen, die auf dem Wasser tanzten. Sie konnte nicht einschätzen, wie weit Josh gelaufen sein musste, aber er war mehr als eine gute halbe Stunde weg gewesen, als sie ihn zurückkommen sah.

Er atmete keuchend, als er auf sie zu lief, kickte ihr Sand entgegen und riss sich das T-Shirt vom Körper. Er warf es in ihre Richtung, aber sie wich dem verschwitzten Kleidungsstück aus. »Komm«, sagte er atemlos. Er lief noch immer auf der Stelle, aber er bückte sich rasch, packte sie beim Handgelenk und zog sie auf ihre Füße.

»Was tust du?«, lachte sie, als sie hinter ihm her stolperte.

Er lief auf die Brandung zu.

»Nein!«, schrie sie und versuchte ihre Hand aus seinem eisernen Griff zu befreien.

»Warum nicht? Ein wunderbarer Weg, sich abzukühlen.«

»Ich bin abgekühlt, ich bin abgekühlt.« Sie lachte so sehr, dass sie kaum gehen konnte. Wie es ihm gelang, sie festzuhalten und dabei erst auf einem Fuß hüpfend, dann auf dem anderen, seine Schuhe auszuziehen, würde ihr immer ein Rätsel bleiben.

»Lass mich los«, kreischte sie ein letztes Mal, bevor er sie ins Wasser schubste.

Sie spielten in der Brandung, bis sie sich erschöpft ins flache Wasser legten und sich von den Wellen ihre angenehme Müdigkeit und ihren Schweiß wegspülen ließen.

»Wenn wir in Atlanta ein Meer hätten, würde ich jeden Morgen am Strand laufen«, sagte Josh. Er lag auf dem Rücken und hatte seine Augen vor der aufgehenden Sonne geschlossen.

Megan sehnte sich danach seine markanten Wangenknochen zu streicheln und die dunklen Wimpern, die auf ihnen lagen. Die nassen Laufhosen modellierten seine Figur, zeichneten jedes Detail vor ihren neugierigen Augen ab. Die Breite seines Brustkorbs, seinen Waschbrettbauch, die Fülle seines Geschlechts, all das war unbewusst zu ihrer Bewunderung ausgestellt.

Sie rollte sich auf ihren Bauch und legte ihr Kinn auf ihre verschränkten Arme. »Du bist ein ziemlicher Sportfreak, oder?«

»Yep.«

»Seit wann?«

»Schon lange. Eines der ersten Dinge, die ich tat, als die Firma groß genug war und wir genug Geld verdienten, dass wir es uns leisten konnten, war für eine Mitgliedschaft für alle Mitarbeiter in einem der Fitnesscenter in der Innenstadt zu sorgen. Ich habe sie animiert, mehrmals die Woche für eine Stunde dorthin zu gehen, auch wenn das bedeutete, dass sie ihre Arbeit früher beendeten.«

Megans Kopf schoss pfeilschnell nach oben. Sie starrte Josh ungläubig an. Ihre Augen waren weit aufgerissen.

»James …« Sie leckte ihre Lippen. »James hat nie einen Fitnessclub erwähnt.«

Josh blinzelte in das grelle Sonnenlicht. »Ich weiß. Ich habe ihn gedrängt zu gehen, Megan. Er hätte den Sport, mehr als alle anderen, gebraucht. Jedes Mal, wenn ich ihn darauf ansprach, schob er es mit einem

Scherz zur Seite und versprach, dass er sich die Zeit nehmen würde. Soweit ich weiß, hat er es nie getan.«

Megan betrachtete den lang gezogenen Strand, ohne ihn wirklich zu sehen. »Meines Wissens nach auch nicht«, sagte sie ruhig. Sie legte ihren Kopf auf ihre Arme und ließ das Salzwasser mit einer massierenden Bewegung über ihren Körper fluten.

»Hey, bist du eingeschlafen oder ertrunken?«, fragte Josh lange Minuten später.

Mit Willenskraft verscheuchte sie ihre ernste Stimmung. Sie rollte sich auf die Seite und lächelte ihn an. »Keines von beidem.«

»Dann komm. Ich habe letzte Nacht etwas entdeckt, als ich mir meinen … ähhm … Frust mit einem Spaziergang ablief. Ich denke, es wird dir gefallen.«

Sie sammelten ihre Schuhe, ihre Socken und sein Trägershirt ein und schlugen sich in Richtung Wald durch, der etwa hundert Meter von der Küstenlinie entfernt an den Strand stieß.

»Wohin in aller Welt bringst du mich?«, fragte Megan, als sie durch das weiche, biegsame Unterholz stapften. Überragt von riesigen Bäumen, bekamen diese Blätter nicht viel Sonnenlicht, dennoch waren sie leuchtend grün.

»Genau hierher«, sagte er stolz mit einer weit ausholenden Handbewegung. Er verbeugte sich mit einem Diener. Hinter ihm stand eine gigantische Eiche. Ihre ausladenden Zweige waren mit Moos bewachsen. An einem der gewaltigen Äste war eine Schaukel befestigt. Das Seil, an dem sie hing, war so dick wie Megans Handgelenk. Der hölzerne Sitz war etwa sechzig Zentimeter breit und dreißig Zentimeter tief. Das Seil war an jedem Ende des Sitzes durch Löcher gezogen und darunter verknotet worden.

»Eine Schaukel!«, rief sie entzückt und rannte zu ihr hinüber. Als sie nach den Seilen griff, warf sie ihren Kopf zurück, um durch die belaubten Äste des Baums nach oben zu sehen. Sonnenstrahlen sprenkelten die dunkelgrünen Blätter, die ein faszinierendes Muster an den blauen Himmel zeichneten. »Ich liebe sie.«

Josh grinste selbstgefällig. Er ließ seine Schuhe auf die Mooskissen am Boden fallen und schlenderte zu ihr hinüber. Er schubste sie hinunter und setzte sich auf den Holzsitz.

»Ich dachte, das sollte meine Überraschung sein«, sagte sie schmollend.

»Ist es auch. Du sitzt auf meinem Schoß.« Er klopfte auf seine nackten Oberschenkel.

»So kann ich nicht schaukeln. Ich falle herunter!«

»Nein, wirst du nicht.«

Widerwillig machte sie einen Schritt nach vorne, drehte ihm den Rücken zu und plumpste auf seinen Schoß. Einen Moment lang sagte er gar nichts. Dann lästerte er überaus spöttisch: »Megan?«

»Ja?«

»Du hast recht. Du wirst herunterfallen. Dreh dich um.«

Sie sprang herunter und wirbelte herum. »Du meinst, ich soll dir gegenüber sitzen?«

Er zeigte mit dem Zeigefinger auf sie und schloss ein Auge. »Jetzt kommst du der Sache näher.«

Megans Augen missachteten den Befehl ihres Gehirns auf gar keinen Fall auf seinen Schoß zu sehen. Zielsicher wanderte ihr Blick dorthin. Sie schluckte einen Kloß der Angst herunter. Genau wie sie dachte, klebten seine feuchten Shorts an seiner Haut und zeigten unverhohlen deutlich sein Geschlecht.

»Megan.« Er sagte ihren Namen sanft, aber so unwiderstehlich, dass sie ihre Augen hob und ihn ansah. Sie fühlte, wie sie auf die Größe ihrer Spiegelung in seinen Augen schrumpfte. Seine goldene Iris hüllte sie ein, umschloss sie, und sie war in ihm. Wie in Trance trat sie einen Schritt nach vorne. Mit seiner Hilfe schlug sie erst ein Bein, dann das andere über Joshs Beine, bis sie mit dem Gesicht in seiner Richtung auf seinen Oberschenkeln saß.

»Leg deine Arme um meinen Hals und halte dich fest«, befahl er.

Wie in einem Traum gehorchte sie. Seine Armmuskeln spannten sich an, als er nach den Seilen griff. Sie fühlte, wie sich die Muskeln unter ihren Schenkeln zusammenzogen, als er einige Schritte nach hinten machte. Josh ging so weit zurück, wie er konnte. Sie klammerte sich an ihm fest, als seine Fußspitzen den Boden kaum noch berührten.

»Fertig?«, fragte er.

»Ja!«, schrie sie aufgeregt.

Er nahm seine Füße hoch, und sie sausten durch die Luft. Ihr Lachen und ihre Freudenschreie scheuchten eine Familie von Blauhähern aus ihrem Nest im Baum auf. Ein Häher krächzte sie ärgerlich an, aber das wilde Schlagen ihrer Herzen übertönte ihn. Wenn sie nach oben schaukelten, kam ihr Joshs Brustkorb entgegen, um Schwung für ihren Weg nach unten zu holen. Jedes Mal, wenn er Megans Brust berührte, wurde sie von der Berührung erregt. Ihr feuchtes T-Shirt straffte sich und bot ihm einen umwerfenden Anblick ihrer Brüste. Die festen Spitzen waren ein deutliches Zeichen ihrer Lust.

Beim Schwung nach hinten lehnte er sich zurück und sie hing für einen endlosen Moment über ihm in der Luft. In diesen hängenden Sekunden drückte sie die Schwerkraft nach vorne, bis seine Männlichkeit sich behaglich zwischen ihre Schenkel legte.

Die schaukelnde Bewegung ihrer Körper verwandelte alle ihre Sinne in einen einzigen Hexenkessel des Begehrens. Die kochenden Emotionen zerstreuten ihren Verstand in alle Winde. Mit einer Hand erwischte sie ein Büschel von Joshs Haaren. Ihre Fußgelenke verschränkten sich hinter seinen Hüften. Ihre Augen telegrafierten Botschaften der Leidenschaft, bis sie beide von unerträglicher Hitze verzehrt wurden.

Als Josh die Schaukel ausschaukeln ließ, schlossen sich seine Lippen über ihr. Seine Arme hielten noch immer die Seile, aber auch ohne deren Bewegung rutschte

Megan weiter an seinem Körper nach oben und presste ihren Busen an seine nackte Brust. Sie schwangen langsam zur Erde, aber Megans Seele flog noch immer in den Himmel.

Mit einem letzten Schwung blieb die Schaukel still stehen. Erst da ließ Josh die Seile los und schlang seine Arme um sie, einen legte er um ihre Schultern, den anderen um ihre Hüften.

Er hatte seine Augen immer noch geschlossen, als er sein Kinn gegen ihr Kinn lehnte und inbrünstig atmete. »Meine Megan«, flüsterte er. Ihre Lippen, salzig vom Meerwasser, strichen über seine kantige Wange. Er sprach so leise, dass sie sich anstrengen musste, ihn zu verstehen. »In der Nacht, in der du James geheiratet hast, dachte ich, dass ich verrückt werde.«

Kapitel 8

Megans Herz schien kurz davor, aus ihrer Brust zu springen, so heftig schlug es. Wortlos, bewegungslos klammerten sie sich aneinander. Sie glaubte ihren Ohren nicht zu trauen, sie konnte den Aufruhr der Gefühle, den seine Worte entfacht hatten, nicht verhindern.

Zu guter Letzt hob er seinen Kopf und sah sie niedergeschlagen an. »Ich war drei Tage lang sturzbesoffen. Ich lebte von Whisky, den ich in regelmäßigen Abständen in großen Zügen zu mir nahm.«

»Du warst auf der Hochzeit.« Ihre dünne Stimme erkannte sie selbst nicht wieder.

»Ja. Ich saß da und hörte zu, wie du versprachst, die Frau eines anderen zu werden, all das für ihn zu sein, was das Wort in sich birgt.« Er balancierte auf dem schmalen hölzernen Schaukelsitz und hob eine Hand an ihre Wange.

Mit einer ungemein zarten Berührung zeichnete sein Zeigefinger ihr Gesicht nach. »Ich weiß nicht, warum ich mich still verhalten habe und es geschehen ließ. Gott weiß, warum ich nicht in der Kirche nach vorne gerannt bin, dich von ihm gestohlen und für mich selbst genommen habe.«

Sie stützte ihr Kinn auf seine Handfläche und schloss ihre Augen. »Du wusstest, dass ich heiraten würde, als wir uns trafen. Du wusstest es, als du mir zum Sommerhaus gefolgt bist.«

»Ja, und vielleicht bin ich zu diesem Zeitpunkt nur einem Instinkt gefolgt. Im selben Augenblick, als ich dich sah, fühlte ich mich, als hätte ich eine Streitaxt zwischen die Augen bekommen, aber ich konnte es nicht glauben. Du … wie alt warst du damals? Fünfundzwanzig?«

Als sie nickte, sprach er weiter. »Ich war gut zehn Jahre älter. Ich war hart, mies, abgestumpft. Groben Klötzen wie mir passierte es nicht, dass sie sich auf den ersten Blick in ein Mädchen verlieben.« Seine Lippen berührten sie flüchtig. »Aber als ich dich geküsst hatte, wusste ich, dass das, was geschehen war, real war.«

»Ich hätte diesen Kuss niemals zulassen sollen. Ich gehörte zu James.«

»Ich wusste das, aber ich wollte es nicht akzeptieren. Monatelang weigerte ich mich.« Er fing eine Strähne ihres Haars ein und wickelte sie um seinen Finger.

»Dann verfluchte ich mich selbst, dass ich so ein verdammter Idiot war und begann mich mit jeder Frau zu verabreden, mit der ich konnte, und mit ihr ins Bett zu gehen.«

Er spielte mit ihrem T-Shirt, offensichtlich fasziniert, dass der feuchte Stoff sich jedes Mal erneut anschmiegte, wenn er ihn von ihrem Busen wegzog und anschließend wieder losließ. »Du warst wie eine Krankheit in meinem Inneren, die nicht auf medizinische Behandlung ansprach. Egal was ich tat, mit wem ich es tat, ich fühlte eine schmerzende Sehnsucht nach dir, Megan.« Seine dichten Wimpern hoben sich, und seine Augen bohrten sich in sie hinein. »Ich musste mich unendlich beherrschen, um dich einmal gehen zu lassen. Ich werde mich nicht noch einmal so selbst verleugnen.«

Sie war machtlos zu widerstehen, als er seine Hände hart und weit auf ihrem Rücken spreizte und sie noch näher an sich heranzog. Sein Mund versengte sie wie ein brennendes Stück Eisen und brannte sich bis tief in ihre Seele. Er gab ihren Mund frei, nur um mit seinen Lippen eine flammende Spur entlang ihrer Kehle zu zeichnen. Sie nahm ihre Hände von seinem Nacken und griff nach den Seilen. Absichtlich ließ sie ihren Kopf nach hinten fallen und lehnte sich offen und einladend zurück.

Seine Hände glitten geübt über ihre Brüste, und er streichelte sie mit langsamen, sicheren Bewegungen, die hundert Feuer in ihrem Körper entzündeten. Seine Zunge leckte an ihrem Schlüsselbein und glitt dann tiefer nach unten. Sie badete die kurvige Schwelle über ihren Brüsten.

»Josh«, schrie sie, als er eine anschwellende Brustwarze sanft zwischen seinen Fingern drückte, bevor er sie in seinen Mund nahm. Reflexartig bog sie sich ihm entgegen und wusste in diesem Augenblick, dass er ebenso erregt war wie sie.

»Ahhh«, stöhnte er. Er legte seinen Kopf in die Mulde an ihrer Schulter und stieß tiefe, schaudernde Atemstöße hervor. Körperliche Pein verzerrte seine Gesichtszüge, als er versuchte, sich wieder unter Kontrolle zu bekommen. Schließlich seufzte er und hob seinen Kopf.

»Wir müssen hier weg, außer du möchtest dich im Knoblauch wälzend wiederfinden«, sagte er sanft.

In diesem Moment hatte sie keine Gewissensbisse, aus dem üppigen Unterholz ein Bett oder einen Baldachin aus der Eiche zu machen. Aber es schien ihr, als ob Josh nicht so impulsiv wäre.

Er stand auf und ließ sie langsam von seinem Körper rutschen, bis ihre nackten Füße auf dem Boden standen.

»Außerdem«, sagte er, als er sich bückte um ihre Schuhe aufzuheben, »habe ich eine Verabredung mit Terry zum Golfen.«

Eine Stunde später stand er am Strand, oberhalb der Stelle, die sie zu ihrem Territorium erkoren hatte. Sie lag mit dem Gesicht auf einem großen Handtuch, auf dem der neueste Bestseller, eine Sonnenbrille, Sonnencreme mit dem höchsten Lichtschutzfaktor, ein kleines Handtuch, ein Getränkekühler mit drei Dosen und ein Radio verstreut lagen – kurz, alles, was sie für einen Tag am Strand brauchte.

Sie waren in ihre jeweiligen Zimmer zurückgekehrt, hatten geduscht und dann ein Frühstück mit Vollkorntoast, pochierten Eiern und frischem Fruchtjoghurt zu sich genommen, das Josh auf seine Terrasse bestellt hatte.

Nun fragte er: »Stört es dich wirklich nicht, wenn ich dich verlasse, um mit Terry Golf zu spielen?«

Es machte ihr eine Menge aus, dass er sie für die nächsten Stunden alleine ließ, aber sie sah zu ihm auf und lächelte. »Geh und schlag deinen kleinen Ball rund um den Golfplatz. Ich hatte für heute sowieso das hier geplant.«

Er sah fantastisch aus, in langen weißen Hosen, einem marineblauen Strickpullover und Golfschuhen. Was sie verdross, war, dass sie wusste, dass er ohne sie, in dünnen Laufshorts, noch viel besser aussah. Ihr Blut begann in ihren Adern zu kochen, wenn sie nur daran dachte – und nicht weil die Sonne auf ihren Rücken herunterbrannte.

Ihr Bikini bot wenig Schutz vor den sengenden Sonnenstrahlen. Sie hatte ihn in der Hoffnung am ganzen Körper braun zu werden ausgesucht. Er war aus gehäkeltem Baumwollgarn. Die Zimtfarbe hatte beinahe den selben Farbton wie ihre Haare, aber ohne die kupferfarbenen Glanzlichter. Nur wenige Stellen des Bikinis waren mit fleischfarbigem Material gefüttert. Das vordere und hintere Dreieck des Unterteils waren an den Hüften mit schmalen Bändern verknüpft. Die winzigen Körbchen des Oberteils wurden durch eine perlengeschmückte Schnur zwischen ihren Brüsten gehalten. Eine weitere war in ihrem Nacken zusammengebunden.

Es würde Josh recht geschehen, wenn sie sich umdrehte und sie ihn ihre Vorderseite sehen ließ, dachte sie boshaft. Dann wäre er vielleicht nicht so scharf darauf, davonzurennen und Golf zu spielen.

Stattdessen schirmte sie ihre Augen vor der Sonne ab und fragte: »Kannst du mir einen Gefallen tun, bevor du gehst?«

»Sag mir welchen.«

»Kannst du mir den Rücken mit der Sonnenmilch eincremen, ohne dass du Sand in deine Schuhe bekommst? Wenn ich mich nicht eincreme, werde ich den Rest des Wochenendes nicht in der Lage sein, mich zu bewegen.«

Er ließ sich neben ihr fallen, beugte sich vor und brummte in ihr Ohr: »Das ist kein Gefallen. Das ist ein Privileg. Eines, für das die meisten Männer töten würden.«

Seine Hände strichen mit kräftigen, massierenden Bewegungen die reichhaltige Emulsion auf ihren Rücken. Er begann an ihren Schultern, arbeitete sich unter der dünnen Schnur zu ihrem Rücken voran. Sie entspannte sich unter seinen magischen Fingern, bis eine heftige Müdigkeit sie tief in ihr Laken kuscheln ließ.

Ihre Lethargie war sofort verflogen, als seine Finger unter die Bikinihose schlüpften.

»Josh!«

»Hmm?«

»Du … du trägst Sonnencreme an Stellen auf, die keine Sonne sehen werden.«

»Oh«, sagte er, während seine Finger sanft ihr festes Fleisch kneteten. »Man kann nicht vorsichtig genug sein, oder?«

Sie täte besser daran, sich an diesen Satz zu erinnern, ermahnte Megan sich selbst.

»Die Beine?«, fragte er sanft.

»Äh, ja, ich glaube, die besser auch.«

Er drückte einen langen weißen Wulst Sonnencreme auf ihre Beine. Beide Hände schlossen sich um ihre Waden, als er die Lotion einrieb. Ihr Herz wurde von einem warmen Gefühl der Sicherheit eingehüllt. Aber als er sich zwischen ihre Fußgelenke kniete und sich vorbeugte, um die Creme an ihren Schenkeln zu verreiben, begann der unregelmäßige Trommelschlag ihres Herzens erneut. Sein Pochen hallte im festen Sand unter ihr wider und ließ sie ihren eigenen Aufruhr spüren.

Seine Finger kletterten nach oben, seine Daumen pressten sich in die zarte Haut zwischen ihren Oberschenkeln. Wie Hitzesuchgeräte, kamen sie ihrem ureigensten Zentrum, das schmerzhaft pochte, immer näher.

Ihre Haut verströmte Hitze. Ihre Brustwarzen waren verkrampft vor prickelndem Verlangen. Als er langsam seine Hand zurückzog, blieb eine qualvolle

Sehnsucht zurück, die darum bettelte, gestillt zu werden.

»Fertig.« Das Flackern in seiner Stimme passte zu ihrem unregelmäßigen Atem.

»Vielen Dank«, hauchte sie.

»Bist du sicher, dass du hier allein bleiben willst? Wir sind ein ganzes Stück vom Hauptgebäude weg. Warum gehst du nicht an den Pool? Dort sind Leute.«

»Ich bin ein großes Mädchen«, sagte sie und stützte sich auf ihre Ellbogen, bevor sie bemerkte, dass diese Stellung ihre Brüste im kleinen Bikinioberteil betonte.

»Das kann ich sehen«, murmelte Josh. Seine Augen ergötzten sich an der aufreizenden Aussicht. Er räusperte sich und sah unvermittelt weg.

»Ich bin so schnell zurück, wie es geht. Heb mir einen Platz auf dem Handtuch auf. Und solltest du an den Pool gehen, zieh dir bitte erst einen anderen Badeanzug an. Für meinen Seelenfrieden.«

»Grüß Terry von mir, und genieß die Zeit.« Sie lächelte strahlend, aber sie wurde von einer Woge der Enttäuschung überschwemmt, als sie ihn quer über den Sand und den Rasen zu ihrem Bungalow gehen sah, wo er die Golftasche aufhob.

Enttäuscht von ihrem Gefühl der Einsamkeit, starrte sie blindlings auf das Meer. Dann lullten sie die kräftezehrende Hitze der Sonne, das Geräusch der Brandung und die sanft streichelnde Brise in den Schlaf.

»Störe ich Sie?«

Megan hob vorsichtig ihre Augenlider und ließ einen kleinen Streifen blendenden Sonnenlichts in ihre Augen dringen. »Was?«, fragte sie, drehte sich um und setzte sich taumelnd und desorientiert auf.

»Haben Sie geschlafen? Das tut mir leid«, sagte die Stimme.

Als sich ihre Augen an das grelle Sonnenlicht gewöhnten, kam das verschwommene Bild von Laura Wray in ihr Blickfeld. »Oh, hallo Laura«, sagte Megan verlegen. Sie rückte die Träger ihres Bikinis zurecht, um sich selbst so weit wie möglich zu bedecken. »Ich schätze, ich bin eingenickt, aber ich bin froh, dass Sie mich geweckt haben.« Sie blickte über ihre Schultern und sah das unmissverständliche Rot, das einen Sonnenbrand ankündigte. »Wenn ich zu lange in der Sonne bin, werde ich gegrillt.«

»Aus diesem Grund bin ich wie eine Mumie in Stoff eingewickelt«, erwiderte Laura. Sie lächelte hinter den Gläsern einer großen, modischen Sonnenbrille und unter der Kapuze eines türkisfarbenen, knöchellangen, langärmeligen Strandkleids. »Macht es Ihnen etwas aus, wenn ich mich setze?«

»Natürlich nicht«, rief Megan kleinlaut, verlegen über ihren Mangel an Höflichkeit. Sie schob die Zeitungen zur Seite, die über das Handtuch verteilt waren, und Laura nahm graziös Platz.

»Möchten Sie etwas trinken?«, offerierte ihr Megan und zog den Styroporkühler zu sich heran. Terry war so weitblickend, dass er jeden Raum damit versorgt hatte. »Eine Cola?«

»Ja. Ich bin ein gutes Stück bis hierher gelaufen.«

Nachdem sie Laura eine Getränkedose gereicht und eine für sich selbst geöffnet hatte, blickte Megan auf das Stück Strand vor ihnen. Niemand sonst war zu sehen. »Haben Sie mich gesucht?«

Laura trank einen Schluck und schüttelte den Kopf. »Nein. Ich spazierte nur am Strand entlang. Als ich Sie so ganz alleine sah, dachte ich, dass es eine gute Gelegenheit wäre, sie besser kennen zu lernen. Ich bewundere Sie für die Position, die Sie erreicht haben. Seit wir hier angekommen sind, höre ich die Leute über den hervorragenden Job reden, den Sie bei WONE machen.«

»Vielen Dank, ich fühle mich geehrt, wenn Sie das sagen. Ich bewundere Ihre journalistische Arbeit außerordentlich. Es muss fabelhaft sein, um die ganze Welt zu reisen und dafür bezahlt zu werden.«

Laura zuckte mit den Schultern und nahm noch einen Schluck. »Ja, das ist es«, sagte sie nachdenklich. »Vor allem, wenn man sonst nichts zu tun hat – keinen Mann, keine Kinder, all diese Dinge. Sie sind mit Josh hier?« Sie sah zum Bungalow hinüber, der sich unter den Pinien versteckte.

Aus dem Kontext gerissen konnte man die beiden Gedanken für unzusammenhängend halten, aber da Megan Lauras Geschichte mit Josh kannte, wusste sie, dass sie nicht zusammenhanglos waren. Warum fühlte sie sich in diesem Moment wie eine Sünderin im Angesicht einer Heiligen? Sie verspürte den Impuls sich etwas überzuwerfen, als ob ihre Blöße obszön wäre.

»N-nicht wirklich *mit* ihm. Ich bin für die TV-Werbespots von Seascape zuständig. Joshs Agentur betreut ihre Werbung.« Megan fand Lauras steten Blick unangenehm. Sicherheitshalber fügte sie noch hinzu. »Ich kenne Josh seit Jahren.«

»Ja, ich weiß«, antwortete Laura in einem Tonfall, der deutlich machte, dass sie nicht einen Augenblick lang glaubte, dass ihr gemeinsames Interesse an Seascape und die Dauer ihrer Bekanntschaft der einzige Grund dafür wären, dass sie zusammen hier waren.

»Ihr verstorbener Mann hat für ihn gearbeitet. Josh hat oft von Ihnen gesprochen, als wir …«

Sie brach mitten im Satz ab und Megan führte ihn zu Ende. »Als Sie mit ihm verlobt waren?«

Laura war sichtlich bestürzt. »Woher wissen Sie davon? Hat Josh es Ihnen erzählt?«

Megan verstand ihre Sorge. Wie jede andere Frau wollte auch sie nicht, dass die Frau, die sie als Konkurrentin betrachtete, die Fehler in ihrer Vergangenheit kannte. »Nein, nein«, sagte Megan schnell. »Gayla Bishop hat es erwähnt. Ich weiß es erst seit gestern Abend.«

Laura sah erleichtert aus, aber dann lachte sie freudlos. »Nur wenige wussten davon. Wir trennten uns, bevor es bekannt wurde. Josh …«, sie zögerte und fuhr sich mit der Zunge über ihre Lippen.

Megan geriet in Panik, sie fürchtete, dass Laura anfangen würde zu weinen.

»Josh hat sein Herz an jemand anderen verloren.«

»Wie abscheulich von ihm«, sagte Megan mit mehr Feindseligkeit, als sie es beabsichtigt hatte.

Lauras Reaktion überraschte sie.

»Oh nein. Das war es nicht. Ich war froh über seine Ehrlichkeit. Wenn er nicht so offen zu mir gewesen wäre, hätten wir geheiratet, wären immer unglücklicher geworden und hätten uns dann mit mehr Aufsehen scheiden lassen, als eine gelöste Verlobung verursacht hat.«

»Wie können Sie ihn verteidigen? Was er Ihnen angetan hat, passt zu seiner Arroganz und Selbstsüchtigkeit.«

Laura sah sie einen langen Moment prüfend an, und Megan erkannte, dass sie wohl zu vehement reagiert hatte.

»Arrogant?«, sagte Laura nachdenklich. »Ja, ich schätze, das ist er. Aber er ist auch liebenswürdig. Er hat sich sehr damit gequält, zu mir zu kommen und mir zu sagen, dass er die Verbindung lösen will. Er nahm die ganze Schuld auf sich.«

Sie lächelte traurig. »Tatsächlich habe ich *ihn* am Ende getröstet. Und selbstsüchtig? Ja, das ist er, aber nicht nur für sich selbst. Er ist egoistisch, für jeden, um den er sich sorgt. Er hatte es als Kind sehr schwer. Was er jetzt besitzt, hat er durch hartes Arbeiten erreicht. Er wird nie vergessen, wie es ist, arm zu sein.

Dennoch ist er unendlich großzügig – mit materiellen Dingen und mit sich selbst.«

Megan konnte nicht glauben, dass sie über den selben Mann sprachen. Josh hatte sich immer das geholt, was er wollte und Leute, die ihm dabei in die Quere kamen, hatten Pech. Sie konnte sich nicht daran erinnern, wann er irgendetwas nicht bekommen hatte. Alles, was er je wollte.

Nein. Es gab eine Sache, die er wollte und nicht bekommen hatte – sie.

Aber sicherlich war Laura Wrays Einschätzung getrübt von den Gefühlen, die sie für ihn empfand.

»Sie lieben ihn noch immer, nicht wahr?« Megan hatte nicht beabsichtigt, diese Frage zu stellen, sie war ihr einfach herausgerutscht. Zu Megans Erleichterung schien Laura nicht beleidigt.

»Ja«, sagte sie ruhig, während sie auf den Horizont starrte.

Megan zeichnete ein Muster in die Kondensflüssigkeit auf ihrer kalten Getränkedose. »Vielleicht gibt es ja Hoffnung, dass Sie beide wieder zusammenkommen.« Bei diesem Gedanken schoss ihr ein heftiger Schmerz in die Brust, den sie nicht näher untersuchen wollte. Visionen von Josh, der Laura Wray – oder irgendeine andere Frau – mit der selben Leidenschaft hielt, berührte, küsste, wie sie, erfüllten sie mit Hass. Warum?

Laura schüttelte den Kopf und wandte sich wieder Megan zu. Sie lächelte sanft und versöhnt. »Nein. Niemals. Ich muss damit zufrieden sein, dass er ein guter Freund ist.«

Sie stand auf und wischte den Sand von der Stelle des Handtuchs, an der sie gesessen hatte. »Ich wusste die ganze Zeit über, dass Josh in eine andere verliebt war. Eine verheiratete Frau. Am Ende gestand er es mir. Ich glaube, dass er sie für immer lieben wird.«

Megans Herz sank wie ein Stein, ihre Zunge war wie festgeklebt an ihrem Gaumen. Sie konnte nur nicken, als Laura sie fragte: »Kommen Sie heute Abend zum Barbecue?

Dann sehen wir uns dort.« Laura machte sich auf den Rückweg zum Hauptgebäude. Eine große, graziöse, einsame Silhouette.

Megan saß bewegungslos da und starrte auf die heranrollenden Wellen. Sie brachten so große Versprechen mit sich an die Küste. Sie brachen so eifrig herein und ließen die großartige Kraft und Stärke des Ozeans hinter sich. Aber sie berührten das Land nur kurz, versprühten nur für Bruchteile von Sekunden ihre Gischt, die wie Spitze aussah, und hinterließen dann, wenn sie sich zurückzogen, nichts als verstreuten Abfall. War dies das Muster aller Lebensformen – ein endloser, sinnloser Kampf um Bedeutung?

Was tat sie hier? Warum war sie so scharf auf einen kindischen Racheplan? Und wenn es schon darum ging, was wollte sie eigentlich damit erreichen? Wer würde am meisten verletzt? Sie hatte das unangenehme Gefühl, dass sie das wäre.

Sie fuhr erschreckt in die Höhe, als eine tiefe, polternde Stimme in ihr Ohr fragte: »Darf man bei der Party mitmachen?«

Sie legte eine Hand flach auf ihre Brust, um ihren wild schlagenden Puls zu beruhigen, fuhr herum und stieß mit der Nase von Josh zusammen.

»Autsch«, sagte er, bevor er sie lautstark küsste. Statt seiner Golfkleidung trug er eine kastanienbraune Badehose.

»Was tust du?«

»Den Frieden und die Ruhe genießen.«

Er ließ sich neben ihr in den Sand fallen und schlang seinen Arm um ihren Hals. »Wenn das ein versteckter Hinweis sein sollte, damit ich dich in Ruhe lasse, hast du Pech gehabt. Ich habe die anderen über den Golfplatz gehetzt, damit ich so schnell wie möglich wieder bei dir sein kann.«

Seine Lippen waren unzertrennlich mit ihren verschmolzen. Zärtlich sog er an ihrem Mund, als ob er ihre ganze Süße trinken wollte.

»Hast du nicht gut gespielt?«, fragte sie mit dem letzten Atem, der ihr geblieben war.

»Ich habe gewonnen, zum Teufel! Ich spiele immer, um zu gewinnen, sonst ist es das Spiel nicht wert.«

Seine Worte beunruhigten sie, erschreckten sie, aber Megan hatte keine Gelegenheit über sie nachzudenken, da zog er sie zu einem weiteren herzzerreißenden Kuss in seine Arme.

Nach und nach ließ er sie auf das Laken herunter, bis

sie auf dem Rücken lagen, ihre Arme und Beine ineinander verschlungen.

»Wie geht es deinem Rücken?«, hauchte er an ihrer Brust.

»Ein bisschen gerötet, aber es brennt nicht.« Er hatte sicherlich keine Probleme mit Sonnenbrand. Sein ganzer Körper hatte die Farbe dunkler Bronze. Seine Brusthaare wuchsen in einem wirbelnden Muster, das sie faszinierte. Sie fuhr es zögernd mit ihren Fingern nach. Die krause Matte auf seiner Brust war oben breit und wurde den Oberkörper hinunter schmaler, bis sie sich zu einer dunklen, glatteren Linie verjüngte, die in seiner Badehose verschwand. Sein Nabel lag auf dieser Linie, aber als ihre neugierigen Finger ihn erreichten, konnte sie sich nicht überwinden, ihn zu berühren.

»Er beißt nicht«, murmelte er. Er nahm ihre Hand in seine und führte sie über die tiefe Mulde auf seinem Bauch. »Du bist herzlich eingeladen, mich jeder Zeit wie du willst an jeder Stelle zu berühren. Ich gebe dir einen Freibrief für meinen ganzen Körper.«

Bei seinen Worten wurde ihr vor erotischer Gedanken schwindelig, und Megan begrub ihr Gesicht an seiner Schulter. Ihre neugierigen Finger kämmten durch sein dunkles, seidenweiches Haar bis es ihm den Atem nahm.

»Leg dich hin«, wies er sie an.

Sie fügte sich. Ungezügelte Begierde ließ sie schwach werden. Sie verschloss ihre Augen davor. Sie ließ zu, dass sich ihr Körper entspannte. Sie zog es vor, es nicht als Kapitulation zu betrachten.

Josh nahm die Flasche mit der Sonnenmilch in die Hand und sagte: »Ich kann mir nicht verzeihen, wenn ich deine Vorderseite ebenso vernachlässige wie deinen Rücken.« Der tiefe, rollende Klang seiner Stimme lullte sie ein, sie gab ihrer Mattigkeit weiter nach.

Seine Hände waren wie die Hände eines begnadeten Bildhauers, als sie über ihren Magen und Unterleib strichen und eine großzügige Menge Sonnenmilch auftrugen. Finger, die kräftig und beschwörend waren, massierten sie entlang ihres Bikinisaums. Sie war enttäuscht, als er die Expedition nicht weiter fortsetzte, bis sie spürte, dass die Schnur ihres Oberteils, die er ruckartig angezogen hatte, nachgab.

Sie riss ihre Augen weit auf, als er das Stückchen Stoff zur Seite schob und sie der Sonne preisgab. Er beugte sich näher und sah ihr unverwandt in die Augen.

»Schhh«, sagte er beschwichtigend. Er küsste sie zärtlich, bevor er aufstand. Sie machte ihre Augen wieder zu und hörte im selben Moment ein blasphemisches Flüstern, das zugleich ehrfürchtig klang.

»Mein Gott, Megan, du bist wunderschön. Ich habe dich mir tausendmal vorgestellt, aber du … du bist … auserlesen schön.«

Sie spürte die beiden Kleckse, die er auf die Spitzen ihrer Brüste gedrückt hatte. Mit langsamen Bewegungen strich er die Emulsion über ihren Busen, erst über die eine, dann über die andere Seite. Ab und zu wisperte er ein Kompliment, aber seine Hände sagten mehr als Worte. Er betete sie durch seine Berührung an. Seine Finger sandten die Botschaft, dass sie ein Meisterwerk war, seiner Bewunderung wert.

Als sie bis auf die Stelle, an der sie sich am meisten nach seiner Berührung sehnte, völlig eingecremt war, zog er seine Hände zurück. Als sie ihre Augen aufschlug, flehten sie ihn an. Sie musste sich keine Sorgen machen. Er goss Lotion in seine Handflächen und verstrich sie gegeneinander. Als sie sorgfältig eingecremt waren, legte er sie auf ihre Brüste. Sie stieß einen lang gezogenen, tiefen Seufzer aus und zog unfreiwillig ihre Knie an.

Seine Hände kreisten langsam über ihrem Busen. Ihre Brustspitzen rieben sich an seinen Handflächen und begannen vor Sehnsucht aufzublühen. Er streichelte sie mit seinem eingecremten Daumen.

»Josh«, schluchzte sie.

»So zart. So hübsch.«

Zärtlich nahm er ihre vollen Brüste in seine Handflächen, schob sie nach oben und formte sie wie Zapfen in seiner Hand. Sie ballte ihre Fäuste an den Seiten ihres Körpers und warf besinnungslos ihren Kopf hin und her. Leise Laute kamen aus ihrer Kehle, und sie hörte sich selbst, wie sie in einer Litanei der Liebe seinen Namen wiederholte.

Als er seinen Kopf senkte und eine der dunklen Brustwarzen in seinen Mund nahm, bog sich ihr Rücken auf dem Laken nach oben und ihre Hände rissen an seinen Haaren.

»Ja, ja«, drängte sie ihn.

Aber er weigerte sich, sich zu beeilen. Seine Lippen streiften über die steife, erregte Spitze, bis sie dachte, ihre Adern würden platzen. Seine Zunge, tauchte immer wieder ein, um den zarten, geschwollenen Gipfel mit dem Nektar seines Mundes zu baden, bis er nass glänzte.

Ihre Hüften krümmten sich im elementaren Rhythmus eines heidnischen Rituals. Jedes Mal, wenn Josh zärtlich an ihrer Brust zog, mit jedem schnellenden Lecken seiner Zunge, wurden ihre Bewegungen schneller.

Als sie glaubte, sie könne es nicht mehr länger ertragen, legte er seine Handflächen auf das pulsierende Zentrum der Lust zwischen ihren Beinen, drückte fest und rhythmisch und sog ihre Brustwarze in die heiße, flüssige Höhle seines Mundes.

Ihre Welt explodierte in einem Lichterregen.

»Warum hast du das gemacht?«

Sie lag mit angezogenen Beinen neben ihm, ihre feuchten Körper glänzten. Seine Hand kämmte träge durch ihr Haar, ihr Kopf war auf seine Brust gebettet. »Weil du dir deiner niemals als sexuelles Wesen bewusst oder zumindest nicht sicher bist. Die eigene Sexualität ist nichts, dessen man sich schämen müsste, Megan. Sie zu missbrauchen, ja. Aber wir sind dazu geschaffen, miteinander Sinneslust zu suchen und zu finden.«

Sie schmiegte ihr Gesicht scheu an ihn, und er lachte leise in sich hinein. »Eine Lektion auf einmal ist genug«, sagte er und band ihr Bikinioberteil wieder zu. »Komm. Ich bringe dich besser rein, bevor du knusprig gebraten bist.«

Er half ihr, ihre Habseligkeiten zusammenzusuchen, und sie gingen Arm in Arm zum Bungalow zurück. An ihrer Terrassentür drehte er sich um. »Ich gebe dir eine Stunde. Es sei denn, du möchtest, dass ich mit hineinkomme und dir beim Duschen den Rücken schrubbe.«

Sie schüttelte den Kopf. Nach dem, was sie gerade erlebt hatte, brauchte sie Zeit zum Nachdenken, Zeit, einen klaren Kopf zu bekommen. Was Laura Wray ihr erzählt hatte, nämlich dass Josh eine verheiratete Frau liebte, hatte erst begonnen Sinn zu machen, als er zurückkam. Es hatte ihre Verwirrung, was sie für ihn fühlte, weiter vergrößert. Alles war ein riesiges Durcheinander.

Die Dinge glitten ihr aus der Hand, und sie hatte keine Ahnung, wie sie die Lage wieder unter Kontrolle bekommen sollte. Sie wusste nur, dass sie in diesem Moment nicht nackt mit Josh unter der Dusche stehen konnte, ohne ihn zu bitten, sie so zu berühren und zu küssen, wie er es am Strand getan hatte. Zeit, Raum und Abstand – an diesem Punkt brauchte Megan sie alle ganz dringend.

»Wir sehen uns in einer Stunde. Ich nehme an, das Barbecue ist zwanglos?«

Er nickte, aber sie wusste, dass er weder an die bevorstehende Party dachte, noch daran, was er tragen würde. Er nahm ihr Gesicht in seine Hände. »Ich habe jetzt von dir gekostet, Megan, und es hat meinen Appetit nur angeregt.«

Bevor sie einen Laut von sich geben konnte, war er in seiner eigenen Suite verschwunden.

Das Barbecue, das auf einer der weitläufigen Grünflächen stattfand, *war* zwanglos, aber in echter Seascape-Manier war es hinreißend. In riesigen Kohlebecken brutzelten unglaubliche Mengen an Grillfleisch und Spareribs. Eisberge kühlten rosa gekochte Shrimps, bereit, um geschält und in eine würzige Sauce gedippt zu werden.

An langen Tischen, die mit rotweiß karierten Tischdecken gedeckt waren, standen Platten mit gegrillten Hähnchen, Maiskolben, dampfendem Okra-Gumbo und gewürztem Reis, gebackenen Yams-Wurzeln, saftigen Wassermelonen, unterschiedlichen Soßen für jeden Geschmack, Brötchen und Maisbrot. Und als ob das nicht genug wäre, gab es für Naschkatzen heiße Pfirsichpastete und Pecannusspie.

Nach dem Essen schlug Josh einen Spaziergang in Harbor Town vor. Megan stimmte bereitwillig zu, sie fuhren in einem Auto los, das Josh sich vom Hotel geliehen hatte.

Harbor Town war ein Einkaufszentrum im Hafen von Calibogue Sound mit eigenem Leuchtturm. Der künstliche Hafen war in einem unregelmäßigen Halbkreis angelegt, um einen der riesigen Eichenbäume der Insel zu bewahren. Der Baum, der eine Art Maskottchen für die Insel war, war über und über mit kleinen Glühbirnen behangen. Auf einer provisorischen Bühne unter seinen Zweigen traten jeden Abend Künstler auf.

Nach einem Schaufensterbummel entlang einer Reihe exklusiver Boutiquen blieben Josh und Megan stehen, um der Vorstellung zuzusehen.

Ein professioneller Sänger klimperte auf seiner Gitarre und versuchte mit zwei Jungen im Takt zu bleiben, die er auf die Bühne geholt hatte. Sie kicherten und sangen nur jedes dritte Wort des komischen Liedes mit, aber die Zuhörer liebten es. Erwachsene und Kinder lachten gleich heftig über die improvisierte Vorstellung, zu der der junge Sänger die beiden Jungen überredet hatte.

»Der auf der linken Seite ist ein echter Satansbraten«, sagte Josh. »Du kannst es am teuflischen Glitzern in seinen Augen sehen.«

In einem unbeobachteten Moment wie diesem war er ein ganz anderer Mann als der ehrgeizige Geschäftsmann, der dafür berüchtigt war, in Geschäftsdingen keine Schläge einzustecken. Seine Zähne schimmerten im dämmrigen Licht. Sein Haar, das die Brise zerzaust hatte, als sie ihren Spaziergang entlang des Jachthafens gemacht hatten, lag in dunklen, verstrubbelten Strähnen an seinem Kopf und reizte Megan, es zu berühren. Der Gedanke, der ihr still und leise kam, erschütterte die Fundamente ihrer Seele. Schnell schob sie ihn zur Seite.

»Man muss selbst einer sein, um das zu erkennen«, sagte sie und stieß ihn in die Rippen. »Ich wette, du warst mit sieben Jahren selbst ein wahrer Teufelsbraten.«

»Wenn ich Zeit dazu hatte«, sagte er nachdenklich. Ein Blick aus seinen topasfarbenen Augen spießte sie auf und zeigte ihr, dass er auf seine nächste Frage die Wahrheit wissen wollte. »Warum hattet ihr kein Baby, James und du?«

Schockiert begann sie zu stottern. »Na ja, … es … es … war kaum Zeit dazu. Er … er starb kurz nach unserem ersten Hochzeitstag.«

»Hattet ihr Kinder geplant?«

Sie wusste nicht, warum sie ihm nicht an den Kopf warf, dass ihn das verdammt noch mal nichts anginge. Sie hörte sich selbst antworten.

»Ja, irgendwann in der Zukunft wollten wir eine Familie gründen.«

Sein ganzer Körper schien vor Erleichterung nachzugeben. Obwohl er einen Arm um ihre Schulter geschlungen hatte, hatte sie nicht gemerkt, wie verkrampft er war, bis sie fühlte, wie sich seine Muskeln entspannten.

»Ich wünsche mir Kinder.« Er sah nicht zu ihr, sondern zu den beiden Jungen, die auf der Bühne herumhampelten.

Megan hatte einen dicken Kloß im Hals, als sie fragte: »Warum hast du nicht geheiratet und Kinder bekommen?«

»Ich war einmal nahe daran, aber …«, er zuckte lakonisch mit den Schultern. »Es hat nicht funktioniert.«

»Mit Laura.«

Er nickte kurz.

»Sie ist eine wunderbare Frau, Josh. Ich mag sie.«

»Ich wusste nicht, dass du sie kennst.« Er drehte sich von der Bühne weg und sah ihr ins Gesicht. Seine Aufmerksamkeit galt wieder ihr.

»Nicht wirklich. Wir haben uns heute getroffen, als du beim Golfen warst. Sie hat mir von dir erzählt.«

»Was hat sie gesagt?«, fragte er leise, aber Megan konnte seine Stimme dennoch über den donnernden Applaus hinweg, der die Jungen zu ihren strahlenden Eltern zurückbegleitete, hören.

»Dass du ein liebenswürdiger Mann bist. Dass es dir leid tat, dass du sie verletzt hast. Dass du nicht egoistisch warst.«

»Hat sie dir gesagt, warum ich sie verletzen und enttäuschen musste?«

Sie nickte, konnte aber nicht sprechen.

»Warum, Megan? Was hat Laura dir erzählt?«

»Sie sagte, dass du dich in eine verheiratete Frau verliebt hast.« Die Worte kratzten in ihrem Hals, stachen wie Nadeln.

»Das stimmt.«

Oh Gott, warum tat er ihr das an? Es ist mir egal, es ist mir egal. Der Satz hämmerte in ihrem Kopf, aber er hatte keine Bedeutung. Es war ihr überhaupt nicht egal, es machte ihr mehr aus, als sie sich je hätte vorstellen können. Diese Erkenntnis schmerzte stärker, als je etwas anderes in ihrem Leben.

»Ich liebe sie noch immer.«

»Ich verstehe.«

»Nein, das tust du nicht. Aber du bist auf dem Wege dazu.«

Seine rätselhaften Worte ließen sie aufblicken. Die Augenbraue mit der Narbe war auf eine Art hochgezogen, die sie nur als verschmitzt interpretieren konnte. Seine Mundwinkel kräuselten sich und unterdrückten ein Lächeln.

»Sie ist nicht mehr verheiratet.«

Plötzlich kochte sie vor Wut, die jede unangebrachte, zärtliche Regung der beiden vergangenen Tage mit sich riss. Ihr Rücken versteifte sich. »Warum musst du dann mit mir eine große Sache abziehen? Warum hast du nicht *sie* zu diesem Wochenende mitgenommen und lässt mich einfach in Frieden. Du bist widerlich, weißt du das? Ein mieser, kranker …«

Er packte sie heftig an den Armen und schüttelte sie, um ihre Tirade zu stoppen, leicht hin und her. »Megan, hör damit auf!«, verlangte er.

Sie drehte ihren Kopf weg und kniff ihre Augen zusammen.

Sein Griff wurde fester. »Hat Laura dir nicht erzählt, wann ich die Verlobung gelöst habe?«

Sie weigerte sich noch immer, ihn anzusehen, und sagte beißend: »Nein. Ich wollte es nicht wissen. Es war mir egal. Es *ist* mir egal.«

»Am Tag, nachdem du James beerdigt hast.«

Kapitel 9

Als sie sich langsam umdrehte, um ihn wieder anzusehen, verzog sich ihr Mund ungläubig. Mit weit aufgerissenen Augen starrte sie in sein lächelndes Gesicht.

»Du meinst … ich …?«

Seine Augen funkelten wie Edelsteine, als er den Griff auf ihren Oberarmen lockerte und Megan zu ihrer brillanten Schlussfolgerung gratulierte. »Was ich dir heute Nachmittag gesagt habe, habe ich so gemeint. Ich habe es nicht gut weggesteckt, dass du James geheiratet hast. Ich hatte gerade die Frau gefunden, nach der ich mein ganzes Leben lang gesucht hatte. Dass du dabei warst, die Ehefrau eines anderen zu werden, konnte mich nur davon abhalten, dich zu bekommen, aber mich nicht daran hindern, dich zu lieben.«

Er lenkte sie von der Menge weg, die sich jetzt, da der Sänger das letzte Lied des Abends sang, zerstreute. »Lass uns nach Hause gehen«, schlug er leise vor.

Als sie zum Auto zurückgingen, setzte er seine Erklärung fort. »Ungefähr acht Monate nach deiner Hochzeit arrangierte jemand ein Blind Date für Laura und mich. Ich war nicht begeistert davon. Nichts konnte mich zu dieser Zeit begeistern.« Er nahm sie fester in die Arme. »Aber ich mochte Lauras angenehme Art und die Tatsache, dass sie keine Forderungen an mich stellte.«

Er schloss die Beifahrertür des geliehenen Wagens auf, und Megan schlüpfte hinein. In den wenigen Augenblicken, die er benötigte, um auf seine Seite zu wechseln, atmete sie mehrmals tief durch. *Das kann nicht sein. Das kann einfach nicht sein! Erzählte ihr Joshua Bennett gerade, dass er sie liebte?*

Er startete die Zündung und steuerte das Auto aus Harbor Town heraus, bevor er wieder das Wort ergriff.

»Ich traf mich häufiger mit Laura. Ich wollte Kinder. Ich wurde nicht jünger. Sie sprach von einem ähnlichen Bedürfnis, zur Ruhe zu kommen und ein Heim und eine Familie zu gründen. Deine Ehe schien solide zu sein. Ich dachte, ich hätte dich für immer verloren. Ich bat Laura mich zu heiraten.«

Die Nacht war tiefschwarz und die Mondsichel zu schmal, um sie zu erleuchten. Die Sterne blinkten hell am Himmel, aber ihr Licht war zu schwach, um das Flechtwerk der Äste der dichten Wälder, die die zweispurige Straße säumten, zu durchdringen.

Megan war dankbar für die Dunkelheit. Sie verbarg ihre Gesichtszüge vor dem Mann, der sie mit jedem Wort umbrachte. Es war ein schmerzloser Tod, ein wunderbarer Tod, aber dennoch starb sie.

»Eine Eingebung, ich weiß nicht welche, brachte mich dazu, Laura zu bitten unsere Verlobung eine Zeitlang für uns zu behalten. Einige Wochen später, noch bevor wir unsere Verbindung bekannt gegeben hatten, starb James.«

»Und ich war frei«, hauchte Megan.

Er parkte das Auto so nahe wie möglich am Bungalow. Als der Motor aus war, legte sich die Stille wie ein Tuch über sie. »Und du warst frei. Am Tag nach der Beerdigung sagte ich Laura, dass ich sie nicht heiraten konnte. Ich dachte, ich wäre ihr eine Erklärung schuldig. Ich habe ihr nicht gesagt, dass du es warst, aber ich denke, sie hat es sich zusammengereimt.«

Er wandte sich Megan zu, und seine Kleidung raschelte am Autositz. Seine Finger fuhren durch das vom Wind zerzauste Haar, das an ihrer Wange lag. »Ich wusste, dass es lange Zeit dauern würde, bevor du mich als etwas anderes als einen Eindringling, einen Frauenheld, einen Opportunisten akzeptieren würdest.«

Er schüttelte seinen Kopf mit einem ironischen Lächeln. »Unser Kuss im Gartenpavillon war einer der Höhepunkte in meinem Leben, dennoch habe ich mich jeden Tag dafür verflucht. Du hattest mich als einen Mann abgeschrieben, der mit der Verlobten seines Freundes herumtändelt. Du konntest mich in keinem anderen Licht sehen. Jedes Mal, wenn ich nach der Beerdigung versucht habe, Kontakt mit dir aufzunehmen, hast du deine schlechte Meinung über mich nur zu deutlich gemacht. Schließlich habe ich erkannt, dass du umso trotzköpfiger würdest, je mehr ich versuchen würde dich zu sehen.«

Er küsste sie flüchtig auf die Augenbraue. »Das ist

keine Anklage, nur eine Feststellung. So hart es war, ich habe mich zurückgezogen und gewartet. Ich habe dir drei Jahre gegeben. Ich war bereit zu warten.«

Megan kämpfte mit widerstreitenden Gefühlen. Sie wusste nicht, ob sie ihn beschimpfen sollte, ihm sagen sollte, dass er recht hatte, dass sie ihre Meinung nicht geändert hatte. Oder ob sie der überzeugenden Berührung seiner Finger erliegen sollte, die an der Spitzenborte ihres leichten Sommerkleides entlangfuhren und verführerisch zwischen ihre Brüste eintauchten. Seine Lippen an ihrem Mundwinkel waren gnadenlos überzeugend.

Sie traf keine bewusste Entscheidung. Als er sich zu ihr umdrehte, schmolz sie an seinem langen, erhitzten Körper dahin. Soweit es die Enge des Autos zuließ, schmiegte sie sich an ihn, fühlte das Begehren zwischen ihren Schenkeln und wusste, dass seines ebenso stark war.

»Lass mich nicht länger warten, Megan«, drängte er sie mit einem heiseren Wispern.

Er half ihr auszusteigen und schob sie eilig über das Rasenstück. Sein Arm lag um ihre Taille, seine Hand umfasste zärtlich ihre Brust, die ohne BH unter dem blauweiß gepunkteten Stoff lag. Sie stolperten über den Platz und lachten nervös über ihre Ungeduld.

Sie wurden kurz langsamer, als sie zwei Schatten auf Gartenstühlen vor dem Bungalow sitzen sahen. Einer der Schatten stand auf, und Terry Bishop rief zu ihnen herüber: »Das sind Sie ja. Gayla und ich wollten gerade aufgeben. Wir hatten gedacht, eine Partie Bridge würde Spaß machen.«

Bis halb vier Uhr morgens dachten die Bishops, dass es Spaß machen würde. Dann sammelte eine siegesfreudige Gayla das Kleingeld ein, das sie und ihre Partnerin Megan gewonnen hatten. Josh und Megan sahen sich sehnsüchtig an und wünschten sich sittsam eine gute Nacht.

Am nächsten Morgen schliefen sie nach ihrem langen Abend aus und standen spät auf. Da es ihr letzter Tag auf Hilton Head war, wollten sie so viele Aktivitäten wie möglich unterbringen, ohne dass sie am Abend zu erschöpft für das große, formelle Dinnerbankett wären.

Josh rief den Zimmerservice an und bestellte Frühstück auf die Terrasse von Megans Suite. Sie wollten die Vorteile von Seascape genießen, aber so weit wie möglich miteinander allein sein.

»Was wollen wir zuerst tun?«, fragte er, und seine Zähne versanken in einer frischen, gekühlten Scheibe Honigmelone.

»Ich habe diesen gigantischen Swimmingpool noch nicht ausprobiert«, sagte Megan. Sein Hemd war aufgeknöpft, und die Morgenbrise spielte mit den Haaren auf seiner Brust. Sie stellte sich vor, wie ihr eigener Atem zärtlich über sie hinwegblies, um zu sehen, welche aufreizenden Muster dadurch entstanden. Es war ein zauberhafter Tagtraum.

»Also gehen wir zum Pool, aber ich hoffe, der Badeanzug, den du gestern getragen hast, ist nicht der einzige, den du dabeihast.«

»Nein, warum?«

Er stand von seinem Stuhl auf, ohne die Augen von ihr zu lassen, und kam um den kleinen Glastisch zu ihr herum. Ohne die geringste Scheu legte er seine Hände auf ihren Busen unter dem locker fallenden Kaftan aus regenbogenfarbenem Musselin, unter dem sie keinen Büstenhalter trug. »Es ist völlig in Ordnung, wenn du meine niederen Instinkte weckst, aber ich möchte nicht, dass du das bei anderen Männern tust. Ich habe nicht vor, diese Brüste mit irgendjemandem zu teilen.«

Stunden später errötete sie bei der Erinnerung an seine Worte, und sie wunderte sich, warum sie keinen Anstoß an seinem Besitzanspruch genommen hatte, wie sie es früher getan hätte. Sie hätte ihren Rücken steif durchgebogen und ihre Hacken gewetzt und ihn mit ihrer spitzen, tödlich giftigen Zunge pfeilschnell niedergebügelt. Stattdessen hatte sie sich in seinem Besitzerstolz gesonnt.

Nachdem sie am Pool gefaulenzt und sich ein paar Stunden in der Sonne geaalt hatten, gingen sie weiter zum Tennisplatz. Aber statt ein Match auszutragen, liehen sie sich ein Tandem und fuhren einen der unzähligen Fahrradwege entlang, die sich kreuz und quer über Hilton Head zogen.

Nach ein paar ausgelassenen Minuten, in denen sie

versuchten, einen gemeinsamen Rhythmus beim Treten zu finden, hatten sie den Bogen raus. Der Fahrradweg unter den Bäumen war kühl und schattig.

»Du bist nicht so unkoordiniert, wie ich zuerst dachte«, rief Josh Megan über die Schulter zu. Er hatte den vorderen Sitz genommen und brüstete sich, dass er wüsste, wie man lenkt.

»Pass auf das Loch auf!«, schrie sie.

Sein Kopf fuhr gerade noch rechtzeitig herum, um die Katastrophe zu verhindern, aber ihre sorglose Stimmung löste eine weitere Runde scherzhaft beleidigenden Geplänkels aus. Josh bremste an einer ruhig gelegenen Stelle des Pfades und hob sie vom Fahrrad. Er lehnte das Tandem an einen Baum. »Lass uns einen Spaziergang machen.«

»Ist das nicht der Spruch, den ein Gangster zu einem anderen Gangster sagt, wenn er sein Auto am Waldrand parkt?«, zog sie ihn auf. Trotz ihres Argwohns schlug sie sich hinter ihm durch den Wald aus Bäumen und Unterholz.

»Ja. Bereite dich auf den Todeskuss vor.«

Er lehnte sie gegen einen Baum und nahm sie mit seinem Körper gefangen. Ein Arm schloss sich um ihre Taille, die andere Hand stützte ihr Kinn. Sein Mund küsste sie kräftig und heiß.

Seine Zunge untersuchte mit köstlichen Stößen eingehend ihren Mund, mal energisch und mal zärtlich. Als ihre Zunge in das Spiel einstieg und kühn die Innenseiten seiner Lippen erkundete, klang sein zufriedenes Seufzen wie eine Symphonie in ihren Ohren. Ihre Finger reisten an seinen Rückenmuskeln entlang und blieben nach mehreren Erkundungstouren auf seiner Taille liegen.

Er hatte ihre Füße so aufgestellt, dass sein Knie es sich zwischen ihren Schenkeln gemütlich machte und ihr Knie zwischen seinen Schenkeln geborgen war. Beide trugen Shorts und die elektrostatische Spannung stob durch Megans Nerven, schockte sie, elektrifizierte sie.

Josh bewegte leicht sein Knie und die weichen Haare, die darauf wuchsen, kitzelten ihre überaus empfängliche Haut. Als sie ihren Schenkel nach oben schob, stieß er stöhnend ihren Namen hervor und barg sein Gesicht in der Kurve zwischen Nacken und Schulter.

»Das fühlt sich so gut an, Megan. Mach es noch einmal. Höher.«

Als Megan ihm den Gefallen tat, öffnete sich sein Mund fiebrig über ihrem Nacken, und seine Zunge schrieb eine Botschaft der Liebe.

»Deine Haut fühlt sich so weich auf meiner an«, keuchte er. »Ich kann es nicht erwarten, dich völlig nackt unter mir zu spüren.«

Er trat einen Schritt zurück, um sie anzusehen und seine Augen wanderten direkt zu ihrer Brust. Sie hatte zu ihren Shorts ein ärmelloses T-Shirt angezogen, und der pfauenblaue Stoff verbarg weder die Rundungen ihres Busens, noch ihre vorwitzigen Spitzen. Josh bückte sich und küsste eine der knopfartigen Brustwarzen. Seine Lippen zogen sich nach innen, und er saugte sanft an ihnen.

»Oh Josh, bitte.« Sie wusste nicht, ob sie darum bettelte, dass er aufhörte oder dass er niemals mehr aufhörte. Vielleicht war ihre Handlung viel beredter. Ihre Hände glitten nach unten und krallten sich in die angespannten Muskeln seiner Pobacken, als seine Hüften zu kreisen begannen. Er drückte sich rhythmisch gegen ihren Körper.

Ihre Hände fanden ein Stück nackter Haut auf der Rückseite seines Oberschenkels und zogen ihn fest pressend an sich.

»Heiliger Himmel!«, schrie er und ließ sie los. Einige Momente lang schnappte er nach Luft und blinzelte, als ob er versuchte, einen Schleier vor seinen Augen loszuwerden.

Als er wieder zu Sinnen kam, grinste er sie verdrießlich an. »Ich werde sehr schnell sehr grau und sehr alt, wenn wir noch mehr dieser intimen Handgemenge haben.« Er stieß einen Seufzer aus. *»Aber* ich will dich beim ersten Mal nicht auf einem Bett aus Piniennadeln lieben. Wir gehen besser zum Fahrrad zurück.« Als er ihre Hand nahm, murmelte er: »Es ist ein weiter Weg nach Seascape zurück. Ich hoffe, es hat niemand das Fahrrad geklaut.«

Als sie das Hindernis der letzten Bäume überwunden hatten, stand tatsächlich ein Paar neben ihrem Tandem. Die Wahrscheinlichkeit, dass sie es stehlen würden war gering, denn sie hatten ihre eigenen Räder dabei. Sie musterten besorgt den Waldrand. Als der junge Mann Josh und Megan auftauchen sah, sagte er freundlich: »Wir haben Ihr verlassenes Fahrrad gefunden. Ist alles in Ordnung? Ist jemand verletzt?«

»Nee«, sagte Josh gedehnt. »Sie musste nur pinkeln und war zu ängstlich, um allein in den Wald zu gehen.«

Megan protestierte und trat ihm kräftig gegen das Schienbein. Das andere Paar radelte lachend davon, als Josh auf einem Fuß herumtanzte und mit dem anderen das Gleichgewicht hielt, während Megan alle Gründe herunterratterte, warum sie ihn für den Inbegriff des Teufels hielt.

Als Megan den Großen Ballsaal des Hotels betrat, sah sie, dass die Kronleuchter nur ein gedämpftes Licht warfen, so dass sie sanft über den Dutzenden von Tischen schimmerten, die mit taubenblauem Leinen eingedeckt waren. Jeder Tisch war mit bunten Frühlingsblumen dekoriert.

Die Gäste der feierlichen Eröffnung von Seascape hatten nicht mehr Sonnenlotion, sondern schwere Parfums aufgetragen, ihre Sportkleidung und Badeanzüge abgelegt und sich in voller Pracht herausgeputzt.

Laura Wray, in zinnoberfarbenem Chiffon, sah wie ein Engel aus. Ein Engel, der nur ein klein wenig in Ungnade gefallen war. Weil Terry darauf bestanden hatte, war Jo Hampson für diese Nacht eingeflogen worden. Sie trug eine Kopie einer Bluse von Valentino, die ganz aus weißen Organzarüschen gearbeitet war, und einen roten, tulpenförmig geschnittenen Rock aus Taft. Es war nicht die Kleidung, die Megan für eine so füllige Figur gewählt hätte, aber Jo konnte einfach nicht hausbacken aussehen, selbst wenn sie es gewollt hätte. Sie begrüßten sich herzlich, und Jo erzählte Megan wahllos, was sich in ihrer Abwesenheit im Büro getan hatte. Gayla Bishop zog einen meterlangen, perlenverzierten goldenen Satin hinter sich her, der auch ohne die diamantbesetzten Ketten, die sie sich um ihren Hals gewunden hatte, genug gewesen wäre.

Megan fühlte sich als die attraktivste Frau im ganzen Raum, als ihre Augen Joshs brennenden Blick trafen. Ein Raunen war durch den Saal gegangen, als er sie hineinbegleitet hatte. »Diese verdammten Wölfe«, hatte er geknurrt. »Die Augen sollen ihnen aus dem Kopf fallen. Hast du keinen Schal oder so etwas dabei?« Aber seine Verdrossenheit hatte sie nicht gestört.

Wie alle anderen Kleidungsstücke, die sie für diese Reise gekauft hatte, hatte sie auch dieses Kleid erworben, weil sie sexy darin aussah. Die hautengen langen Ärmel und das eng anliegende Oberteil waren aus schwarzem Krepp. Wo es am Tüllrock befestigt war, war es wie Blütenblätter geschnitten, die an einer unsichtbaren Rebe entlang bis zu ihrem Busen kletterten. Durch den transparenten Tüll schienen ihre Beine, von der Sonne geküsst, warm und einladend.

Sie trug hochhackige Sandalen aus schwarzem Satin. Ihr einziger Schmuck waren die Ohrringe mit den

Diamanten. Ihr Haar war zu einem lockeren Knoten hochgesteckt. Weiche Locken lagen kokett in ihrem Nacken.

Nervös steckte sie jetzt eine vorwitzige Haarsträhne in ihren Knoten zurück. Die Geste sollte ihre Aufregung überspielen. Sie hatte geplant, dass alle Welt sie und Josh zusammen sehen sollte, aber jetzt, da es so weit war, wünschte sie, dass sie nicht so sehr als Paar in der Öffentlichkeit ständen.

Offensichtlich wünschte sich Josh dasselbe. Als sie ihre Begrüßungsrunde hinter sich gebracht hatten, wählte er einen Tisch, der abseits der anderen im hinteren Teil des Saals lag, wo das Licht schummriger war.

»Tanzen?«, fragte er sanft und zog sie langsam in seine Arme. Als sie vom Meer der anderen Tanzpaare verschluckt worden waren, flüsterte er ihr ins Ohr: »Eigentlich wollte ich gar nicht tanzen, weil ich dich dann nicht ansehen kann. Aber es war das Einzige, das mir einfiel, um dich festzuhalten und damit durchzukommen.«

Megan war von der Magie des traumhaft schönen Saals gefangen, von der Musik des Streichorchesters, der lauen, tropischen Sommernacht. Und vor allem war sie verzaubert von Josh.

In seinem schwarzen Smoking und dem Biesenhemd mit den Knöpfen aus Onyx war er der Inbegriff der Männlichkeit. So war er gekleidet gewesen, als sie ihn das erste Mal gesehen hatte, und sein Anblick berührte sie jetzt genauso stark wie damals. Nur wusste sie heute, dass die leidenschaftliche Natur, die sich unter der strengen Kleidung nur andeutete, Wirklichkeit war.

Heute wusste sie, wie sich sein Haar anfühlte, das an den Schläfen grau wurde, aber jungenhaft nachlässig frisiert war. Sie wusste, dass der Schnitt des Smokings nicht täuschte, dass es die kräftigen Muskeln tatsächlich gab. Sie wusste, wie gut sich seine harte Brust anfühlte, wenn sie sich ihren weiblichen Formen anpasste.

»Bewege dich ...ah, da ist es. Ja, genau da.«

Megan sog scharf den Atem ein. Nur durch den Druck seiner Hand auf ihrem Rücken hatte er ihre Haltung verändert und nun bedeckte ihr Körper den eisenharten Beweis seines Begehrens.

»Jetzt schließ die Augen und stell dir vor, dass wir nicht hier wären, sondern nackt in unserem Bett lägen. Ich liebe dich im Rhythmus der Musik. Du bist gerade dabei, mich in dir aufzunehmen. Wir bewegen uns, erst langsam, dann schneller. Wir lieben uns, wieder und wieder.«

Megans Wangen waren feuerrot, und ihr Herz schlug wild bei seinen dreisten Worten. Am Ende des Tanzes war sie trunken, berauscht vom Kern seiner Männlichkeit, betäubt vom Bild, das er gemalt hatte. Er führte sie durch das Labyrinth der Tische zurück und sein finsterer Blick schreckte jeden anderen Mann ab, der sich selbst als Megans potentiellen Tanzpartner gesehen hatte.

Wie eine fleißige Spinne fuhr er während des endlosen Dinners fort, sein Netz um sie herum zu spinnen. Da noch sechs andere Personen an ihrem Tisch saßen, mussten sie sich mit diesen unterhalten, aber die anderen bekamen von der stillen Kommunikation, die sie durch heimliche Blicke und verborgene Berührungen austauschten, nichts mit.

Megan mochte für diesen Abend die Krönung ihres Plans vorgesehen haben, Josh hatte es auf jeden Fall. Er konnte seine Augen kaum von ihr lassen und seine Augen sandten Botschaften an ihr Herz, die sie nicht falsch entziffern konnte.

Schließlich wurden die Lichter weiter gedämpft, und die Aufmerksamkeit der Gäste wurde auf den vordersten Tisch gelenkt, an dem Terry Bishop zu sprechen begann. Josh nutzte die Ablenkung aus, um sich vorzubeugen und Megan auf den Mund zu küssen. Ihre Lippen öffneten sich – wie der Blütenkelch auf ihrem Kleid aufbrach, um ihre Brüste aufzunehmen. Ohne ihren Lippenstift zu verwischen, schlüpfte seine Zunge in ihren Mund hinein, um sich an ihrer Zungenspitze zu reiben.

Als er von ihr abließ, war seine Stimme vor Aufregung trocken. »Ich liebe dich Megan. Willst du mich heiraten?«

Für einen Moment waren sie beide zu verzaubert, um zu bemerken, dass sie wieder im Zentrum der Aufmerksamkeit standen. Terry Bishop hatte Joshs Namen durch das Mikrofon auf dem Podium genannt.

»Seien Sie jetzt nicht schüchtern, Josh«, posaunte er.

»Kommen Sie herauf, und lassen Sie sich von den Aktionären mit einem Zeichen unserer Wertschätzung für die tolle Arbeit ehren, mit der Sie Seascape bekannt gemacht haben.«

Alle klatschten. Megan erlebte Josh zum ersten Mal in ihrem Leben aufgewühlt. Er sah sie enttäuscht an, zuckte hilflos mit den Schultern, rückte verlegen seine Fliege zurecht und stand auf. Sie beobachte ihn, wie er zum vordersten Tisch ging. Noch immer war sie starr und gebannt von seinem unerwarteten Heiratsantrag.

Terry und die anderen Aktionäre gratulierten ihm herzlich. Gayla küsste ihn herzhaft. Die Fotografen schossen ihre Bilder. Ein Paar goldene, diamantenbesetzte Manschettenknöpfe wurden ihm überreicht. Er nahm sie mit Bescheidenheit und Souveränität entgegen, trat dann ans Mikrofon und begann mit tiefer, bewegter Stimme zu sprechen.

Mit einem Mal hielt Megan es nicht mehr aus. Ohne darüber nachzudenken, schlüpfte sie durch die Hintertür des Ballsaals und lief so schnell es ihre hochhackigen Sandalen erlaubten über das Gelände. Die Wahrheit dämmerte ihr – nein, hatte sie wie ein Blitz getroffen – und sie musste alleine sein.

Tatsächlich schlugen um sie herum Blitze ein, als sie den Pfad hinunter zum Bungalow rannte. Der Wind zerstörte ihre Frisur, aber sie merkte es nicht. Tränen strömten ihr über die Wangen, als sie weiterjagte. Sie spürte vom Laufen einen brennenden Schmerz in ihrer

Seite und in ihrer Seele eine Pein dessen, was sie nun als unverbrüchliche Wahrheit erkannt hatte.

Sie erreichte den Bungalow in Rekordzeit und fingerte in ihrer perlenbesetzten Handtasche nach dem Schlüssel. Endlich im Zimmer, riss sie sich das schwarze Kleid vom Leib, als ob es ein ekelhaftes Totenhemd wäre und zerrte die Strumpfhose von ihren Beinen. Nackt ging sie zum Frisiertisch und zog die letzten, übrigen Haarnadeln aus ihrem Haar. Sie bürstete es heftig, als ob sie sich damit bestrafen wollte.

Ein Drang zu flüchten schnürte sie ein und rief Irrationalität und Panik hervor. Sie musste entkommen – sich selbst und dem Mann, der sie suchen würde, wenn er entdeckte, dass sie fort war. Er durfte sie in dieser Nacht nicht finden. Er durfte nicht. Sie war zu schwach, zu empfänglich. Wenn er sie fand …

Wo sollte sie sich verstecken? Wie eine Antwort zischte ein Blitz aus den tief hängenden Wolken scheinbar mitten in das Herz des Meeres. Josh würde nicht am Strand nach ihr suchen, nicht bei diesem Wind. Nur ein Dummkopf würde während eines Gewitters in die Nähe des Wassers gehen. Nun denn, dann wäre sie eben ein Dummkopf.

Sie schlüpfte in ihre Bikinihose, aber ersetzte das Oberteil durch ein weiches, weites Sweatshirt, weil sie dachte, dass es im heulenden Sturm des Ozeans sonst zu kalt wäre. Binnen Sekunden rannte sie durch die Terrassentür und die Böschung zum Strand hinunter. Sie nahm Reißaus vor jedem Anzeichen von Licht. Die vielen blauweißen Blitze des Sturms waren ihre einzige Beleuchtung.

Weit vom Bungalow entfernt setzte sie sich in den feuchten Sand, zog die Knie an ihren Körper und legte ihren Kopf darauf. Bittere Tränen brannten in ihren Augen und machen ihre Wangen nass. *Ich liebe ihn.*

Ihre Gedanken wurden trotz all ihrer Versuche, sie zu verleugnen, von der Wahrheit beherrscht. Sie liebte ihn – schon lange und innig. Sie hatte ihn seit dem ersten Moment, in dem sie ihn gesehen hatte, vor mehr als vier Jahren, geliebt. Sie hatte ihn zu sehr geliebt, als dass sie einen anderen Mann hätte heiraten dürfen, zu sehr, um eine wirklich treue Ehefrau sein zu können, zu sehr, um einen idiotischen Racheplan in die Tat umzusetzen. Wen wollte sie rächen? James? Sich selbst? Alles, was einstmals so klar und eindeutig gewesen war, schien jetzt ein Durcheinander sich widersprechender Gefühle, ein Wirrwarr an Wahrheiten, Halbwahrheiten und Fehlinterpretationen.

Von Schuldgefühlen überwältigt, rollte sie sich seitlich zusammen und weinte bitterlich. Es war nicht Josh, der sie hierhergebracht hatte, sie war es selbst. Die Rolle, die sie in den vergangenen Tagen gespielt hatte, war die Rolle, die sie schon immer für diesen Mann spielen wollte, aber sich selbst nie zugestanden hatte. Die schockierende Wahrheit war, dass sie alles dies getan hatte, weil sie es tun wollte, und nicht, weil sie Josh zu Fall bringen wollte. Während der ganzen Zeit, in der sie versucht hatte, sich selbst davon zu überzeugen, dass sie ihn mit ihren verführerischen Allüren und ihrem zärtlichen Geplänkel anlog, hatte sie nur sich selbst angelogen.

»Du bist ein Dummkopf, Megan Lambert«, schrie sie laut.

»Hast du dir je überlegt, dass du in deine eigene Falle tappen könntest?«

Unendlich lange lag sie am Strand und weinte. Der Wind pfiff unheilverkündend um sie herum. Blitze zischten und zerstoben, erleuchteten unheimlich den Horizont oder rissen kurzfristig den Wolkenvorhang auf, hinter dem Himmel und Meer ineinander verflossen. Es konnte zu regnen begonnen haben oder es konnte Salzwasser sein, das auf ihre kalte Haut spritzte. Sie wusste es nicht, und es kümmerte sie auch nicht. Sie spürte die Elemente nicht. Sie kannte nur noch den peinigenden Schmerz tief in ihrem Inneren und die Leere, die an den Rändern ihrer Seele darauf lauerte, sie in ihren bodenlosen Abgrund zu ziehen.

»Megan!« Ihr Name gellte zerrissen aus einer angstvollen Kehle. Sie hörte es nur Augenblicke ehe sie die Schwingungen rennender Schritte auf dem nassen, harten Sand spürte. Dann drehten zärtliche Hände sie um. »Megan?«

Sie öffnete ihre Lider, und schmerzerfüllte Augen blickten auf sie herunter, sahen ihr prüfend ins Gesicht und schlossen sich fest vor Erleichterung. Sein Haar peitschte im stürmischen Wind um seinen Kopf. Seine

Smokingjacke und seine Fliege fehlten, seine Schuhe und die Hemdknöpfe ebenfalls. Der Wind riss am feinen weißen Stoff, zerrte ihn von seinem Körper fort, dessen Kraft der Wut des Sturms standhielt.

Er kniete im Sand, streckte die Hand nach ihr aus und nahm sie so fest in seine Arme, dass ihr beinahe die Luft wegblieb. »Tu mir das nie wieder an. Ich dachte … Ich dachte … oh Gott …« Er wiegte sie vor und zurück, wärmte sie. Seine Lippen übersäten ihr Gesicht mit Küssen, während seine Hände ängstlich über ihren Körper strichen.

»Warum hast du das getan, Megan? Warum? Warum bist du vor mir weggelaufen? Vor *mir?*«

Sein verstörter Gesichtsausdruck zeigte seinen Schmerz und öffnete die Schleusen ihrer Liebe für ihn.

»Ich …«

Nein, sie konnte ihm nicht von ihrem albernen Racheplan erzählen. Er glaubte, dass die Anzeichen für ihre wachsende Zuneigung echt wären, nicht gespielt. Das *waren* sie gewesen, es gab also keinen Grund, warum er von ihrem Plan wissen musste.

»Halte mich fest, Josh, halte mich einfach fest. Ich liebe dich«, weinte sie und schlang ihre Arme um seinen Hals.

Er hob sie auf und trug sie den leichten Anstieg zum Bungalow hoch. Der Wind und der Regen schlugen nach ihnen aus, aber gaben ihm damit nur einen guten Grund, schneller zu gehen. Er trat durch die offene Glastür und beeilte sich, sie auf dem Bett niederzulegen.

»Geht es dir gut?«, fragte er und schob das windzerzauste, regennasse Haar aus ihrem Gesicht.

»Ja, ja«, schluchzte sie, griff nach seiner Hand und zog die Handfläche an ihren Mund.

Er verließ sie für einen kurzen Moment, nur um zur Terrassentür zu stürzen und diese zuzuschieben. Auf dem Weg zurück legte er Gürtel, Hose und Unterwäsche ab. Megan hatte die Zeit genutzt, um die Bettdecken zurückzuschlagen und sich auf dem melonenfarbenen Leintuch auszustrecken.

Seine Augen loderten, als er sein Hemd abstreifte und nackt an die Bettkante kam. Sein Geschlecht verkündete klar sein Bedürfnis und Verlangen. Das wilde Durcheinander seiner Haare, der brennende Ausdruck seiner Augen, sein heftiger, stoßweiser Atem, verliehen ihm eine archaische Wirkung, die das Blut in jeder erogenen Zone ihres Körpers in Wallung brachte. Mit ihren primitivsten Instinkten sehnte sie sich danach, die Lust ihres Gefährten zu befriedigen.

Ihre Hände griffen nach dem Saum des Sweatshirts. Ihre Blicke verschmolzen, als sie es langsam und verführerisch über ihre Brüste hob. Sie hielt einen Moment lang inne, um seine Reaktion abzuschätzen, zog es über ihren Kopf und streckte sich. Ihr Körper war eine einzige, geschmeidige, lang gestreckte Linie der Sexualität. Sie warf das Kleidungsstück auf den Boden. Dann hob sie ihre Hüften ein paar Zentimeter über der Matratze hoch und schlenkerte sich aus ihrer Bikinihose.

Ein Kiefermuskel zuckte verkrampft und seine Augen verdunkelten sich. Josh streckte eine Hand aus, die sichtbar zitterte und griff nach unten um die Textur des rötlich braunen Haarbüschels zu spüren. Sie schnurrte vor Behagen. Sekunden später lag er ausgestreckt auf ihr, und sie fielen über einander her, als würden sie vor Durst sterben. Seine Finger pflügten durch ihr Haar, legten sich wie eine Kappe um ihren Kopf und hielten sie gierig fest, während sein Mund über ihren herfiel. Seine Zunge tauchte in sie hinein, getrieben vom Hunger und der Verzweiflung nun endlich seinen Besitzanspruch festzuschreiben.

Ihre Hände öffneten sich auf seinem Rücken, rieben die harten Muskeln, die sich zusammenzogen und entspannten, wenn er sich auf ihr bewegte und ihre Körper zu noch größerer Leidenschaft antrieb.

»So hatte ich es nicht geplant«, sagte er nach Luft ringend.

»Ich wollte es langsam … genießen … oh Gott … berühre mich noch einmal dort.«

»Bitte, Josh, jetzt«, flehte sie, als ihre Hüften sich nach oben bogen und sich seinen Stößen entgegendrängten.

Er grub sich tief in die feuchte, ihn willkommen heißende Seide ihres Körpers, und ihre ekstatischen Schreie nahmen es mit dem Gebrüll des Windes auf.

»Sag mir, dass du das immer wolltest.« Seine Worte kamen abgehackt, im Rhythmus seiner Körperbewegungen.

»Ich wollte es.«

»Sag mir, dass du dich in dieser ersten Nacht in mich verliebt hast.«

»Sofort, als ich dich sah.«

»Ahhh. Ich liebe dich, Megan.«

»Ich liebe dich, Josh.«

Der Orkan draußen war nichts im Vergleich zu dem Sturm, der in ihnen wütete. Er war wild, ungezügelt und rasend schnell erschöpft.

Wunderbar matt kamen sie langsam wieder zu Atem. Sie lächelte an seinen Lippen, er öffnete die Augen und sah sie schläfrig an. »Was ist so witzig?«

Sie schüttelte langsam den Kopf. »Ich kann mich nicht erinnern, dass ich jemals so froh oder so erschöpft war.«

Er stemmte sich auf seine Ellbogen und sah auf sie herunter. »Ich war grob. Habe ich dir wehgetan?« Liebevoll besorgt sah er sie an.

»Nein«, antwortete Megan und untersuchte die Narbe an seiner Augenbraue. Ihre Lippen öffneten sich überrascht, als sie ihn tief in ihrem Inneren verborgen fühlte und bemerkte, dass sein Verlangen nicht bis zum letzten Tropfen erfüllt worden war.

»Es tut mir leid«, sagte er bedauernd und wollte sich aus ihr zurückziehen.

»Nein!«, sagte sie mit solchem Nachdruck, dass er leise lachte, bevor er sie küsste.

Dieses Mal war ihre Gier gesättigt und Zärtlichkeit war vorherrschend. Seine Küsse waren tröstlich. Seine Lippen trödelten über ihre Unterlippe, leckten flüchtig an ihren Mundwinkeln, bis sie sich vor wachsendem Verlangen unter ihm wand.

Hände und Lippen wanderten ruhelos, bekamen nie genug, strebten nach noch größerer Nähe, erregt von jeder neuen köstlichen Entdeckung. Sie verlor ihr Gleichgewicht, als er sie so herumrollte, dass nun sie auf ihm lag.

»Ich bin tollpatschig«, sagte sie entschuldigend. »Es ist schon so lange her.« Und es war niemals so schön wie heute, hätte sie hinzufügen können.

»Du bist perfekt. Rutsch nach oben.«

Sie fühlte sich verloren. »Aber …«

Er lächelte verschmitzt und stemmte sie von seinem Körper weg. »Es wird halten«, versprach er mit Worten und glühenden Augen. »Komm hierher.«

Mit seinen warmen Händen umfasste er ihr Gesäß und leitete sie. Sie rutschte langsam an seinem Oberkörper entlang nach oben und schwelgte im Gefühl seiner behaarten, struppigen Haut. Als sie sich über ihm abstützte, bewunderten seine Hände ihre Brüste, hoben sie und nahmen sie begeistert in Augenschein. Er füllte seine Hände mit ihrer Wärme und drückte sie sanft zusammen. Er drückte sie gegen ihren Brustkorb, dann ließ er sie mit schalkhafter Freude fallen. Sie konnte mit ihm lachen, weil das Wissen, dass sie ihm so gefiel, sie jubeln ließ.

Mit seinen Daumen strich er über die dunklen Spitzen, die vor neu erwachte Begierde anschwollen. Während seine Daumen diese köstliche Pein hervorlockten, musterte er ihr Gesicht. »Wenn ich dich so verwöhne, bekommen deine Augen einen geheimnisvollen grünen Farbton und deine Lippen öffnen sich. Du schließt deine Augen nicht wirklich, du versteckst sie nur. Ich finde das unglaublich erotisch.«

»Bitte hör nicht auf«, bat sie ihn atemlos, als seine Hände sich leicht bewegten.

»Nicht einmal, um sie zu küssen?«

Sie neigte ihren Kopf und seufzte an seinen Lippen. »Küsse sie, wenn du musst.«

Sein Mund schloss sich um eine der erwachenden Knospen und saugte genüsslich. Selbst als seine Kiefermuskeln sich anspannten und entspannten, stupste und kreiste seine Zunge, bis Megan in Ekstase aufging. Auch der anderen Brust ließ er diese Behandlung angedeihen, während sie mit ihren wogenden Hüften seinen Bauch massierte.

Er stützte sich ab und drehte sie beide auf die Seite. Er nahm ihre Hand in die seine und führte sie an seinem Körper entlang. Er beobachtete genau ihre Reaktion, aber sie zeigte weder Zögern noch Angst, als ihre suchenden Finger ihn fanden.

»Du bist schon so lange Teil meines Lebens, dass ich mich gar nicht mehr an eine Zeit erinnern kann, in der du es nicht gewesen wärst.« Seine goldenen Augen schlossen sich, und sein Atem kam keuchend, als ihre Finger selbstbewusster wurden. »Megan, mit jedem Atemzug … jedem Herzschlag, der letzten vier Jahre … habe ich dir gehört.«

Liebevoll lächelnd hauchte sie. »Du fühlst dich so gut an …. hier.«

Sein Hals vibrierte von einem animalischen Stöhnen.

»Hier.«

Sie hatte die Worte kaum ausgesprochen, als ihre Finger ihr Versprechen zärtlich einlösten.

»Wenn du glaubst, dass es sich für *dich* gut anfühlt …« Streichelnd schob er ihre Oberschenkel auseinander und wölbte seine Handfläche über das Zentrum ihrer Sinnesfreuden. Seine Finger kreisten und erforschten sie mit zunehmendem Druck. Sie war feucht und einladend. Die Geheimnisse ihres Körpers erblühten unter seiner Wissbegierde.

Sie brachten einander wieder und wieder der Erfüllung nahe, aber hielten sie zurück, verlängerten ihre Qualen, um die Freude des Höhepunkts zu steigern. Als seine Finger ihr Zauberwerk vollbrachten, badete er ihre Brüste mit seiner Zunge. Als sie es ihm gleichtat, wurde sein ganzer Körper steif.

»Megan?«

Sie legte ihren Schenkel über ihn, und als sie sich tief in die Augen sahen, stieß er das Tor ihrer Weiblichkeit auf. Ihre Hüften kletterten langsam an ihm hoch, als er sich auf den Rücken rollte. Obwohl es das erste Mal für sie war, schien sie in der Kunst, sich über ihm zu bewegen, geübt. Er ermutigte sie und sang ihr Loblied, als er mit seinen Händen ihre Taille umkreiste, seine Daumen über die rotbraunen Daunen strichen und liebevoll mit ihren Brüsten spielten.

Als der Aufruhr losbrach, lächelten sie einander an, feierten sich im Geiste ebenso wie mit ihren Körpern.

»Josh?«

»Hmm?«

»Schläfst du?«

»Machst du Witze? Wenn du das tust, was du gerade tust? Auf gar keinen Fall.« Sein Glucksen klang wie ein Rumpeln an ihr Ohr, das auf seiner Brust lag. Ihre trägen Finger kreisten um eine pochende, behaarte Brustwarze. Ihre Beine waren ineinander verschlungen, ihre Körper berührten sich an jeder nur möglichen Stelle. Ihr Haar lag wie eine kupferfarbene Kappe auf seinem Hals.

Sie unterbrach ihre provozierenden Liebkosungen und legte ihre Hand flach auf seine Brust.

»Ich meine es ernst.«

Seine Hand hörte auf, ihren Po zu streicheln und glitt beschützend auf ihren Rücken.

»Erzähl es mir«, forderte er sie zärtlich auf.

Sie holte tief Luft und sagte zitternd. »Es tut mir leid, dass ich all die Jahre so unfair zu dir war. Ich habe mich in dir geirrt. Ich habe dich für die Nacht verantwortlich gemacht, in der du mich geküsst hast.«

»Ich *bin* dafür verantwortlich. Wer dachte ich, dass ich sei, dass ich die Braut eines anderen küsste? Zumindest so küsste, wie ich dich geküsst habe. Es war nicht die ritterlichste Tat meines Lebens.«

»Aber ich ließ es zu, dass du mich geküsst hast. Ich *wollte,* dass du es tust.«

Er strich ihr über das Haar. »Das war der einzige Grund, warum ich es tat. Ich dachte, dass du ebenso wenig verhindern kannst, was zwischen uns geschah, wie ich.«

»Ich konnte mir das bis jetzt nicht eingestehen. Ich habe es an dir ausgelassen, die Wut angestaut und dich zum Schuft erklärt, weil ich meine eigene Schuld nicht wahrhaben wollte.«

»Du warst James eine treue Ehefrau«, sagte er ruhig. »Wenn ich geglaubt hätte, es gäbe auch nur die geringste Chance, dass du es nicht wärst, wäre ich dir gefolgt. Ich hätte mein Gewissen, meine moralischen Überzeugungen und die Freundschaft zum Teufel gejagt.«

Ein Schauer überlief sie und sie schmiegte sich enger an ihn. »Im Herzen war ich nicht immer treu. Wenn du den Anfang gemacht hättest, hätte ich … ich bin mir nicht sicher, was ich getan hätte.«

»Du hättest mich fortgejagt, so wie du es in der Nacht vor der Hochzeit getan hast. Das ist der Grund, warum ich dich liebe, Megan. Wenn du mich ohne Schuldgefühle geküsst hättest, hätte ich dich vermutlich nach wenigen Wochen vergessen. Du wärst nicht anders gewesen als so viele Frauen, die ich getroffen habe.

Aber du *warst* anders«, fuhr er fort. »So wunderbar anders in deiner rechtschaffenen Empörung, nach dem erotischsten Kuss, den ich je erlebt habe. Dieser Gegensatz verwirrte und ermutigte mich. Ich wusste, dass du die Frau bist, die ich wollte, die Frau die ich immer lieben würde, egal ob ich sie bekommen würde oder nicht.«

Sie setzte sich auf, um ihn zärtlich zu küssen. Er nahm eine Haarsträhne und wickelte sie um seine Finger, spielte mit ihr, selbst dann, als sie ihren Kopf wieder auf seine Brust gelegt hatte.

»Ich habe dir die Schuld am Tod von James gegeben«, gestand sie ihm mit schwacher Stimme.

»Ich weiß. Das war am schwersten zu ertragen, weil ich mich nicht rechtfertigen konnte. Alles was ich getan hätte, hättest du als arrogante Eitelkeit gewertet. Ich habe so lange auf den richtigen Augenblick gewartet, wie ich konnte.«

»Wenn jemand die Verantwortung für James' Tod trägt, dann ich.«

»James allein trägt die Verantwortung.«

»Ich hätte sehen müssen, dass er nicht besser auf sich aufpasst.«

»Er war erwachsen. *Er* hätte es sehen müssen.«

»Wenn ich ihn so geliebt hätte, wie ich ihn hätte lieben sollen, dann hätte ich ihn bearbeitet, langsamer zu machen, endlich mit dem Rauchen aufzuhören, nicht so viel zu trinken. Ich hätte darauf bestehen sollen.«

»Wenn er dich so geliebt hätte, wie er dich hätte lieben sollen, dann hättest du es gar nicht tun müssen.«

Ihr Kopf hob sich, um ihn anzusehen.

»Hast du es je so betrachtet, Megan?« Er nahm ihr Gesicht in beide Hände. »Er hatte Verantwortung für dich. Er wusste, dass er zu intensiv und zu schnell lebte, weil du, ich, alle es ihm gesagt haben. Aber er war zu arrogant, um es zu glauben. Er wusste, dass sein Blutdruck gefährlich hoch war. Ich habe ihn nicht zu Mittagessen mit Martinis geschickt. Er ging von sich aus. Mir gefielen seine langen Abende mit Kunden nicht, weil ich wusste, dass es bedeutete, dass du allein warst.«

Eine einzelne Träne lief über ihre Wange. Er fing sie mit seinem Daumen auf und verteilte die Feuchtigkeit auf ihren Lippen. »Weder du noch ich sind für seinen Tod verantwortlich. Sein eigener zwanghafter Ehrgeiz um jeden Preis und unter Ausschluss aller anderen Dinge, auch seiner Gesundheit, war es, der zu diesem Herzinfarkt führte.«

Sie drängte die aufsteigenden Tränen zurück und lächelte. »Danke, dass du das gesagt hast.«

Er lächelte zärtlich. »Keine Ursache.« Sein Daumen strich an ihrer unteren Zahnreihe entlang.

»Ich habe meine ganzen Schuldgefühle auf dich übertragen«, gestand sie. »Ich sah nur, was ich sehen wollte, hörte nur, was ich hören wollte. Ich sah nur deine Fehler und war blind gegenüber deinen positiven Eigenschaften.« Sie lag auf dem Rücken und bemühte sich, ihn mit der Hand an seiner Schulter zu sich herüberzuziehen.

»Ich weiß nicht, ob du überhaupt einen Fehler hast.«

»Oh, ich habe genug davon.«

Seine Augen begannen lüstern über ihren Körper zu wandern. »Einer wäre …«

»Ja?«, murmelte sie, als seine Hände mit den sinnlichen Bewegungen begannen, die seine Augen versprachen.

»Einer davon wäre, dass du eine nackte Lady bist, mit zimtfarbenem Haar, perfekten Brüsten, seidenweicher Haut und pinkfarbenen Brustspitzen, die …«

Megan wusste, dass die Nacht noch längst nicht vorbei war.

Kapitel 10

Megan erwachte vom Rauschen ihrer Dusche und einem unmelodischen Pfeifen. Ein Lächeln spielte auf ihren Lippen, dann strahlte sie. Plötzlich lachte sie laut auf und nahm das Kopfkissen, das nach Joshs Rasierwasser duftete, in ihre Arme. Sie verbarg ihre Nase in seinen weichen Schluchten und atmete tief ein.

Hatte sie jemals eine solche Zufriedenheit gekannt? Niemals. War ihr Körper jemals so befriedigt gewesen? Niemals. War ihr Geist jemals so offen gewesen, ihre Sinne so wach? Niemals. Hatte sie sich jemals so auf einen neuen Tag gefreut? Niemals.

Angesichts des wenigen Schlafs, den sie bekommen hatten, wunderte sie sich, dass sie nicht erschöpft war. Stattdessen explodierten kleine Kapseln voller Energie in ihrem Inneren und erfüllten ihren Körper mit überbordender Lebenslust.

Sie schwang ihre nackten Beine auf den Boden und hüpfte mit der Absicht aus dem Bett. Josh unter der Dusche Gesellschaft zu leisten. Er hatte wirklich Nerven, ihre Dusche zu benutzen, ohne sie vorher um Erlaubnis zu fragen! Sie lachte wieder, setzte einen beunruhigten Gesichtsausdruck auf und ging Richtung Badezimmer, wo das Pfeifen immer lauter wurde.

Sie wurde vom lautstarken Klingeln des Telefons unterbrochen. »Verdammt«, fluchte sie, bevor sie den Hörer abnahm und ungeduldig einen guten Morgen wünschte.

»Äh, guten Morgen Ms Lambert. Hier spricht Barnes.«

Megans Augenbrauen runzelten sich verwundert. Was könnte er nur mit einem Ferngespräch um diese Uhrzeit an einem Sonntagmorgen wollen?

»Hallo Barnes.«

»Ich nehme an, Sie wundern sich, warum … Wissen Sie, eigentlich wollte ich Mr Bennett anrufen, aber in seinem Zimmer ging niemand ans Telefon. Ich wusste, dass ich mich darauf verlassen kann, dass Sie ihm eine Nachricht ausrichten.«

Ihr Herz beruhigte sich langsam, nachdem es panisch außer Takt geraten war. Hatte Barnes gewusst, dass Josh genau in diesem Moment unter ihrer Dusche stand? Sie schämte sich dessen nicht. Sie wollte nur nicht, dass es jetzt schon öffentlich wurde. »Welche Nachricht?«, fragte sie.

»Also, es ist etwas kompliziert«, begann er.

»Versuchen Sie es.« Sie verlagerte ungeduldig ihr Gewicht von einem Fuß auf den anderen. Verdammt, sie wollte nicht über das Geschäft reden. Sie wollte mit Josh unter die Dusche springen, mit eingeseiften Händen den Körper verwöhnen, den sie so gut kannte.

»Nun, einer von Joshs Männern, sein Name ist Clancey – sein Nachname, nicht sein Vorname. Egal, dieser Clancey ist für die neue Kampagne der Air South Fluggesellschaft zuständig. Sie wissen, dass sie eine neue Flugzeugflotte …«

»Ich weiß alles über die Expansion von Air South und die Werbekampagne, die sie begleiten wird. Ich weiß auch, dass die Agentur von Josh für ihre Anzeigen zuständig ist. Also, wie lautet die Nachricht für Josh?«

»Dieser Typ, Clancey, war gestern Nacht auf einer Party und war leicht betrunken. Genau genommen war er stockbesoffen. Wie auch immer, anscheinend hatte ihn Josh, kurz bevor er nach Seascape geflogen ist, heruntergeputzt. Nicht zum ersten Mal. Ich habe schon früher gehört, wie Clancey über seinen – Zitat – »großen und mächtigen Boss« geschimpft hat. Keiner hat ihm Aufmerksamkeit geschenkt, ich meine, jeder beschwert sich über seine … äh … seine …«

»Diesen Punkt habe ich verstanden, Barnes«, sagte Megan trocken. »Bitte, kommen Sie jetzt zur Sache.«

»Nun, letzte Nacht war es anders. Er schäumte wirklich vor Wut, wissen Sie? Er drohte damit, die Kampagne an Powell & Partner zu verkaufen, die …«

»Joshs größter Konkurrent sind«, beendete Megan den Satz mit gedämpfter Stimme, als sie auf das Bett sank. Ihre Gedanken waren jetzt aufgewühlt von den möglichen Auswirkungen, die ein solcher Verrat für Joshs Agentur haben würde. Gelegentlich, wenngleich selten, geschah es, dass der Werber einer Agentur an einer Kampagne arbeitete und sie anschließend meistbietend versteigerte. Spionage dieser Art konnte eine Agentur ruinieren.

»Sind Sie sich ganz sicher, Barnes? Sie übertreiben nicht, oder?«

»Nein. Clancey war betrunken, aber er wusste genau, was er sagte. Seine Frau war ebenfalls da. Sie flehte ihn dauernd an, den Mund zu halten, bevor er alles zu Grunde richtete. Nein, er hat es so gemeint.«

»Und was bewegt Sie dazu, hier anrufen und Josh davon zu erzählen?«

Sie konnte sich den verärgerten Ausdruck auf seinem Gesicht vorstellen, als Barnes seufzte. »Ich schätze, ich fühle mich ihm verpflichtet. Er hätte Sie nicht wegen des Dixieland-Etats warnen müssen. Er hätte abwarten können, bis ich mich selbst an den Galgen lieferte, es hätte ihm absolut egal sein können. Aber so wie es gelaufen ist, war er dafür verantwortlich, dass ich zusammengestaucht worden bin, und ich hatte es nötig, aufgeweckt zu werden.«

Wäre sie nicht so in Sorge über Joshs Angelegenheiten gewesen, hätte sie gelächelt. So sagte sie kurz angebunden: »Sprechen Sie mit niemandem darüber.«

»Das werde ich nicht.«

»Ich bin morgen wieder im Büro, dann können wir reden.« Sie hatte schon fast aufgelegt, da hörte sie ihn noch einmal.

»Ms Lambert?«

»Ja?«

»Ich habe mich mit dieser Frau getroffen, die mir das Leben schwergemacht hatte.«

»Und?«

»Sie wird es nicht länger tun.«

»Sie haben die Sache geklärt?«

»Nein. Ich habe das Licht am Ende des Tunnels gesehen. Ich kann etwas Besseres haben.«

Da musste Megan lächeln. »Das habe ich mir immer gedacht.«

»Danke für … nun, Sie wissen schon, für alles.«

»Nein. Danke *Ihnen«,* sagte sie.

Sie legte gerade den Hörer auf, als sich zwei muskulöse Arme von hinten um ihre Taille schlangen und sich ein gieriger Mund an ihren Nacken heftete.

»Das war besser ein weiblicher Anrufer, weißt du eigentlich wie aufreizend dein kleines hinteres Ende ist?«

»Oh Josh«, sagte sie und wirbelte herum, um ihm ins Gesicht zu sehen. Plötzlich wurde ihr klar, dass sie jetzt die Munition in den Händen hielt, für die sie noch vor einigen Tagen alles gegeben hätte. Wenn sie wollte, hätte sie nun die Macht Josh vollständig zu vernichten. Diese Information über Clanceys Verrat zurückzuhalten, würde zumindest einen ernsthaften Rückschlag in seiner Karriere bedeuten. Er wäre öffentlichem Gespött ausgesetzt, dass er sich diesen prestigeträchtigen Etat hatte durch die Finger gehen lassen. Er würde Einnahmen in Höhe einiger zehntausend Dollar verlieren.

Genau hier, auf ihrer Zungenspitze lag das Geheimnis, das unerzählt, ihr eine größere Rache verschaffen würde, als sie es sich jemals hätte erträumen können. Wenn sie ihn verführerisch anlächelte, ihre Arme um seinen Nacken legte, ihren Körper an seinen presste und den Anruf als falsch verbunden abtat, konnte sie ihn wie ein Lamm zur Schlachtbank führen – unschuldig, nichts ahnend, ohne zu wissen, dass der Untergang auf ihn wartete.

Aber Megan wollte nicht einmal darüber nachdenken. Sie spürte nur den dringenden Wunsch, dem Mann zu helfen, den sie liebte.

»Es ist etwas Unangenehmes passiert, Josh.«

Sein Mund kam näher und küsste sie heftig.

»Du bist letzte Nacht schwanger geworden? Mach dir nichts draus. Ich werde dich heiraten. Ich hoffe, es werden Zwillinge.«

Sie riss ihren Mund von seinen beharrlichen Lippen los.

»Bitte, ich meine es wirklich ernst.«

»Wer war dran?«, fragte er. Sein Kopf fuhr hoch, und Josh bemerkte in diesem Moment ihre Bestürzung. Er packte ihren Arm.

»Barnes.«

Die unregelmäßige Augenbraue schoss nach oben. »Barnes!«, sagte er verächtlich, nicht ohne große Erleichterung. »Erzähl es mir lieber nicht. Seine Freundin hat ihn wieder verlassen.«

»Josh, hör zu.« Ihre Hände umfassten seinen Bizeps

so weit sie konnten und schüttelten ihn leicht. »Du hast einen Mann namens Clancey, der für dich arbeitet?«

»Ja«, antwortete er mit einem verblüfften Stirnrunzeln.

»Er will seine ganze Arbeit für die Air South Fluggesellschaft mit zu Powell & Partner nehmen.«

Er starrte sie einen Moment an, sein Gesicht ausdruckslos. »Was?«, fragte er schließlich. Ungläubigkeit lag in seinem Flüstern.

»Barnes und er waren gestern Nacht auf derselben Party. Clancey betrank sich und begann unflätige Kommentare über dich abzugeben. Barnes meinte, dass er über einen Streit zwischen euch verärgert war und damit drohte, seine Ideen zu deinem Konkurrenten mitzunehmen.«

Sie wusste nicht, was sie erwartet hatte, aber es war nicht dieses brüllende Gelächter, das die Decke erzittern ließ. Josh brach auf dem Bett zusammen und zog sie mit sich. Sie war so enttäuscht von seiner absurden Reaktion auf diese katastrophale Nachricht, dass sie gar nicht bemerkte, dass er es nach dem Duschen nicht für nötig gehalten hatte, sich anzuziehen. Die Haare auf seinem Körper waren noch immer leicht feucht.

»Ich hätte nicht gedacht, dass Barnes so raffiniert ist«, sagte er und wischte sich die Lachtränen aus seinem Gesicht.

»Raffiniert? Josh, siehst du nicht …«

»Siehst *du* nicht, dass das der Weg ist, wie Barnes es

mir heimzahlen will. Wahrscheinlich hat er hier sogar einen Spion, der über uns geklatscht hat. Er hatte die Frechheit, morgens um diese Uhrzeit anzurufen, in der Hoffnung, uns bei irgendetwas zu stören.« Seine Arme schlossen sich um ihren Rücken und zogen sie heftig an ihn heran. »Aber wir lassen ihn nicht, oder?«

Aber sie drückte ihre Handballen gegen seine Brust, ihre Arme blieben steif. »Barnes ist nicht so. Er hat nicht gelogen.«

»Ich habe nicht gesagt, dass er bösartig ist«, sagte Josh in einem beschwichtigenden Tonfall, den sie höchst irritierend fand. »Ich sage nur, dass er einen kleinen Scherz auf unsere Kosten treibt, um uns beiden den Klaps, den wir ihm auf die Hand gegeben haben, zurückzuzahlen.«

Sie schob sich aus dem Bett, stapfte zum Stuhl hinüber, auf den sie ihren Kaftan gelegt hatte und zog ihn über den Kopf. »Das ist kein Scherz«, sagte sie mit fester Stimme.

»Na gut. Also, er hat gehört, wie jemand mich angegriffen hat, nahm das Gestammel, rannte damit davon und machte aus einer Mücke einen Elefanten.«

»Ich denke, du solltest dir überlegen, Clanceys Drohungen ernster zu nehmen.«

Josh stützte sich auf seine Ellbogen, lässig in seiner Nacktheit. »Warum wirst du wütend, Megan?«

Wieder störte sie sein Tonfall. »Weil du unterstellst, dass mein Angestellter entweder ein rachsüchtiger Kriecher mit einem merkwürdigen Sinn für Humor oder ein Idiot ist. Wenn du glaubst, dass ich eine solche Person einstellen würde, habe ich einen guten Hinweis auf die Achtung, die du mir als Geschäftsfrau entgegenbringst.«

»Das ist nicht wahr.«

»Ist es doch, zur Hölle«, kochte sie. »Hattest du einen Streit mit Clancey oder nicht?«

»Das war kein Streit. Ich habe ihm gesagt, dass seine Entwürfe für die Anzeigenkampagne zum Himmel stinken und habe ihm zwei Wochen gegeben, sie zu überarbeiten.«

»Und du stellst in Frage, dass er einen Groll gegen dich hegt? Ich weiß, wie du Leute herunterputzen kannst. Offensichtlich hat Clancey genug von dir.«

Josh, jetzt selbst wütend, rollte sich vom Bett, sammelte seine Unterwäsche vom Fußboden auf, wo er sie letzte Nacht verstreut hatte und zog sie über die Beine hoch. Megans Mund wurde trocken, als sie sah, wie er sich zurechtrückte, damit es bequem hineinpasste.

»Clancey wusste, dass dieser Entwurf Schrott war, und brauchte einen Neuanfang. Er ist normalerweise ein guter Mann, mit kreativen Ideen. Aber er benimmt sich viel zu oft wie eine Primadonna und kann Gutes nicht mehr von Schlechtem unterscheiden, weil sein Ego ihm im Weg steht. Ich habe ihn schon häufiger ins Gebet genommen, und er ist immer wieder zu sich gekommen. Er ist loyal. Er würde nie zur Konkurrenz gehen.«

Sie knirschte mit den Zähnen. »Du bist so eingebildet, so deiner selbst sicher. Ich bin erstaunt über dein Selbstwertgefühl. Sollen alle auf der Welt deiner Meinung sein, dass du etwas ganz Besonderes bist?«

Er warf einen hinterhältigen Blick auf das Bett. »Du bist es.«

Das Blut schoss ihr in den Kopf. Ihr wurde schwindelig, und sie griff nach der Kante des Frisiertischs. »Verschwinde«, krächzte sie.

Er fluchte, farbiger, als sie es je in ihrem Leben gehört hatte, und fuhr sich erregt mit den Fingern durch die Haare. »Es tut mir leid, dass ich das gesagt habe, Megan. Du hast mich so wütend gemacht …«

»Verschwinde«, wiederholte sie bestimmt.

Er ging einige Schritte auf sie zu, aber sie warf ihm einen giftigen Blick zu, der ihn stocksteif auf seinem Weg einhalten ließ. »Du weißt, dass ich es nicht so gemeint habe.«

Sie lachte schnaubend. »Doch, das hast du.«

»Ich war wütend, Megan!«

»Das bin ich auch. Wütender, als ich je zuvor in meinem Leben gewesen bin. Nicht auf dich, sondern auf mich selbst. Warum ich nicht einfach meinen Mund gehalten habe, was Clancey betrifft, damit du bekommst, was du verdienst, werde ich nie verstehen. Und jetzt verschwinde!«

In einem weiten Schwung seiner Hand hob Josh seine restliche Kleidung auf. »Ich werde dich jetzt eine Weile allein lassen, damit du dich beruhigen kannst. In der Zwischenzeit rufe ich in Atlanta an. Aber ich werde zurückkommen, und dann werden wir diese Diskussion in Ruhe beenden.«

In Unterhosen ging er durch die Glasschiebetüren, seine Hose und sein Hemd trug er in der Hand. Leise schoss ihr der Gedanke durch den Kopf, dass jetzt niemand die Ironie dieser Situation würdigen konnte. Sie hatte vor, längst weit weg zu sein, wenn er in ihr Zimmer zurückkam. Es war ihr todernst.

Am nächsten Morgen war die Story in allen Zeitungen. Megan konnte nicht verhindern, dass sie es erfuhr, als Arlene ins Zimmer stürzte und mit einem Exemplar des *Atlanta Constitution* wedelte.

»Haben Sie das schon gelesen?«

Megan glaubte nicht, dass sie noch weitere emotionale Schläge verkraften könnte, aber ihr Herz zog sich schmerzhaft für den Mann zusammen, von dem sie sich selbst wieder und wieder sagte, dass sie ihn verachtete. Alles stand drin – wie sein enttäuschter Mitarbeiter seine bereits erbrachte Arbeit an einer bislang geheimen Werbekampagne für die florierende Fluggesellschaft mitgenommen und sie, im Gegenzug für das Versprechen einer gigantischen Gehaltserhöhung gegenüber dem, was Josh ihm gezahlt hatte, den Geschäftsführern von Powell & Partner angeboten hatte.

Der Reporter hatte das Bild von Joshs Zukunft noch schwärzer dargestellt, als es wahrscheinlich sein würde, und angedeutet, dass Laster wie Frauen und Alkohol die Ursache dieses Mangels an Cleverness wären.

Die einzige von Josh zitierte Aussage – und Megan vermutete, dass es das Einzige war, was Josh überhaupt dazu gesagt hatte – war: »Ich werde mich dazu äußern, wenn der Deal unterschrieben ist.«

Sie sah auf das Bild des Mannes, der sie aus der Zeitung heraus wütend anstarrte und strich mit ihrem Finger darüber, als ob sie die Sorgenfalten aus seinem Gesicht radieren könnte. Es machte keinen Sinn, sich die Leere, die sie in sich spürte fortzuwünschen. Der klaffende Abgrund wurde nur noch tiefer.

Sofort nachdem Josh ihr Zimmer verlassen hatte, hatte sie ihre Sachen gepackt. Sie hatte all die Kleidungsstücke, die sie vor der Reise so sorgfältig in die Taschen gelegt hatte, hineingestopft, sich eilig angezogen und war, nach einem letzten Blick, ob sie auch nichts vergessen hatte, zur Rezeption von Seascape gegangen.

Jemanden zu finden, der sie zum Flughafen brachte, war kein Problem. Selbst der Papierkram, um ein Auto für die restliche Strecke nach Hause zu mieten, war schnell gegangen. Oder war sie so in ihren Herzschmerz vertieft, dass sie die Schwierigkeiten gar nicht bemerkt hatte?

Mit jeder Meile Abstand, die der Kilometerzähler zwischen Hilton Head und Atlanta anzeigte, schwor sie sich, dass sie Josh hasste. Er hatte sie verspottet, sie beleidigt und aus dem Schönen, das sie geteilt hatten, etwas Schäbiges gemacht. Er hatte ihre rückhaltlose Erwiderung seiner Liebe billig gemacht.

Aber als sie ihr dunkles, einsames Haus erreicht hatte, gestand sie sich ein, dass sie ihn dazu herausgefordert hatte, das zu sagen, was er gesagt hatte. Es wäre einfach und vernünftig gewesen vorzuschlagen, dass er Barnes selbst anrufen sollte und sich Wort für Wort wiederholen lassen sollte, was Clancey gesagt hatte. Josh hätte die Situation dann selbst einschätzen können. Vielleicht *hatte* Barnes überreagiert.

Aber sie hatte diesen Vorschlag nicht gemacht. Sie hatte zugelassen, dass ihr Stolz und ihre Sturheit sie wieder einmal blind machten. Beim ersten Anzeichen, dass ihm die Nachricht gleichgültig war, war sie in die Luft gegangen.

Lieber Gott, bitte hilf Josh, betete sie die ganze Woche. Die Zeitungsartikel wurden kürzer und am Mittwoch waren sie ganz verschwunden. Dann war sie für Informationen auf die Gerüchteküche angewiesen. Klatsch von Wahrheit zu filtern wurde zu einer Zeit und Energie raubenden Unternehmung, aber sie war begierig darauf, die neuesten Entwicklungen zu hören.

»Ich glaube, Clancey merkt, dass er einen Fehler gemacht hat«, erzählte Barnes Megan und Jo Hampson an der Kaffeemaschine. »Sieht so aus, als wären die Leute von Air South nicht davon überzeugt, dass Powell die Kampagne in ebenso großem Stil umsetzen kann wie Bennett. Clancey hört gerade sein eigenes Totengeläut.«

Als Megan sie verließ, um in ihr Büro zurückzugehen, hörte sie Barnes sagen: »Hey Jo, wie wäre es mal mit einem gemeinsamen Dinner?«

Megans Mund verzog sich zu einem Lächeln, was in diesen Tagen selten war.

Die Zeit wollte nicht vergehen, als sie sich durch die Papierstöße arbeitete, die sich in ihrer kurzen Abwesenheit angesammelt hatten. In der Nacht sehnte sie sich erschöpft, aber unfähig zu schlafen, nach Josh. Sie verfluchte die schmerzhafte Sehnsucht mit der ihr Körper nach ihm verlangte. Josh flatterte durch ihre Gedanken, wundervolle Erinnerungen an die gemeinsamen Tage auf Hilton Head. Sie sah ihn in jeder Situation vor sich – als er sie neckend in den Ozean schleppte, seine Augen mutwillig funkelnd. Lachend, den Kopf zurückgeworfen, seine Augen vor Vergnügen glitzernd, als sie auf der Schaukel über den Boden flogen. Träge, als sie ineinander verschlungen auf ihrem Bett lagen, seine Augen glasig von den Nachwirkungen ihres Liebesspiels.

Irgendwie schaffte sie es durch die Woche.

Am Freitagabend kam sie spät nach Hause. Sie hatte mit dem Verkehr gekämpft. Hätte man es inszeniert, hätten die Straßen nicht mehr verstopft sein können. Dankbar schälte sie sich aus ihren Kleidern und zog einen dünnen Morgenrock an, der auf der Vorderseite einen Reißverschluss hatte. Sie tappte barfuss in die Küche, um die Pizza zu essen, für die sie, gegen jede Vernunft, sechs Fahrspuren gewechselt hatte, um sie zu kaufen.

»Verdammt.« Als sie den Deckel des Pizzakartons öffnete, klebte der Mozzarella, für den sie einen Dollar extra gezahlt hatte, daran fest. Es war der sprichwörtliche letzte Tropfen. Sie warf sich niedergeschlagen auf einen Stuhl, legte ihren Kopf auf den Hackklotz, der als Tisch fungierte, und weinte.

Ihre schmalen Schultern wurden von Krämpfen geschüttelt, Tränen strömten ihre Wangen herab. Sie weinte um ihren Ehemann, den sie nicht genug geliebt hatte, um den Mann, den sie jetzt liebte. Sie weinte um ihre verlorene Liebe. Sie weinte, dass sie jetzt, als er sie am meisten brauchte, nicht zu ihm gehen konnte.

Wimperntusche tropfte auf die Oberfläche des Tischs, und als sie versuchte, sie mit der Hand aufzuwischen, verschmierte sie die Flecken noch mehr. »Was zum Teufel macht das schon aus?«, schniefte sie. »Wer sieht das schon?«

»Hast du etwas gesagt?«

Sie schoss auf der Sitzfläche herum. Angst griff nach ihrer Kehle, als sie die tiefe männliche Stimme hörte. Josh lehnte am Türrahmen. Sein Gesicht sah fast so verwüstet aus, wie ihres aussehen musste. Er hatte dunkle Ringe unter den Augen, seine Wangen wirkten eingefallen, und seine verwegene Augenbraue hatte einen Teil ihrer Großspurigkeit eingebüßt. Er hatte sein Anzugjackett über die Schulter geworfen und hielt es mit einem abgewinkelten Zeigefinger am Etikett fest. Seine Weste hing offen herunter. Weiße Hemdärmel waren bis zum Ellbogen aufgerollt, und seine Krawatte hatte er gelockert. Es war ihr ein vager Trost festzustellen, dass die Kleidung von Josh Bennett ebenso verknittern konnte wie die anderer.

Sie wischte sich die Tränen aus dem Gesicht und stand langsam auf. Ausnahmsweise war sie nicht zornig, ausnahmsweise schrie sie nicht. Sie wollte nicht wissen, was er hier tat. Sie tat genau das, was sie tun wollte.

Sie warf sich in seine Arme.

Sie schlossen sich um sie wie ein schützender Mantel und drückten sie fest. Lange Zeit klammerten sie sich aneinander. Sie sprachen nicht, küssten sich nicht, liebkosten sich nicht, sondern wiegten sich nur. Sie nahm seine Kraft in sich auf. Er war, was sie wollte.

»Warum hast du geweint?«, fragte er schließlich und nahm ihr Gesicht in seine Hände.

»Meine Pizza«, antwortete sie spontan.

Eine Ecke seines Mundes zuckte. Er schien unfähig zu lächeln, wie auch sie es die ganze Woche gewesen war. Augenblicke später versuchte er es noch einmal und grinste dünn. »Was stimmt nicht mit ihr?«

Er bugsierte sie rückwärts zum Tisch. Seine Füße rutschten vorsichtig, um ihr nicht auf die nackten Zehen zu treten. Er hob den Deckel an und sah den Schaden. Er machte ein bedauerndes Geräusch, riss sich dann ein Stück ab und steckte es in seinen Mund. »Wert, gerettet zu werden. Möglicherweise.«

Josh schluckte laut und nötigte ihren bebenden Lippen ein Lächeln ab.

»Weshalb hast du geweint?«, fragte er noch einmal. Seine Augen musterten sie eingehend auf der Suche nach Antworten.

»Um mich.«

»Warum?«

»Weil ich abgrundtief unglücklich bin.«

»Warum?«

»Der Mann, den ich liebe, geht durch eine sehr schwierige Zeit, und ich habe Angst, dass er mein Angebot, ihm zu helfen, wo ich kann, nicht annehmen würde.«

»Was für ein arrogantes Arschloch er ist. Ich kann mich erinnern, dass ihn tatsächlich einmal jemand so genannt hat. Warum sollte er deine Hilfe nicht wollen?«

»Weil ich ihm beim letzten Mal, als ich ihn sah, Dinge gesagt habe, die besser ungesagt geblieben wären.«

»Er hat auch etwas gesagt. Etwas Fieses. Niemand würde es dir zur Last legen, wenn du diesen Knilch verachtest.«

»Er hat es nicht so gemeint. Ich weiß, er hat es nicht so gemeint.« Sie atmete tief ein, ihr Atem klang wie ein Seufzer. »Ich hätte ihm diese Woche beistehen sollen, ihn unterstützen, ihm helfen.«

Josh drückte sich wieder an sie und beugte sich herunter. Er legte seinen Kopf auf ihre Schulter. Seine Nase vergrub sich in der seidenen Höhle an ihrem Hals. »Du hast es versucht, Liebling, du hast es versucht. Ich wollte nicht hören, und du hattest recht. Ich war mir meiner eigenen Macht so sicher.« Seine Arme quetschten sie, als ob er sie in seinen eigenen Körper hineinpressen wollte. »Ich brauche dich, Megan.«

Er hob seinen Kopf, und seine topasfarbenen Augen studierten eingehend jeden Teil ihres Gesichts. »Ich habe das noch nie in meinem Leben zu einem anderen Menschen gesagt«, gestand er. »Ich habe noch nie zuvor zugegeben, dass ich irgendjemanden oder irgendetwas brauche, aber ich brauche dich.«

Ihre Hände umfassten seine Schläfen und ihre Finger kämmten durch sein dunkles Haar. »Ich brauche dich auch. Ich brauche dich, um mich von meiner Dickköpfigkeit und meinem Stolz zu heilen.«

»Stolz.« Er schüttelte missbilligend über sich selbst den Kopf. »Ich könnte dir Unterricht im Stolzsein geben. Ich hatte einen Komplex, seit ich etwa zehn Jahre alt war, und je mehr man versuchte, mir Widerstand zu leisten, desto größer wurde er. Was ich wollte, das habe ich mir geholt. Ich bekam es, auf Biegen und Brechen. Ich konnte dich einfach nicht aufgeben. Ich musste dich haben.«

Er nahm eine ihrer Hände aus seinem Haar und küsste ihre Handfläche. »Aber ich will nicht, dass du mich auf dem Weg, dich zu gewinnen, verachtest. Du musst nicht eine einzige Sache in deinem Leben für mich aufgeben. Ich schwöre es. Nicht deine Karriere, nicht deinen Ehrgeiz, nichts. Sei einfach ein Teil meines Lebens. Bitte.«

»Ich wollte dich, vom ersten Moment an, in dem

ich dich sah, verachten, weil du mich so voll und ganz durchschaut hast. Mehr als das, du warst immer schnell dabei, auf meine Unzulänglichkeiten hinzuweisen.«

»Nur aus Gemeinheit, nur um dich zu einer Reaktion zu zwingen. Wut war besser als gar nichts.«

»Die Wut war immer süß.«

Seine Augenbraue hatte wieder etwas von ihrem Selbstbewusstsein zurückgewonnen und krümmte sich nach oben. »Das klingt für mich stark nach Liebe.«

Sie lehnte sich herausfordernd an seinem Körper. »Warum küsst du mich nicht und findest es heraus?«

Er brauchte keine zweite Einladung. Sein Mund öffnete sich und seine Zunge grub sich mit reißender Gier in ihren Mund. Sie streifte darin herum, nahm all die Bitterkeit mit sich fort, die es zwischen ihnen gegeben hatte und ließ nur den süßen Geschmack ihrer Liebe zurück.

»Wo ist das Schlafzimmer«, fragte er sie aus der Ecke seines Mundwinkels.

Sie deutete in eine diffuse Richtung, und er drängte sie, ihn zu führen. »Wie bist du hereingekommen?«, fragte sie, als sie die Knöpfe seines Hemds öffnete, während sie rückwärtsging.

»Durch die Tür. Später halte ich dir einen Vortrag über Sicherheitsvorkehrungen.« Er warf ihr einen lüsternen Blick zu.

»Jeder Sittenstrolch könnte hier hereinmarschieren.«

Sie war kurz davor zu lachen, dann hielt sie jäh inne. »Josh, was ist mit Air South und Powell?«

»Ich war völlig außer mir über das ganze Pack. Wenn sie nicht gewesen wären, wäre ich bereits am Sonntagabend hier gewesen. Weil wir gerade beim Thema sind, erinnere mich daran, dass ich dir einen weiteren Vortrag darüber halte, einfach abzuhauen, ein Auto zu mieten und alleine quer durch den ganzen Bundesstaat Georgia zu fahren.« Er schob sie unaufhaltsam auf das Schlafzimmer zu.

»Aber was ist mit Air South?«, fragte sie.

Er gab mit einem müden Seufzer auf, als sich ihre Fersen in den tiefen Teppich stemmten. »Ich war die ganze Zeit in Sitzungszimmern …«

»Schlafzimmern?«

»Sitzungszimmern.«

»Ich wollte nur sichergehen. Sprich weiter.«

Er warf ihr einen bekümmerten Blick zu. »Ich werde dir jetzt nicht mehr erzählen, nur so viel, dass die Journalisten, die mich bereits für tot und begraben hielten, am Montag, oder spätestens am Dienstag, gezwungen sein werden, Widerrufe zu schreiben.«

»Ich setze jedes Vertrauen in dich«, sagte Megan, stellte sich auf ihre Zehenspitzen und schlang ihre Arme um seinen Hals.

Als ihre Münder verschmolzen und ihre Körper sich aneinanderschmiegten, wölbten seine Hände sich unter ihrem Gesäß und hoben sie vom Fußboden hoch. Er trug sie den restlichen Weg ins Gästezimmer. Er wusste, sie hätte sich mit ihm in dem Raum, den sie mit James geteilt hatte, unwohl gefühlt und ihr Herz floss vor Liebe über. Wie konnte sie ihn jemals für unsensibel halten?

Er setzte sie vorsichtig ab, und sie schlüpfte dichter an ihn heran. Als ihre Körper sich berührten, spürte sie in ihrem Schoß hart und fest die Größe und Dringlichkeit seiner Lust. Sie hob ihre schweren Augenlider und sah ihn beschwörend an. Sie schälte die Weste von seinen Schultern und ließ sie auf den Fußboden fallen. Sie zog die Krawatte über seinen Kopf und begann sein Hemd auszuziehen. Mit der Fußspitze des einen Beins an der Ferse des anderen Beins lockerte er seine Schuhe und kickte sie zur Seite.

Als sein Hemd mit den anderen Kleidungsstücken auf einem Haufen auf dem Boden lag, fuhren ihre Finger durch den Haarteppich auf seiner Brust. Ihre empfindsamen Fingerspitzen flatterten über seine Brustwarzen, die zum Leben erwachten und sich unter ihrer Berührung aufstellten. Mit sichtlichem Wohlbehagen beugte sie sich nach vorne und küsste sie. Ihre Zunge versetzte ihnen leichte Schläge. »Gefällt dir das?«, flüsterte sie.

»Finde es heraus«, forderte er sie auf.

Sie legte ihren Handrücken auf seine Brust und strich langsam nach unten, bis ihre Finger an seinem Gürtel vorbei in seine Hose glitten. Er lächelte amüsiert, als sie mit einem unanständigen Ausdruck in ihren Augen zu ihm aufsah. Ihre Faust schloss sich um die Gürtelschnalle, und sie begann rückwärts zum Doppelbett zu gehen und ihn mit sich zu ziehen.

»Du wirst mich heiraten, nicht wahr?«, fragte sie.

»Wirst du mich jeden Abend in einem durchsichtigen Morgenmantel, ohne etwas darunter, an der Tür begrüßen?«

»Woher weißt du das?«

»Ich konnte deine Brustwarzen sehen«, sagte er zärtlich. »Und den Schatten einer Andeutung hiervon.« Seine Hände berührten sie an der Spitze des Dreiecks ihrer Oberschenkel mit ebenjenem Ausmaß an Arroganz, das sie ihm immer vorgeworfen hatte.

Sie konnte nur noch seinen Namen seufzen, als sich bei seiner Berührung das vertraute flüssige Feuer in ihrem Körper auszubreiten begann. Sie ließ sich auf der einen Seite des Betts nieder, während er sich von seiner Hose und Unterwäsche befreite.

Als er vor ihr stand und die ganze Pracht seiner Gestalt enthüllte, legte sie ihre Hände auf die schlanke Kurve seiner Taille und beugte sich nach vorne, um ihre Lippen auf die seidige Linie seiner Haare zu drücken, die zu seinem Bauch hinabführte. Während ihr Kopf sich bewegte, liebkoste ihn ihre Nase, knabberten ihre Lippen an ihm. Ihre Zunge tanzte über seinen Bauchnabel und noch tiefer …

Ihr Name kam wie ein Gebet aus seiner Kehle, und er fiel neben dem Bett auf seine Knie. »Ich muss dich lieben. Für den Rest meines Lebens. Ich werde dich lieben. So hätte es schon vor Jahren sein sollen.«

»Damals hätte es nicht so sein können.«

»Aber dann wird es jetzt umso wertvoller für uns.«

Er begann, indem er ihre Hand nahm und ihre Handfläche küsste, wie er auch ihren Mund küssen würde. Seine Lippen öffneten sich über der weichen Haut und deflorierten sie mit seiner drängenden Zunge. Mit marternder Langsamkeit leckte er an jedem Finger entlang, nahm dann die Fingerspitze in seinen Mund und sog daran, wie an einer Zuckerstange.

»Josh, bitte«, flehte sie und packte mit ihrer freien Hand seine Schulter.

Er wich ihrem Griff aus. »Lass mich dich lieben, wie ich dich das erste Mal lieben wollte. Langsam. Durch und durch.« Er benutzte beide Hände, um den Reißverschluss ihres Morgenmantels herunterzuziehen. Mit Ehrfurcht ließ er ihn von ihren Schultern gleiten, als ob er einen heiligen Schatz enthüllte.

Seine Augen beteten sie an, betrachteten sie wie eine seltene Skulptur, die nur für ihn allein geschaffen worden war. Er hob erst den einen, dann den anderen Arm und küsste die Innenseiten ihrer Ellbogen, dabei fand er erogene Stellen, die völlig neu für sie waren.

Er zog zärtlich an den Spitzen ihrer Brüste, während seine Hand an ihren Rippen entlangstrich. Mit seinen Daumen massierte er die flaumige Mulde zwischen ihren Beinen im selben erotischen Rhythmus, in dem seine Zunge ihre Brustspitzen umkreiste.

Sie packte eine Handvoll seiner dunklen Haare und

barg seinen Kopf zwischen ihren Brüsten. Er wand sich heraus. »Schh, noch nicht. Leg dich hin.«

Sie hatte keine Energie zum Streiten, als er sie sanft auf das Bett zurücklegte. Ihr Kopf schlug wild gegen das Kissen, als sein Mund sein Ritual auf ihrem Bauch fortsetzte und sich immer weiter nach unten vorarbeitete.

Eine kleine Ewigkeit verging, in der sie durch eine Galaxie unbekannter Glückseligkeit gewirbelt wurde. Es wurde noch besser, als er sich auf ihren Körper legte und eng umhüllt in die Tiefen ihrer Liebe eindrang. Sie schwangen sich von einem Universum zum nächsten, jedes höher und strahlender, bis sie die Ebene erreichten, wo der Geist in einem immerwährenden Feuer der Liebe vereint ist.

In der Erfüllung ihrer Sehnsucht klammerten sie sich aneinander und staunten über die Größe ihrer Liebe.

»Ich war wieder einmal egoistisch. Vergib mir, dass ich mir Zeit gelassen habe«, sagte er ruhig.

»Es gibt eine Sache, bei der ich hoffe, dass du immer hemmungslos egoistisch sein wirst – bei deiner Liebe für mich«, flüsterte sie.

Er lächelte und schmiegte sich näher an sie heran. »Dessen kannst du dir sicher sein, Liebling. Dessen kannst du dir sicher sein.«